KB149999

사랑하고 있어, 사만다

Original title : Seven Letters from Paris : A Memoir

파리에서 온 러브레터

사랑하고 있어, 사만다

사만다 베랑 지음 | 엄연수 옮김

북로그컴퍼니

Author's Note

이 이야기는 100퍼센트 리얼 실화예요. 가상 인물이나 사건은 전혀 등장하지 않는! 하지만 사생활 보호를 위해 몇몇 등장인물의 이름은 바꾸었어요. 대화 역시 그대로 옮겨 적지는 않았지만 제 능력 중 가장 뛰어난, 그러니까 코끼리 같은 기억력으로 재구성했답니다. 빠른 진행을 위해 압축하거나 생략한 사건들도 있어요. 생각나는 대로 다 적으면 기네스북에 오를 것 같아서요.

그럼 이제, 사랑과 모험에 대한 지난 1년의 이야기를 시작해볼까요?

차례

PART 1

파리에 그 남자가 살고 있다

일곱 통의 러브레터

이 난관을 어떻게 헤쳐나가야 할지 모르겠다.

나는 대대적인 정리해고의 마지막 희생자로, 시카고에서 실직한 아트 디렉터다. 프리랜서로 일하거나 새 직장을 구하기란 하늘의 별 따기인 상황. 늘어만 가는 카드 빚은 숨통을 죄어왔고, 한도가 초과되어 더 긁을 수도 없었다. 행복하게 시작했던 결혼 생활도 끝이 보였다. 남은 거라곤 분노와 적대감 뿐이었다. 벌써 8년째 각방을 쓰고 있다. 나는 반려견 아이크와 손님방에서 따로 잤다. 아이가 없는 우리 부부에게는 아이크가 자식이었다.

마흔 번째 생일을 코앞에 둔 2009년 5월 6일, 나는 낭떠러지 위에 서 있는 것처럼 막막했다.

그날 저녁 나는 트레이시를 만나 한바탕 푸념을 늘어놓았다. 트레이시는 30분 동안 이어진 나의 신세 한탄을 다 들어준 다음, 입꼬리를 살짝 올리며 웃었다. 그러고는 바에서 끝내주는 맛의 피노 누아르 와인을 집어 와 잔에 가득 따랐다. 그녀는 입도 뻥긋하지 않았지만, 25년 넘게 절친으로 지내온 나는 그녀가 뭔가 음모를 꾸미려 한다는 걸 눈치챘다.

"어서 털어놓으시지."

"1989년. 20년 전. 파리."

순간 우울했던 분위기가 바로 핑크빛으로 바뀌었다. 기억 속에 묻어둔 찬란했던 순간들이 떠올라 우리는 이내 추억으로 빠져들었다. 그리고 동시에 외쳤다.

"장 뤽!"

1989년 우리의 파리 모험은 일생에서 가장 달콤한 일탈이자 가장 큰 모험이었다. 파리는 우리의 마음을 완전히 사로잡았다. 트레이시와 나는 파리의 건축, 문화, 예술에 흠뻑 빠졌을 뿐 아니라 고색창연한 거리에서 각자의 로맨스도 찾았다.

나의 장 뤽은 섹시한 로켓 과학자로, 항공우주산업 분야에서 국제적인 공동 연구를 한 덕에 거의 완벽한 영어를 구사했다. 하지만 장 뤽만큼이나 핸섬했던 친구 파트리크가 대화를 주도적으로 이끌지 않았다면 우리는 결코 이어지지 않았을 거다. 어쨌든 나는 트레이시와 내가 한 남자에게 빠지지 않은 것에 지금도 감사하고 있다.

트레이시의 짙은 갈색 눈동자에 불꽃이 일었다. 그녀는 테이블에 몸을 바짝 붙이고는 속삭이듯 물었다.

"너 아직도 장 뤽 편지 가지고 있어?"

내가 갖고 있다는 걸 뻔히 알면서 묻다니.

"집 어딘가에 잘 놔뒀을 거야. 그런데 왜?"

"세상에서 가장 아름다운 러브레터라는 블로그를 만드는 거야. 사람들이 자기들 러브레터를 우리한테 보내면, 장 뤽 편지와 비교한 다음에 딱지를 놓거나 블로그에 올리면 돼. 그의 편지가 기준이 되는 거지."

나는 막막한 처지에서 잠시 눈 돌릴 수 있게 해줄 그녀의 아이디어에 끌렸다.

와인 한 병을 다 비운 다음 우리는 그 블로그의 가능성에 대해 논의했다. 나는 좀 더 진지하게 생각해보자는 데에는 동의했지만 트레이시의 꾐에 완전히 넘어간 것은 아니었다. 장 뤽의 편지를 공개 사이트에 올리고 다른 러브레터와 비교하다니. 그건 소중히 간직해온 편지와 추억을 너무 막 대하는 게 아닐까. 게다가 이 남자하고는 지난 20년 동안 한 번도 연락하지 않았다. 그런데 만약 우연히라도 그가 '러브 블로그'에 들어와 자기가 쓴 편지를 알아본다면?

생각만으로도 얼굴이 붉어졌다. 일단 그 편지들을 찾아내 잘 읽어보고 나서 결정해야지.

자정을 넘기니 더 말할 기운도 없었다. 내가 손톱으로 와인 잔 두드리는 모습을 보더니 트레이시가 물었다.

"집까지 태워줄까?"

"아니, 걷는 게 나을 거 같아."

"괜찮겠어?"

"응, 괜찮아."

"블로그 만드는 거 잘 생각해봐, 사만다."

트레이시는 나를 한 번 안아준 다음 "러브 블로그는 우리가 같이 만들 수 있는 옛 추억의 공간이지. 러브 블로그, 베이비. 러브 블로그, 베이-비---"라고 노래하면서 익살스러운 어깨춤을 추며 레스토랑을 나갔다. 나를 웃기고 싶다면 내 절친에게 저 어깨춤을 추라고만 하면 된다.

나는 어서 장 뤽의 편지를 찾아야겠다는 생각에 두 블록 떨어져 있는 집으로 겅중겅중 뛰어갔다.

나는 사명감에 사로잡혀 벽장을 뒤지기 시작했다. 그러다 플라스틱 수납 상자가 떨어지는 바람에 하마터면 그걸 머리에 맞고 죽을 뻔했다. 상자가 얼마나 무거운지 쿵 소리가 온 집 안에 울렸다. 다행히 남편은 출장 중이어서 아래층 사람들과 아이크 말고는 이 소리에 놀랄 이는 아무도 없었다. 무슨 일이 벌어졌나 궁금했는지, 아이크가 벽장 쪽으로 어슬렁어슬렁 걸어와 내 곁에 쪼그리고 앉았다. 한 손으로 아이크의 부드러운 귀를 쓰다듬으면서 상자 뚜껑을 하나하나 열어보았다. 사진 앨범. 어린 시절 사진들. 정리되지 않은 과거의 기억들.

여섯 번째 상자까지 열어봤지만 편지를 찾지 못해서 거의 포기하고픈 마음이 들었을 때, 바닥에 널브러진 상자들을 세어보았다. 일곱 개. 장 뤽에게서 받은 편지 수와 똑같았다. 이건 틀림없는 계시야. 하지만 혹시 모를 실망감도 각오해야겠지.

언뜻 보기에도 각종 파일과 소득 신고서, 예전 직장 관련 자료들로 가득 찬 마지막 상자는 내가 찾는 게 아닌 듯했다. 그런데 바인더 몇 개를 꺼내자, 빙고! 오래된 편지들로 가득한 하늘색 플라스틱 폴더가 드디어 내 임무를 완수하게 해주었다.

조심스럽게 장 뤽의 편지를 꺼내 찬찬히 들여다보았다. 20년이 지났는데도 그 편지들은 마치 어제 쓴 것처럼 깨끗했다. 편지 한 장 한 장이 모두 아름다운 크림색 양피지에 검은색 잉크로 정성 들여 쓴 것이었다. 장 뤽의 손글씨는 시적이고 멋졌다. 나는 편지를 순서대로 정리한 뒤 소파에 웅크리고 앉아 하나씩 읽기 시작했다.

첫 번째 편지
1989년 7월 28일, 파리

나의 사랑스런 사만다,

도대체 무슨 말부터 해야 할까. 하고 싶은 말이 너무 많은데 생각이 정리되질 않아. 사전이 없으니 영어를 완벽하게 쓸 수도 없고. 내가 혹시 실수하더라도 이해해주길.

나는 누군가를 향해 심장이 뛰고 있다면 그 마음을 숨기지 말아야 한다고 생각해. 내 고백이 너무 성급하다고 생각하겠지. 남들도 그렇게 생각할 수도 있고. 하지만 편지로 내 마음을 표현하는 게 쉬울 거라고는 생각지 말아줘. 널 향한 내 마음을 보여주기 위해 용기를 낸 거니까.

이렇게 짧은 시간 안에 누구에게 마음을 연 건 처음이야. 너와 함께했을 때 내 마음의 문은 천 개의 조각으로 무너져 내렸어.

샘, 우리가 진지한 관계를 유지하는 게 어려울 거라는 건 알아. 하지만 '뜻이 있는 곳에 길이 있다'라는 말을 믿어보려고. 너는 참 다정하고 나를 행복하게 만들어줘. 너의 말 한마디, 얼굴에 스치는 표정, 예술을 향한 열정에 나는 반해버렸어. 무엇보다 내 옆에 있을 때의 네 모습을 사랑하지 않을 수 없었지. 네 목소리가 정말 그리워. 행복을 노래하는 귀여운 새처럼 내 귓가에서 멀어지지 않는 너의 그 목소리 말이야. 너는 내 마음에 따뜻한 태양을 수천 개나 띄워주었어. 그렇게 따스하고 즐거운 시간을 함께할 수 있었다는 게 정말 꿈만 같아. 고마워.

우리의 열정이 여기서 멈춘다면 너무 큰 불행이지 않을까? 게다가 나는 열정 없이는 살 수 없는 남자야. 열정이 나를 지탱하는 힘이고, 우리가 할 수 있는 최선이라고 생각해. 나는 너와 만났던 그 레스토랑에서 나와 네가 연결되어 있다는 느낌을 받았어. 너와 대화를 나누지 않았다면 나에게 정말 실망하고 말았을 거야. 나는 너와 함께하는 특별한 삶을 원해.

맞아, 나는 너에게 미친 게 분명해. 그런데 네가 기차를 타고 떠나려 할 때 니스 어디에 묵을 건지 묻지 못했어. 주말에 너에게 갈 수 있었을 텐데 말이야. 오늘 하루 종일 바보짓을 한 나 자신을 얼마나 탓했는지 몰라. 네가 나에게 같이 가자고 말했을 때 주말을 생각하지 못하다니…. 나뿐 아니라 너를 위해서도 함께여야 했는데.

우리의 이야기가 아주 로맨틱(야호!)한 동시에 에로틱(흠흠!)해지기를 진심으로 원해. 네 마음속 깊은 곳에 내가 들어갈 수 있게 널 더 많이 웃게 했어야 하는데. 너는 아름다운 소녀야. 나는 그런 너를 잊을 수가 없어. 우리에겐 많은 공통점이 있을 거야. 그중에서도 지금 서로를 놓치고 싶지 않은 마음이 가장 닮아 있겠지. 어떤 어려움이 있어도 너와 함께하고 싶어. 손을 잡고 마음과 마음을 모아 살과 살을 비비며 너와 함께 앞으로 나아가고 싶어.

하고 싶은 말이 너무 많아서 이러다가는 편지를 끝내지 못할 것 같아. 이것만은 알아줘. 정말이지 나는 지금 네가 보고 싶어 미칠 지경이야.

장 뤽의 글은 사랑에 굶주린 이들을 위한 보양식 같았다. 초콜릿을 한 움큼 먹는 것보다 그의 편지를 읽는 편이 훨씬 효과적일 것이다.

며칠 굶은 사람처럼 허겁지겁 그의 편지를 읽어 내려갔다. 편지는 점점 더 아름답고 시적이며 로맨틱하게 진화했다. 그의 글은 너무도 격정적이었고, 열정과 희망으로 가득 차 있었다. 그가 이 편지를 썼을 때처럼 내 심장도 그의 단어 하나하나에 뛰고 있었다.

그래, 나한테 필요했던 게 바로 이거야.

그의 용기가 존경스러웠다. 나는 한 번도 내 감정을 표현한 적이 없었다. 그는 나와는 정반대인 사람이었다. 그때 내가 단 한 줌의 용기라도 품었더라면….

나는 소파에 앉아서, 한때 내가 꿈꿨던 모든 것들이 언제부터 틀어지기 시작했는지 따져보았다. 빚과 허울뿐인 결혼 생활로 내게 남은 것은 두려움밖에 없었다. 그 많던 꿈은 다 어디로 간 걸까?

나는 장 뤽의 편지들을 움켜쥐었다. 이 편지들을 사랑의 기준으로 삼자는 트레이시의 아이디어는 오래된 죄책감과 후회에 밀려 연기처럼 증발해버렸다.

1989년, 장 뤽은 우리 사랑의 불씨를 지키려고 일곱 통의 아름다운 편지를 썼다.

그런데 난 한 번도 답장하지 않았다. 단 한 통, 단 한마디도.

사랑은 위험과 함께 찾아온다

어쩜 이렇게 바보 같을까. 20년이나 흘렀는데도 장 뤽의 편지에 이토록 마음이 뜨거워지는데, 왜 난 1989년 그때 그에게 답장하지 않은 걸까? 그 답을 찾아야 했다. 과거를 돌아보면 앞날에 도움이 되겠지. 앞으로 남은 삶을 애정 없는 결혼 생활로도, 괴팍하고 쌀쌀맞은 독신녀로도 보내고 싶지 않았다. 내 삶을 송두리째 바꿀 수 있다면, 무엇이든 해야만 한다.

장 뤽의 편지들을 한쪽으로 치워놓고 자리에서 일어나 집 안의 불이란 불은 모두 켰다. 아이크는 짜증스러운 표정을 지으면서 그 큰 머리를 쳐들었다. 주둥이에 부쩍 흰 털이 많아진 이 귀여운 늙은 털북숭이는 천천히 몸을 뻗어 소파에서 내려왔다. 녀석은 다시 한 번 내게 눈길을 주더니 느릿느릿 방으로 들어갔다. 곧 삐걱거리는 소리가 들렸다. 침대로 뛰어오른 모양이었다.

나는 머리에 쥐가 나도록 묻고 또 물었다. 결혼한 뒤에도 왜 나는 이 편지를 계속 보관하고 있었던 걸까? 이성이 나를 어떻게 생각하는지가 그토록 중요했나? 사랑받았다는 것을 증명할 기념품을 간직하고 싶었나?

마치 내게 대답이라도 하는 것처럼, 카드 한 통이 바닥에 떨어졌다. 그것을 집어 들자 역겨움과 실망감에 두 손이 떨렸다. 나의 생물학적인 아버지 척에게서 온 카드였다.

'해피 버스데이'라고 쓰인 깃발 아래, 우스꽝스러울 정도로 커다란 케이크를 앞에 두고 총을 머리에 댄 파란 눈의 검은 곱슬머리 미치광이가 있었다. 테이블을 둘러싼 축하객들은 모두 혀를 내밀고 눈을 뒤집어 과장되게 죽은 척했다. 척은 카드 안에 상투적인 축하 메시지를 쓰고는 끝인사로 "내가 모델을 한 생일 카드란다. 사랑한다"라고 적었다. 하지만 몇 년 뒤에 보낸 카드에 비하면 차라리 이게 나았다. 트렌치코트와 레이스 란제리를 입은 여자와 찍은 사진에 "한 번 더 해요, 샘"이라는 문구를 적은 카드는 정말 역겨움의 끝판왕이었다.

이따위 쓰레기들은 버려야 하지 않을까 생각하면서도 나는 두 카드 모두 뒤집어서 서류철에 집어넣었다. 솔직히, 모든 것이 혼란스러웠다.

남편은 내가 척을 변태 새끼라고 부르는 것이 "버림받은 것에 대한 트라우마" 때문이라고 말했다. 사실 나는 생물학적 아버지를 향한 깊은 분노를 항상 품고 살아왔다. 그러나 제정신이 박힌 인간이라면 누구나 그럴 것이다.

척은 결혼한 지 1년 반 만에 엄마와 나를 버렸다. 다른 여자와 바람이 나서 차를 훔쳐 캘리포니아로 떠난 것이다. 아파트 문을 활짝 열어놓아서 고양이들을 모조리 달아나게 해놓고, 쪽지 한 장 남기지 않았다.

겨우 생후 6개월이었던 나는 황달과 장염을 앓고 있었고, 엄마는 앞날이 두렵기만 한 스물한 살 풋내기였다. 설상가상으로, 변태 새끼의 가족도 우리를 나 몰라라 하며 왕래를 끊어버렸다.

그래도 엄마와 나는 그럭저럭 살았다. 아니, 척과 함께 살 때보다 오히려 더 잘 살았다. 내가 여섯 살 때, 엄마는 지금 내가 자랑스럽게 아빠라 부르는 토니와 결혼했다. 조숙한 다섯 살짜리가 커다란 파란 눈으로 올려다보며 "내 아빠가 되어줄래요?"라고 묻는 것으로 나는 토니가 결혼을 결심하는 데 작은 역할을 했으리라 생각한다. 결코 엄마가 시켜서 한 일은 아니었다. 단란한 가정을 꾸리고 싶었던 사람은 바로 나였으니까.

토니는 내 제안을 받아주었고, 1년 뒤 엄마와 결혼했다. 결혼식 날 나는 귀여운 아역 배우처럼 머리를 둥글게 말았다. 무지개가 뜨고 솜사탕 나무가 있는 꿈동산처럼 환상적이지는 않을지라도, 우리 가족은 꽤 단란했다. 적어도 나한테는 그랬다. 내가 열 살 때 척이 친권을 행사하러 나타나지 않자, 아빠는 나를 정식으로 입양했다.

내가 입양되고 나서 두 달 뒤 엄마는 동생 제시카를 낳았다. 아기가 어떻게 태어나는지 동화책을 통해 어렴풋이 알게 된 나는 "아빠는 나보다 제시카를 더 사랑하게 될 거야. 제시카는 아빠 친자식이고 나는 아니니까"라고 담담하게 말하고는 왈칵 눈물을 쏟았다.

엄마와 아빠는 나를 앉혀놓고, (그 동화책의 표현에 따르면) 아빠가 행복한 재채기로 나를 만들지 않았다고 해서 내가 친딸이 아닌 것은 아니며, 사랑은 DNA에서만 나오는 게 아니라고 설명해주었다. 여전히 나는 여동생이 받는 관심을 질투했지만, 그 문제는 한동안 생각하지 않았다. 척의 딸이라는 것도 잊고 지냈다. 나는 토니 플랫의 딸이었으며, 그 사실이 자랑스러웠다. 태어날 때의 내 성이 플랫이 아니었다는 사실을 떠올리게 될 때까지는 말이다.

자식을 나 몰라라 했던 그 남자가 내게 처음 연락한 것은 내가 열두 살, 한창 사춘기를 겪으면서 삐딱함의 정점을 찍을 때였다. 나와 연락하면서 지내고 싶어 하는 척의 바람은 당연히 엄마 마음을 상하게 했지만, 엄마는 그와 연락할지 말지는 나더러 선택하라고 했다. 그가 왜 나와 엄마를 버렸는지 궁금했던 터라, 그의 대답이 듣고 싶었다. 그러나 너무 긴장한 나머지 나는 그 질문을 할 수 없었다.

첫 통화 후, 바로 선물이 도착했다. 삭스 백화점에서 산 빨간 스웨이드 코트와 다이아몬드 귀고리 한 쌍이었다. 척은 그동안 한 번도 지불하지 않았던 양육비를 보상하려는 듯했다. 8학년 때 그 귀고리 한 짝을 잃어버렸다. 코트는 질투심 많은 같은 반 아이가 지워지지도 않는 파란 펜으로 등판에 뭐라고 마구 휘갈겨놓는 바람에 더 입을 수도 없게 되었다.

나는 척에게 내 사진 몇 장을 보냈다. 그랬더니 그는 산타모니카 부두에서 표범무늬 끈팬티를 입고 롤러스케이트를 타는 자기 사진을 보내왔다. 그는 내 삶에 스케이트를 타고 들어온 것만큼이나 빠르게 다시 스케이트를 타고 사라졌다. 그렇게 징그러운 수영복을 입는 사람들은 쉽게 변하지 않는다는 것을 증명하고는.

척이 내게 다시 전화한 것은 몇 년이 흐른 뒤였다. 아빠 직장 때문에 온 가족이 런던으로 이주하기 전 여름, 그는 시러큐스 대학에 다니던 나를 어렵사리 찾아내 연락을 취했고, 뭐 필요한 건 없는지 물었다. 옳다구나 하고 나는 얼른 대답했다.

"유럽을 여행할 계획이에요. 여비를 마련하기 위해 여름 내내 웨이트리스로 일하고 있는데, 괜찮으시면 여행 경비로 200달러 정도 보태주세요."

그는 "당연하지! 당장 우편으로 수표를 보낼게"라고 했다.

그날부터 몇 주 동안 나는 우체부를 스토킹했다. 나는 그의 얼굴 표정에서 기다리던 편지가 왔는지 알아보려고 했다. 우체부는 기대감에 부풀었던 내 표정이 점점 쓰라린 실망감으로 바뀌는 것을 매일매일 지켜봐야 했다. 심지어 나쁜 소식을 전하는 게 자기 잘못이기라도 한 것처럼 그는 늘 사과했고 두 발을 깡총거리며 살짝 춤을 춰주기까지 했다. 수표는 오지 않았고, 다시 한 번, 척은 내 인생에서 사라졌다.

나는 그를 무시하기로 했다.

그러나 그러지 못했다.

내가 지나치게 낙천적인 인간인지 아니면 더 많은 고통과 형벌을 찾아나서는 마조히스트인지 모르겠지만, 가족이 런던에서 뉴포트비치로 이사할 때 나는 척에게 한 번 더 기회를 주었다. 그를 향한 내 감정과는 별개로 호기심을 억누를 수 없었기 때문이다. 척은 한 시간 거리에 살고 있었고, 스물한 살 성인이 된 나는 그를 직접 만나보고 싶었다. 그래서 나는 혈기 왕성한 미국 여자애가 할 법한 짓을 했다. 그에게 전화를 한 것이다.

놀랍게도 그는 전화를 받았다. 나는 그에게 점심을 같이 먹자고 했다. 그는 흔쾌히 수락했고, 세련된 어느 레스토랑에서 만나기로 했다. 아빠를 속상하게 하고 싶지는 않았기에, 엄마에게 비밀로 해달라고 신신당부를 했다.

다음 날, 내 출생에 절반의 책임이 있는 남자를 만난다는 사실에 긴장하면서, 늘 막히는 지옥 같은 길을 뚫고 약속 장소에 도착했다. 그런데 놀랍게도, 정말 놀랍게도, 그가 레스토랑 바깥에서 나를 기다리고 있었다. 나를 바람맞히지 않은 것이다.

점심을 먹으면서 그가 자기 얘기를 하고 또 할 때, 나는 우리에게 어떤 공통점이 있는지 찾기 위해 척을 꼼꼼히 뜯어보았다. 내 눈처럼 그의 눈도 파랬지만 더 짙었고, 동공 주변으로 녹색이나 금빛이 돌지 않았다. 그의 머리칼은 거의 검은색에 가까울 정도로 짙고 곱슬곱슬했으며, 피부도 나보다 더 가무잡잡했다.

그를 바라보면 바라볼 수록 내 기분은 처참해졌다. 가장 끔찍한 것은 그의 미소였다. 그의 얼굴에 번진 즐거움이 내 속을 메스껍게 만들었다.

내 앞에 앉아 있는 이 사람은 도대체 누구지?

게다가 척은 전혀 예상치 못한 짓을 했다. 레스토랑 여기저기로 나를 끌고 다니면서 사람들에게 자기 '딸'이라고 소개한 것이다. 입안에 신물이 가득 고이면서 방금 먹은 음식이 넘어오려고 했다. 이 남자는 완벽한 남이었다.

그 레스토랑을 나온 뒤로 다시는 그와 말도 섞지 않았다.

내가 이성에게 저지른 수많은 잘못에는 척의 그림자가 드리워져 있었다. 그동안 나는 싫다는 남자에게 매달리고 나를 좋아하는 남자는 차버리는 짓을 수도 없이 반복했다. 누가 나를 좋아하면 분명 그 사람에게 무슨 문제가 있을 거라고 생각했다. 그러니까 나의 생물학적인 아버지, 내 핏줄이 나를 이 꼴로 만든 것이다.

눈에서 멀어지면 마음에서도 멀어진다. 20년 전 그때, 나는 장 뤽이 아름다운 파리지앵과 바람이 나서 내 마음을 갈가리 찢어놓기 전에 다시 미국의 일상으로 돌아왔으며, 그 후 아무 소식도 듣지 못했다. 나는 장 뤽을 좋아했기 때문에 답장을 쓰지 않았다. 이것으로 모든 것을 납득할 수 있었다. 위험을 감수하지 않으면 상처 입을 일도 없다. 가슴 아픈 일을 만들지 않기 위해 나는 그 어떤 관계도 깊게 맺으려 하지 않았다.

벌써 20년이나 흘렀다. 이 악순환의 고리를 끊기에 너무 늦지 않았기를…. 나는 사랑에 빠지는 것이 너무 두려웠다. 하지만 더 이상 잃을 게 없으니 모든 게 단순해졌다. 두렵고 말 것도 없었다. 잘못 꿴 첫단추를 다시 끼우려면 우선 장 뤽에게 사과해야 한다.

두 번째 편지
1989년 7월 30일, 파리

사랑스러운 여인 사만다,

너의 '파리 선물'이길 바라는 나는 오늘도 네가 너무 그리워. 내 온 몸의 세포 하나하나가 너를 그리워해. 이 편지가 우리를 다시 이어주기를, 그래서 너와 함께할 수 있기를 간절히 원해.

네 앞에 앉아 이야기를 나누는 심정으로 편지지 앞에 앉았지만, 안타깝게도 너를 만질 수도, 네게 키스할 수도 없어. 혹시 내가 없을 때 니스에 있는 네가 전화할까 봐 아파트를 나서는 것도 두려워.

네가 단 며칠만이라도 더 파리에 머물렀다면 멋진 성 주변과 노르망디를 함께 거닐었을 거야. 모든 프랑스인들의 삶은 프랑스의 역사와 단단히 묶여 있어서 그곳을 함께 걷는 것만으로도 나를 더 많이 알 수 있을 테니까.

샘, 그거 알아? 나는 지금 첫 여자 친구에게 편지를 쓰는 소년이 된 것 같아. 지금까지 많은 여자를 알고 지냈지만 진심으로 좋아하고 사랑했던 사람은 별로 없어. 그래서 늘 생각했지. 나는 사랑에 잘 빠지지 않는 사람이구나. 누군가와 사랑을 하고, 생각을 나누고, 그 누군가를 위해 사는 것은 정말이지 놀라운 일이야. 그만큼 어려운 일이고. 하지만 분명한 건 그 일을 해내는 건 정말 멋진 일이라는 거지.

때로는 알 수 없는 일로 인생이 확 바뀌기도 하는 것 같아. 사랑에 빠지지 않던 내가 너의 목소리를 떠올릴 때마다 심장이 뛰어 어쩌지 못하고, 결국 자리에 앉아 편지를 쓰고 있으니 말이야.

나는 바닷가에서 태어나 프로방스의 햇살을 받으며 자랐어. 너의 열기는 그 태양보다 뜨거워서 내 피를 끓게 만들어. 항상 차가웠던 내 머리마저 난생처음 뜨겁게 달아오르고 있어. 너는 헤어날 수 없는 매력을 가진 여자야.

사만다, 내 말을 믿어줘. 나는 너와 함께 있었을 때 너무도 행복했고, 사랑받는 느낌이었어. 내게 보여준 너의 따스함은 우리가 잘 맞는다는 증거일 거야. 우리의 모험은 낯선 도시에서 이방인을 만나는 여행자의 흔하디흔한 이야기가 아니야.

나도 내가 이렇게 될 줄은 몰랐어. 지금 내게 가장 소중한 건 바로 너야. 너도 그렇길. 너의 아름다운 푸른 눈에 빠져 오래오래 헤매고 싶어.

사랑과 그리움을 담아,

장 뤽

러브 블로그

오랫동안 장 뤽은 내게 잊힌 존재였다. 그런데 지금은 마치 어제 헤어진 사람처럼 그 사람 생각뿐이다. 그가 집 안을 왔다 갔다 하며 "사만다! 날 왜 이렇게 힘들게 하는 거야! 내가 두 번 다시 사랑을 하나 봐라. 도대체 왜 답장을 안 하는데?"라며 울부짖는 것만 같다.

설령 그가 나를 기억하지 못하거나, 다른 여자들에게도 숱하게 이런 편지를 썼다 해도 내 결심을 바꿀 수야 없지. 장 뤽에게 사과하고, 후회스러운 것을 하나하나 고쳐나가 잘못된 과거를 바로잡아야 한다.

제 1단계, 그를 찾아라.

노트북을 들고 식탁에 앉아 인터넷 검색창에 그의 이름과 직업을 입력했다. 그 분야의 전문가들이 '로켓 과학자'라는 용어를 쓰는지는 잘 모르겠지만, 어쨌든 시작은 했다.

숨을 멈추고… 클릭.

세상에! 검색 결과만 4만 2천 개….

도대체 얼마나 많은 로켓 과학자들이 장 뤽이란 이름을 갖고 있는 걸까? 리스트 맨 위에는 〈스타트렉〉의 선장 장 뤽 피카드가 자리 잡고 있었다. 아무리 〈스타트렉〉 오타쿠 짓을 그만뒀다지만, 나의 장 뤽이 '엔터프라이즈호' 선장이 아니라는 것쯤은 알고 있다. 어쨌든 이따위 작은 문제로 기가 꺾여서는 안 된다.

범위를 좁히기 위해 내가 아는 요령을 이것저것 써보다가, 구글에 장 뤽이란 사람이 쓴 논문이 있는지 찾아보았다. 이번에는 서른아홉 개의 결과가 떴다. 왠지 조짐이 좋았다. 항공우주산업과 관련된 PDF 논문이 있는지 하나하나 다 클릭해봤다. 고엔탈피 극초음속 프로젝트가 도대체 무슨 말이지? 화성 대기로의 진입과 재진입은?

아… 내게 이동광선을 쏘아줘, 스캇.•

어찌 되었든 나는 내 로켓 과학자를 찾아냈다. 아니, 찾아낸 것 같았다. 하지만 곧 그가 무슨 일을 하는지 제대로 모른다는 것 말고도 더 심각한 문제가 있다는 걸 깨달았다. 그에게 어떤 메시지를 보내야 할지 모른다는 거였다. 자, 생각을 해보자. … 음, 이건 어떨까?

"아마 나를 기억하지 못할 거야. 20년 전 파리에서 만났던, 살짝 노이로제가 있던 그 여자 말이야. 네가 내게 일곱 통의 아름다운 러브레터를 보냈지. 나는 답장을 못했고. 그 점에 대해 사과할게. 미안

• 〈스타트렉〉에서 순간 이동이 필요할 때 등장하는 대사.

해. 네 잘못이 아니라 내 잘못이야. 두루 평안하길."

아냐, 이건 절대 아냐!

내 답장이 늦어도 한참 늦었다는 것을 감안한다면 특별하고 시적인 뭔가가 필요했다. 순간 트레이시가 말한 러브 블로그가 떠올랐다. 그녀에게 전화를 걸었다.

"오늘 장 뤽의 편지에 대해 생각해봤는데… 그의 편지를 인터넷에 올려서 다른 편지랑 비교할 수는 없을 것 같아. 대신 생각을 좀 바꿔봤어. 네가 말한 러브 블로그 아이디어에서 영감을 얻었지. 블로그에다 파리에서 일어난 우리 얘기를 그가 나에게 보낸 편지 수만큼 딱 일곱 개 포스팅 하는 거야. 그런 다음 장 뤽에게 뒤늦은 사과를 하고 블로그 주소를 보내는 거지."

"와우, 멋진 생각인데! 내 이야기가 네게 영감을 주었다니 다행이다."

트레이시의 본래 의도와는 달랐지만 어쨌든 그녀의 기획은 실현됐다. 갑자기 나는 장 뤽과 그의 편지 외에는 아무 생각도 할 수 없었다. 그 기억은 행복 그 자체였고 그래서 더욱더 간직하고 싶었다. 나는 트레이시에게 우리 여행 사진 좀 찾아봐달라고 부탁했다.

"그 사진 못 본다고 해서 무슨 큰일 나는 건 아니잖아. 하지만 네 결혼 생활을 계속 이대로 두면 넌 시름시름 말라 죽고 말 거야. 도대체 언제 크리스와 헤어질 거니?"

나는 내가 '죽음이 갈라놓을 때까지 사랑하는' 여자이길 바랐다.

"언제든 때가 되면."

"그런 때는 없어."

"헤어지는 건 너무 힘들어. 그냥 사는 게 더 쉽지."

"드라마 주인공 같은 소리 하고 앉았네. 변명 좀 작작 하셔."

그녀가 말했다.

그날 밤 잠자리에 들기 전, 출장 간 남편한테서 전화가 왔다. 우리는 늘 하던 대로 짧게 통화했고 의미 없는 몇 마디를 나눴다.

처음 남편을 만났을 때 나는 그의 사업가 기질, 추진력, 열심히 일하는 모습, 남다른 유머 감각에 끌렸다. 그는 시카고 북부에 멋진 정원과 아름다운 목련 나무 한 그루가 있는 아담한 집을 가지고 있었다. 스물일곱 살의 낙천주의자였던 나는 그와 미래를 함께 만들어 갈 수 있으리라 생각했다.

처음 몇 년 동안 우리는 행복한 부부의 전형이었다. 디너 파티를 열고, 시내로 놀러 나가고, 멋들어진 여행을 다녔다. 그러나 사업에 몇 번 실패한 남편은 전혀 다른 사람이 되었다. 그는 더 큰 집을 가지고 있고, 돈도 더 많이 벌고, 자식도 있는 친구 부부들과 우리를 비교했다. 예민해진 남편은 툭하면 나를 비난했고, 나는 하루에도 몇 번씩 분노와 후회의 눈물을 훔쳤다. 우리는 당연하다는 듯 따로 자기 시작했다

이런 괴로운 감정을 잠시라도 날려버리고 싶었다. 작은 열정이라도 느끼고 싶었다. 나는 블로그에 들어가 첫 번째 글을 쓰기 시작했

다. 지금 삶에는 아무런 열정도 없지만, 찬란했던 지난날만큼은 뜨겁게 느낄 수 있었다. 파리 모험에 푹 빠져서, 첫 번째 글에 이어 두 번째 글도 잇달아 써 내려갔다. 내 손가락들이 저절로 알아서 움직이는 것 같았다.

이튿날 아침, 동생 제시카가 전화를 해서는 대뜸 소리를 질렀다.

"어떻게 지금까지 나한테 장 뤽 얘기를 한 번도 안 할 수 있어?"

"제시카, 그때 넌 겨우 여덟 살이었어."

제시카가 코웃음을 쳤다.

"그러니까 나한테는 비밀을 털어놓을 수 없었다 이 말씀이지?"

"그때는 그랬지. 하지만 지금은 아니잖아."

정말 시간이 지나니 서른아홉 살과 스물여덟 살은 크게 다르지 않았다. 특히 서른아홉 살이 스물여덟 살보다 더 철이 없기에 우리의 나이 차는 예전만큼 문제가 되지 않았다.

"나도 그 편지들 읽고 싶어. 스캔해서 이메일로 보내줘."

제시카가 말했다. 부탁이 아니라 명령이었다.

"싫어."

"왜?"

"직접 보는 게 더 나아."

제시카가 한숨을 푹 내쉬었다.

"알았어. 조만간 갈게."

제시카는 내게 장 뤽의 얘기를 다 해주겠다는 약속을 받아내고서야 전화를 끊었다.

나는 블로그에 파리의 카페에서 우리가 처음 만나 서로에게서 눈을 떼지 못했던 이야기를 썼다. 과거에서 불어오는 이 한 줄기 바람이 장 뤽의 기억을 일깨워, 우리가 함께했던 시간을 떠올릴 수 있기를 기도하면서 말이다.

글을 쓰는 내내 장 뤽의 속삭임이 들리는 것 같았다. 크리스와의 문제를 잊게 할 만큼 그의 목소리는 달콤했다. 블로그 글을 쓰면서 한 번도 망설이지 않았다.

그러나 그에게 이메일을 쓰는 건 너무 힘들었다. 사흘 동안 계속 썼다 지웠다를 반복했고, 장 뤽에게 사과하는 게 정신 나간 짓은 아니라는 소리를 듣고 싶어서 트레이시에게 수십 번이나 전화를 걸어댔다.

드디어 닷새째가 되었다. 계획대로라면 내 블로그에 장 뤽을 초대할 순서였다. 메일 전송만 남겨놓고 트레이시에게 전화를 했다.

"아무래도 이건 미친 짓 같아. 벌써 20년이나 지난 일이잖아. 블로그에 올린 글들을 다 내려야겠어."

"시작한 일은 끝장을 봐야지! 너를 아니까 하는 말인데, 사만다, 넌 지금 이 일을 원해."

내가? 이메일은 종이에 쓴 편지처럼 우체부가 수거해 가기 전에 우편함으로 달려가 찢어버릴 수도 없다고!

컴퓨터 모니터를 뚫어져라 바라보며 책상 위 마우스만 두드려댔다. 가만, 뭐가 그렇게 두려운 거지? 답장 못한 걸 사과하는 것뿐이잖아. 지금이 아니면 두 번 다시는 기회가 없을 것 같다고 생각한 순간에, 마음이 바뀌기 전에, 숨을 멈추고 얼른 전송 버튼을 클릭했다. 이메일 전송 완료. 물 잔은 엎어졌다.

장 룩에게,

안녕, 장 룩. 나야, 사만다. 네가 기억할지 모르겠지만…. 이 편지가 무슨 편지일까 궁금하겠지? 음… 그러니까 이 편지는 20년 전에 보냈어야 할 답장이야.

지난주에 늘 간직하고 있던 네 편지들을 우연히 읽게 됐어. 그러고는 네게 사과하고 싶은 마음이 간절해졌지. 정말 많이. 지금껏 읽어본 편지 중 가장 아름다운 편지를 일곱 통이나 써주었는데, 나는 단 한 통의 답장도 하지 않았으니까.

사실 그때는 그럴 용기가 없었어. 몇 년 뒤에 너를 찾으려 했지만 네가 이사를 했더라. 불행히도 그때의 인터넷은 지금만큼 쓸모가 없었고.

그때 나는 나를 향한 너의 감정과 너무도 열정적이고 로맨틱한 글에 겁을 먹었던 것 같아. 아무리 애를 써도 제대로 된 편지를 쓸 수 없었어. 거짓말하나 보태지 않고 말하자면, 내 기숙사 방의 쓰레기통은 온통 구겨진 편지로 넘쳐났었어.
사실, 지금까지의 이야기는 작은 이유에 불과해. 이제 진짜 이유를 고백해야겠지?
파리를 떠나기 직전, 나의 생물학적 아버지가 나타났어. 사라졌던 것만큼이나 빠르게 나타났다가 또다시 사라졌지. 그 일로 나는 정말 혼란스러웠어. 그 사람 때문에 나는 나에게 다가오는 남자들을 밀어냈어. 도무지 남자들을, 그리고 그들의 사랑을 믿을 수 없었거든. 그런데 너는 내게 너무 가까이 다가왔어. 나는 그게 두려웠지.
결국 일은 이렇게 된 거야. 진심으로 미안해.
이 편지와 함께 우리의 이야기를 내 블로그에 올렸어. 너를 당황하게 만들 의도는 전혀 없어. 그저 다시 읽은 너의 편지가 너무 아름다워서, 그냥 간직하고만 있기에는 너무 아까워서 그 편지의 일부를 올린 거야.
그리고 지금 다섯 번째 글을 포스팅 하고 있어. 이 블로그 글은 네가 내게 보낸 편지 수와 똑같은 일곱 개의 글로 끝날 거야. 이 글들이 일종의 시처럼 너에게 다가갔으면 좋겠어.
답장이 없더라도 충분히 이해해.
건강하길.

사만다

www.sevenloveletters.blogspot.com

나는 시차도 계산하지 않은 채 금요일 밤, 장 뤽의 직장 이메일 주소로 이 글을 보냈다. 그런 줄도 모르고 머릿속으로 온갖 상상을 다 하면서, 답장이 바로 올 거라는 기대에 2분마다 메일함을 열어봤다.

헤어져, 개는 내가 맡을게

기차역으로 크리스를 마중 나가는 중이었다. 가는 길에 경찰차 두 대가 길을 막았다. 마약상이나 자동차 절도범을 잡은 것 같았다. 경찰들은 총을 들고 서 있었고, 배기팬츠를 입은 풀 죽은 용의자는 경찰차 뒷좌석에 처박혔다. 나는 초조해졌다. 눈앞에 펼쳐진 장면 때문이 아니라 크리스가 도착한다는 시간보다 10분이나 늦어서였다.

휴대폰이 울렸다.

"어디 있는 거야?"

"가는 중이야. 그런데 지금…."

"제기랄! 샘, 빨리 와!"

그는 이렇게 말하고 전화를 끊어버렸다.

드디어 경찰이 길을 터주었다. 거리는 차들로 꽉 차 있었다. 역에서 반 블록 떨어진 위커 공원에서 우회전한 다음 크리스에게 전화했다. 내가 어디에 주차했는지 잘 알아듣지도 못했으면서 그는 단 1초도 더 설명할 시간을 주지 않고 전화를 끊어버렸다. 그가 시야에 들어오자 그대로 차를 몰고 가버리고 싶은 마음이 굴뚝같았지만, 경적을 울렸다. 그가 차로 달려왔다. 무리하게 지은 미소 때문에 내 얼굴이 일그러졌다. 크리스는 옷가방을 뒷좌석에 던지고 조수석에 앉으며 자동차 문을 세게 닫았다.

"오랜만에 보는데도 어째 별로 좋아하는 것 같지 않네."

"좋아. 그런데…."

"참 대단한 환영이군!"

분노와 좌절감에 눈물이 앞을 가렸다. 우리는 집으로 가는 내내 싸웠다. 무슨 일로 싸웠느냐고? 그건 중요하지 않았다.

나는 주차장에 차를 대놓고 운전대를 손으로 치면서 흐느껴 울었다. 그는 언제 화가 난 거지? 난 언제 슬퍼진 거고? 우리도 처음에는 이러지 않았는데. 잠깐이긴 했지만 그래도 좋았었는데.

그는 사과했다. 욱하는 성질이 또 나온 것이며, 피곤하고 몸도 좋지 않았다고 했다.

나는 변명에 지쳤다.

욱하는 그 성질에도 지쳤다.

나는 모든 것에 지쳐버렸다.

우리는 아파트로 올라갔다. 그는 가방에서 조 말론 향수 두 병을 꺼내 내게 건넸다. 듣자 하니, 런던에서 이 향수를 고르느라 여점원과 한 시간을 상의했단다. 이 향을 만들어내기 위해 진한 황색 액체에 생강꽃 향, 천도복숭아꽃 향, 그리고 꿀을 섞었을 것이다. 그가 향이 마음에 드는지 물었다. 나는 손목에 향수를 뿌려본 뒤 마음에 든다고 대답하며 고맙다고 말했다. 지나치게 감정을 내보인 것 같았다. 어쩌면 이 결혼 생활에도 건질 만한 것이 있을지도 모른다. 그런데 왜 그를 본 순간 한없이 마음이 어두워진 걸까? 그가 옆에 없을 때 더 나다워지는 건 왜일까? 의도하지는 않았지만 내가 그를 힘들게 하고, 한참 부족하다고 느끼게 만든다면? 그러면 도대체 어떻게 해야 하는 걸까?

한계점에 다다랐다.

크리스는 푹신푹신한 의자에 앉아 코를 골며 낮잠을 잤다. 나하고 결혼한 이 남자는 도대체 어떤 사람일까? 나는 멍하니 그를 바라보았다. 그를 당최 모르겠다. 어쩌다 이 지경이 됐을까? 코골이는 말할 것도 없고 그가 숨 쉬는 것조차 꼴 보기 싫었다.

이러면 안 되는데.

크리스가 일어나더니 주방 조리대 위에 놓아둔 열쇠를 집어 들었다.

"잠깐 나갔다 올게. 일도 있고, 점심 약속도 있거든."

우울하게 소파에 앉아 새들이 지저귀는 소리를 들으며, 청명한 시카고 하늘로 날아오르는 비행기를 올려다보았다. 이런 우울한 생활 때문에 옴짝달싹 못하다 보니 자유가 그리웠다.

인사 담당자에게 전화해서 새로운 자리가 나왔는지 물어보았다.

"미안, 사만다. 시카고 광고업계는 죽었잖아. 지금 당장은 없지만 조만간 나지 않을까 싶어. 소식 들으면 곧장 자기한테 전화할게."

나는 당장 일자리도 없고 앞으로도 나올 것 같지 않은 아트 디렉터, 크리에이티브 디렉터, 디자이너 일자리만 찾고 있었다. 아빠가 이 분야에서 성공했기 때문에 나도 이 일에 뛰어들었다. 아빠는 광고업계에서 두각을 나타낸 경영자다. 아빠가 누리는 명성만큼 우리 가족은 자주 이사를 다녀야 했다.

트레이시와 나는 이사를 많이 다닌 부모님 덕분에 더 넓은 세상을 볼 수 있었다고 농담하곤 했다. 시카고에서 보스턴으로, 보스턴에서 런던으로, 런던에서 캘리포니아로, 캘리포니아에서 버지니아를 거쳐 투손으로, 그리고 투손에서 버지니아를 거쳐 다시 캘리포니아로 돌아왔다. 엄마처럼 군인 가족도 아니었는데 이렇게 이사를 많이 다니다니!

시카고 예고에서 연극과 성악을 공부하다가 고등학교 3학년 말•에 동부로 이사한 것이 가장 큰 변화였다. 이사한 뒤에도 계속 연극을 공부하다가, 보스턴 남쪽 교외에 있는 코하셋 고교에서 미술이 내 삶의 일부가 되었다. 고등학교 4학년이 된 나는 아리아와 독백이란 꿈을 스케치북과 물감, 파스텔로 바꾸었다. 브로드웨이에서 노래하는 대신 아빠의 자랑이 되고 싶은 마음도 컸다. 해서 시러큐스 대학에서 광고 디자인을 전공했다. 그러나 7년 뒤, 나는 인생을 다시 디자인하고 싶어 하는, 실직한 디자이너가 되어버렸다.

• 미국 학제에서 고등학교는 보통 4년제다.

내가 바라는 것이 정확하게 뭔지 알아내기 위해 온 정신을 집중해야 했다. 그래서 아이크와 산책을 나가기로 했다. 아름답고 따스한 봄날, 햇살은 눈부시고 새들은 사랑스럽게 지저귀었다.

인도는 아기를 데리고 나온 가족들로 붐볐다. 그들은 사방팔방 온 천지에 다 있었다. 엄마들은 유모차를 밀거나 아장아장 걷는 아이의 손을 잡아주었다. 말쑥하게 차려입은 어떤 아빠는 요즘 유행하는 아기띠를 두르고 있었고, 파란 눈의 사내아기는 그 안에서 강중거렸다. 그들은 모두 웃음 짓고 있었다. 온 세상이 내게 몇 달 후면 마흔 살이 된다는 것을 떠올려주려고 아주 대단한 농담을 하는 것만 같았다.

그래, 나 곧 마흔이고 자식도 없다.

이 불행한 사실이 내 머리를 강타하던 바로 그때, 침으로 범벅이 된 얼굴에 '이제 막 걸음마를 뗀 자랑스러움'으로 무장한 아이가 내 무릎에 부딪쳤다. 내가 내려다보자 그 꼬마 여자아이가 큼직하고 파란 눈을 반짝이며 잇몸이 다 보이도록 활짝 웃었다. 그 모습에 나는 심장이 떨렸다.

친구들은 출산의 고통에 대해 잔뜩 겁을 준 다음, 애는 언제 낳을 거냐고 물어댔다. 미안하다, 얘들아. 내 젖꼭지가 커지고 까매지는 것으로도 모자라 얼굴은 넙데데해지고 시도 때도 없이 방귀가 나올 거라는 소리는 듣고 싶지 않구나.

나는 아이들을 좋아한다. 그러나 자잘한 핑곗거리와 함께 항상 두려움이 앞섰다. 세상은 엉망진창이라는 둥, 아이를 제대로 키우려면 돈이 많이 드는데 그럴 형편이 못 된다는 둥, 나만의 시간이 더 필요하다는 둥…. 게다가 만에 하나라도 아이가 장애를 안고 태어난다면? 모든 것이 다 불안했다. 게다가 우리 부부에게는 해사한 미래가 없었다.

사실 크리스의 아이를 정말 갖고 싶었다면 진작에 가졌을 것이다. '넌 얼마든지 훌륭한 엄마가 될 수 있으며 참 대단한 여자야'라는 소리를 듣고 싶었는데, 크리스는 내게 한 번도 그런 말을 하지 않았다. 언젠가부터 잠자리도 갖지 않았고.

발을 질질 끌며 집으로 가서 곧장 컴퓨터로 달려갔다. 메일함을 열었을 때 나는 거의 기절할 뻔했다. 충격으로 머리가 어지럽고 손이 덜덜 떨렸다.

장 뤽.

한참을 그의 이름만 바라보았다. 그런 후 조심스레 이메일을 열어보았다. 그리고 정말 내가 알던 장 뤽이 맞는지 확인하려고 그의 메일을 다섯 번이나 읽어보았다.

사만다에게,

첫 편지에도 썼듯, 이 글도 어떻게 시작해야 할지 모르겠어. 지금부터 정확히 20년 전 추억이 파도처럼 내 마음에 밀려들고 있으니까. 그동안 내 마음

한 귀퉁이에서 잠자고 있던, 시간의 더께가 켜켜이 내려앉은 수많은 말을 어떻게 풀어야 할까?
솔직히 너의 이메일을 처음 봤을 때, 오래전 내가 놓쳐버린 그 예쁘고 유쾌한 사만다일 거라고 생각하지 않았어. 그건 믿을 수 없을 만큼 놀라운 일이니까. 그저 네 블로그 주소를 클릭하면 포르노 사이트로 가거나 다른 문제가 생길 것만 같았지. 해서 당신이 그랬듯 나도 당신을 구글에 검색해보았어. 그때 얼마나 가슴이 설레던지.
많은 걸 잊어버렸지만, 파리 리옹역 플랫폼에서 우리가 작별했던 장면은 또렷하게 기억해. 그게 곧 긴 이별이 되고 말았지. 지금 이 순간까지도 그때 너와 함께 기차에 올라 남프랑스로 사랑의 여행을 떠났어야 한다고 생각해. 그때 내 열정을 따랐어야 했어. 용기가 부족했던 걸까? 그 뒤, 얼마나 나 자신을 탓했는지 몰라.
너의 메일과 블로그는 내 기억에 쌓인 먼지를 단번에 날려버리는 폭풍과도 같았어. 수십억 마디의 말이 꼬리에 꼬리를 물고 떠올랐지. 나도 몇 번이나 너를 찾으려고, 연락을 취해보려고 노력했는데 삶은 우리에게 서로 다른 길을 제시했던 것 같아.
너 스스로를 원망하지 마. 나에게 너는 여전히 미국에 사는 아름다운 공주야. 블로그 글을 보면서 당신의 그 세밀하고 정확한 기억력에 놀랐어. 우리의 이야기를 너만큼 꼼꼼하게 기억하지 못한 내가 부끄러울 정도였지. 네가 이런 나에게 실망하지 않았으면 좋겠어.
처음에는 어떻게 이 글을 시작해야 하나 걱정했는데, 이제는 이 글을 어떻게 끝내야 할지 몰라 안타까운 마음뿐이야. 할 말이 너무 많아 다 쓸 수가 없어. 손가락이 모자라 그 말을 다 칠 수도 없고.

부디, 이 첫 번째 메일이 마지막이 되지 않기를.

잘 지내, 사만다.

장 뤽

그다음 주부터 마치 돌풍과도 같은 이메일 교환이 시작되었다. 난생처음 누군가에게 망설임 없이 나 자신을 다 보여주었다. 잘된 것뿐만 아니라 잘못된 것까지 포함해 내 상황을 장 뤽에게 낱낱이 알려주느라 내 손가락은 키보드 위를 날아다녔다. 전쟁 중에 헤어져 편지로만 소식을 전할 수 있었던 그 옛날의 연인들처럼 우리는 모든 희망과 꿈과 두려움과 실수를 이메일로 나누었다. 우리는 서로의 잘못을 받아들였고, 손가락질하거나 비난하지 않았다. 이메일을 쓰고, 주소를 쳐놓고, 전송하고…. 그러면 또 어느새 그의 메일이 도착했다.

우리는 하루에 서너 통의 이메일을 주고받았으며, 어떤 편지는 프랑스어로 쓰기도 했다. 지난 20년 동안 이 아름다운 언어를 단 한 번도 쓴 적이 없었기 때문에 구글 번역기의 도움을 받았다. 새로운 언어를 쓴다는 것 말고도, 이제껏 경험해보지 못했던 대화를 나누고 있다는 게 신기했다. 남편과도 나누지 못했던 대화를 말이다.

나는 장 뤽에게 열두 살 난 딸 엘비르와 열 살 난 아들 막상스가 있으며, 그 아이들의 엄마인 프레데리크와는 결혼하지 않았다는 사실을 알게 되었다. 장 뤽은 프레데리크와 2002년에 헤어졌고, 중년의 위기를 겪으면서 안야라는, 출장 중에 만난 젊은 여성과 사귀었지만 그리 오래가지 못했다. 아이들 양육권은 프레데리크와 나눠가졌다. 2006년 10월 막상스의 일곱 살 생일을 한 주 남겨놓고 프레데리크가 암으로 세상을 떠나기 전까지 그는 주말마다 아이들을 방문했다. 싱글 대디로서 장 뤽의 생활은 아이들 중심으로 돌아갔다. 최근 들어 그는 나타샤라는 러시아 물리학자와 결혼했지만, 그녀는 아이들에게 사랑을 주지 않았다. 결혼하자는 나타샤의 압박에 장 뤽이 굴복하기 전까지, 그들은 만나고 헤어지고를 3년 동안 반복했다. 그는 결혼이 주는 안정감이 나타샤와 아이들 사이의 긴장감을 풀어줄 거라 믿었다. 그러나 그렇지 못했다. 그녀는 점점 더 차가워졌으며, 그럴수록 그의 사랑은 식어갔다. 지금 그는 이혼 수속을 밟는 중이었다.

20년 동안 보지 못했는데도 그가 내 눈동자색을 정확하게 묘사한 뒤, 나는 우리 사이에 컴퓨터상의 우정 외에 뭐가 더 있을지 궁금해졌다. 그러나 그 궁금증은 내 마음 한구석으로 밀쳐놓았다.

장 뤽이 나를 여러모로 지지해주고 자존감을 회복하게 도와주었다 해도, 그것 때문에 나의 결혼 생활을 끝낼 수는 없었다. 하지만 어렵게 되찾은 자존감을 포기할 수는 없었다. 그것은 바로 희망이었으니까.

용기를 얻기까지 열흘이 걸렸다. 크리스와 크게 다투고 나서 두 잔의 보드카 마티니를 마시니 모든 두려움이 사라졌다. 혈중 알코올 농도가 용감무쌍함과 바보스러움을 왔다 갔다 할 때, 나는 남편에게 벌써 몇 년 전에 했어야 할 말을 했다.

"이혼하자. 개는 내가 맡을게."

크리스는 대답을 하는 대신 자기 아버지 집으로 가버렸고, 나는 혼자 남아서 북 치고 장구 치고 나팔을 불었다.

"트레이시, 나 미친년이 아니라고 말해줘."

"샘, 너 미친년 아니야."

"잘하는 짓일까?"

"네가 더 잘 알겠지. 이제 나한테 그만 물어봐."

딸깍.

"제시카, 나 크리스랑 헤어질 거야."

"내가 갈게. 언제가 좋겠어?"

"다음 주?"

"알았어."

딸깍.

"엄마, 나 엄마 집에 가도 돼?"

"나랑 같이 운전해서 오자. 언제 올 테냐?"

"제시카가 짐 싸는 거 도와주러 올 거야. 이번 주 말고 다음 주."

“비행기 티켓 사놔야겠다.”

딸깍.

“트레이시, 나 미친년이 아니라고 말해줘.”

“그래, 너 미친년 아니야.”

“잘하는 짓일까?”

“내 답은 필요 없잖아.”

“무슨 소리야?”

“나는 네 남편이 싫….”

그녀가 말을 멈췄다.

“네가 남편이랑 헤어지고 이혼이 성사될 때까지 내 의견은 말하지 않을래.”

무슨 뜻인지 알아듣겠다.

딸깍.

타이밍을 위하여

트레이시가 아직도 우리 유럽 여행 앨범을 찾지 못했기 때문에, 내가 기억하는 장 뤽의 모습은 흐릿한 사진 속의 모습뿐이었다. 우리가 사크레쾨르 대성당 앞 하얀 계단에 서서 찍은 사진. 20년의 세월이 흐른 지금, 나의 로켓 과학자는 과연 어떤 모습을 하고 있을지 너무도 궁금했다. 그래서 그에게 컴퓨터 카메라로 찍은 거지 같은 내 사진 몇 장을 보내고는 그의 사진도 보내달라고 했다. 그는 이 부탁을 들어주었다.

그가 보낸 첨부 파일을 열어보았다. 이건… 이건… 이건…. 그가 장난친 걸 거야. 첫 번째 사진은 화면 밖으로 장 뤽의 얼굴이 잘려나간 사진이었다. 멋진 맞춤양복을 입은, 날씬하고 탄탄해서 보기 좋은 몸밖에 안 보였다. 사진 밑에는 '머리를 하늘에 둔, 얼굴 없는 사내의 20년 뒤 모습. 당신의 기대처럼, 지극히 평범한 로켓 과학자'라는 설명이 붙어 있었다.

다음 사진은 피레네 산맥 전차에서 웃고 있는 그의 아들딸 모습이었다. 아름다운 적갈색 머리에 파란 눈을 한 엘비르는 굉장한 미인으로 클 것 같았다. 막상스는 잘생겼을 뿐만 아니라 자신감이 넘쳐 보였다. 이 아이야말로 이다음에 여자 여럿 울릴 게 분명했다. 장 뤽은 이렇게 예쁜 아이들을 두었구나. 그런데 정작 그는 어떻게 생긴 거지?

사진 하나가 더 있긴 했다. 그의 정원에서 찍은 꽃 사진.

나를 죽일 작정이구먼.

그는 고통을 주지 않고도 사람을 고문할 수 있는 프로이거나 아니면 심각한 문제가 있는 사람인 게 분명했다. 어쩌면 항공우주 실험이 잘못되는 바람에 심하게 다쳤을지도 모른다. 나는 장 뤽에게서 첫 답장을 받은 뒤, 문장 하나, 단어 하나, 글자 하나까지도 시시콜콜 의논했던 친구의 전화번호를 눌렀다.

"장 뤽이 사진을 보냈는데 머리를 잘라놨어."

"대머리인가 보네."

트레이시가 웃음을 터뜨리며 말했다.

"그런가?"

백오십 칸짜리 기차가 지나가고도 남을 만큼 긴 침묵이 이어졌다. 머리 좀 빠졌다고 해서 내가 상관이나 할까? 우리는 그저 이메일만 주고받는 사이일 뿐인데?

컴퓨터에서 '딩동' 소리가 났다. 장 뤽에게서 새 메일이 왔다.

트레이시에게 "다른 게 또 있어"라고 말할 때 내 목소리가 조금 떨렸다.

“뭔데?”

“그가 방금 메일을 보냈는데, 나랑 통화하고 싶대.”

“그래, 그럼 얼른 전화 끊어야겠다. 챠오!”

딸깍.

잠시 컴퓨터 모니터를 멍하니 바라보았다. 이 통화로 모든 게 바뀔 수 있다. 내 삶을 실시간으로 장 뤽에게 공개할 준비가 돼 있나? 아니, 그럴 수 있기나 할까? 음, 한번 알아봐야겠다.

“지금 통화할 수 있어”라는 짧은 문장을 치는 데 몇 분이나 걸렸다. 이메일을 보낸 지 30초도 안 돼서 휴대폰이 진동했다. 합선이라도 된 것처럼 내 신경에 불꽃이 튀었고, 책상 위에 있던 휴대폰이 바닥으로 떨어지기 일보 직전에 겨우 받았다.

상대방이 누구인지 뻔히 아는데도 “여보세요”라고 했다. 내 목소리는 심하게 떨렸고, 심장은 갈비뼈를 세차게 두드렸다. 나는 공연히 복도를 왔다 갔다 했다.

“사만다.”

이 한마디였지만, 장 뤽의 목소리는 깊고 강하고 관능적이며, 나에게 부족한 자신감으로 가득 차 있었다.

“첫 통화인데, 좀 천천히 말해줄 수 있어? 영어는 내 모국어가 아니어서 전화상으로는 잘 알아듣기 힘들거든. 네 말을 한마디도 놓치고 싶지 않아.”

"이거 너무 신기하다."

내가 말했다.

"신기하다고? 뭐가?"

"미안해. 20년 만에 너와 대화를 한다는 게 너무 신기해. 편지로 우리가 다시 이어진 것도 그렇고. 그러니까 이 모든 게 다 예상 밖이어서…."

잠시 말을 멈췄다.

"그냥 너에게 사과만 하려던 거였는데 일이…. 모르겠어. 다 말도 안 되는 것 같아."

"샘?"

이런, 이거 너무 이상하게 돌아간다.

"미안해."

"제발 다시는 사과하지 마. 네가 미안해야 할 일은 하나도 없으니까."

내가 또 사과를 하기 전에 주제를 바꿔야 했다.

"네 아이들 정말 천사 같더라. 아이들 사진이 아주 맘에 들었어. 그런데 네 사진은 언제 보내줄 거야? 머리까지 다 나온 걸로."

"이제는 당신이 알던 그 핸섬 가이가 아니어서 좀 걱정이야. 지금은 반백의 리처드 기어와 민머리의 브루스 윌리스를 섞어놓은 모습 같거든. 사진이 잘 받지도 않고. 정말 끝내주게 안 받지. 그런데 사만다, 너는 여전히 아름다워. 길에서 마주쳐도 절대 알아보지 못할 일은 없을 것 같아. 절대."

나는 혼자 미소 지었다. 그도 긴장하고 있구나.

"사진 딱 한 장만 보내줘. 부탁이야. 딱 한 장만."

그는 한숨을 쉬더니 그러겠다고 했다.

고맙게도 장 뤽이 대화를 이끌었다. 그는 술술 말도 잘했다. 이혼 변호사와의 첫 만남은 어땠다는 둥, 아직도 나타샤가 그의 뜻을 제대로 파악하지 못한다는 둥…. 우리는 그의 지지부진한 이혼을 두고 얘기를 나누었다. 그러는 동안 통화 중 대기 신호가 계속 울렸고, 좋았던 때를 생각해보라고 애원하는 크리스의 애끓는 이메일과 메시지가 계속 날아들었다. 장 뤽의 말에 나는 아, 응, 응, 한 음절로만 대답했다. 그는 하고 싶은 얘기를 전부 하는 듯했지만, 나는 쓰러질 지경이었다.

"괜찮아? 왜 아무 말이 없어?"

"괜찮아."

거짓말을 했다. 주방 시계를 슬쩍 보았다.

"장 뤽, 정말 미안하지만 이제 동생을 데리러 나가봐야 해."

"그래, 샘. 이것만은 기억해줘. 다시는 나한테 사과하지 마. 그 어떤 것에 대해서도."

전화를 끊고서 식탁에 팔꿈치를 괴고 앉아 두 손으로 머리를 떠받쳤다. 손목에 남아 있는 생강꽃과 천도복숭아꽃과 꿀이 어우러진 향이 크리스와의 말다툼을 떠오르게 했다. 배 속이 울렁거렸다. 향수는 내 불행을 아주 잠시 잠깐만 덮어줄 뿐이었다.

휴대폰이 진동했다. 제시카에게서 온 메시지였다. 비행기가 일찍 도착했으며, 지금 활주로에서 게이트로 향하고 있단다. 나는 '수하물 찾는 곳 밖에서 만나자'고 답장했다. 제시카가 비행기에서 내리고 짐을 찾으려면 45분쯤 걸릴 거고, 내가 공항까지 가는 데는 25분쯤 걸린다. 러시아워가 시작되려면 한참 있어야 하고, 오늘은 야구나 축구 경기가 없어서 거리가 붐비지도 않을 것이다. 공항으로 출발하기 전에 나는 장 뤽에게 통화 중에 내가 왜 그리 풀 죽어 있었는지 설명하는 짧은 이메일을 썼다. 응원해줘서 고맙다는 말과 함께.

집에 도착하기도 전에 제시카는 "그 편지들을 읽고 싶어"라고 소리쳤다. 오헤어 공항에서 오는 길에 태운 친구 메그까지 "나도!"라고 소리 높여 말했다.

"어떤 거? 옛날 편지 아니면 요새 편지?"

제시카가 손님방 바닥에 여행 가방을 내던지며 물었다.

"요새 편지는 얼마나 되는데?"

"글쎄, 한 오십 통? 백 통?"

"현관문 좀 닫아봐. 그가 프랑스어로 썼어?"

제시카가 물었다. 내가 고개를 끄덕이자 그녀의 하늘색 눈이 커졌다.

"언니가 고등학교 때 배운 프랑스어를 기억한단 말야?"

"전혀 아니지."

나는 웃었다.

"구글 번역기에게 고마워하고 있어."

아니, 그러지 말아야 할지도 모른다. 사실 장 뤽은 내가 프랑스어로 쓴 편지들을 이해하지 못했다. 해서 그것들을 다시 영어로 써 보내야 했다.

메그는 "네 블로그에 가봤어. 나는 그 일곱 통의 편지를 읽고 싶어"라며 한쪽 눈을 찡끗했다.

우리는 쌓아놓은 박스와 짐들 사이를 비집고 거실로 갔다. 제시카와 메그는 기대에 찬 표정으로 소파에 앉아 두 손을 가지런히 무릎 위에 올려놓고 편지를 읽을 준비가 됐음을 알렸다. 나는 과장된 한숨으로 장단을 맞춰준 뒤, 편지를 건네주었다. 둘이 감탄하며 편지를 읽느라 정신이 없는 동안, 나는 혼자 와인을 따라 마셨다. 그러고 나서 장 뤽이 조금 전 이메일에 답장을 보냈는지 확인해봤다.

샘,

내가 말을 많이 하는 바람에 너의 상황을 충분히 설명할 시간을 주지 못한 것 같아. 너무 긴장한 탓에 내 입에서 강물처럼 말이 쏟아지더라고. 그러니

죄책감 느끼지 마. 너는 겁쟁이가 아니야. 그 누구보다도 네가 행복했으면 좋겠어. 어떤 시련이 닥치더라도 널 응원하는 사람들이 있다는 걸 기억해. 내게 마음을 열어줘서 고마워. 그 고운 마음도 고맙고.

장 뤽

고운 마음이라고? 깊고 어두운 비밀을 다 까발렸건만, 장 뤽은 아직도 나를 마음 착한 소녀로 여기고 있다. 나는 숨을 훅 들이마셨다.

메그가 눈물이 그렁그렁한 눈으로 나를 올려다봤다. 그녀는 편지를 꽉 움켜쥐고 말했다.

"세상에! 나도 이런 사랑 받고 싶어."

나도 그래. 얼마나 그러고 싶은지 지금 이 순간 확실하게 깨달았다. 나는 여전히 왼손에 끼고 있는 반지를 신경질적으로 만지작거렸다. 당연히 이 동작이 눈에 띄지 않을 리 없었다. 제시카가 내 손을 잡고 반지를 확인하더니, 심각한 전염병이라도 발견한 듯 얼른 내 손을 밀어냈다.

"왜 아직도 반지를 끼고 있는 거야?"

"그만 좀 해. 12년 가까이 결혼 생활을 하다 보면 익숙해지는 것도 있는 법이야. 빼려고도 해봤는데, 그러면 기분이 너무 이상해. 꼭 발가벗은 것 같단 말야."

"아, 제발."

제시카의 표정이 아기 인형에서 처키 인형으로 바뀌었다. 그녀는 긴 금발 머리를 반항적인 태도로 쓸어 넘겼다.

"지금 이혼하려는 거잖아. 그래서 내가 여기 있는 거고. 안 그래? 짐 싸는 거 도와주러 온 거잖아."

이혼의 '이' 자만 들어도 겁났다. 결혼 생활을 끝내는 것과 이혼한 뒤의 막막함 중에서 어느 쪽을 더 두려워하는지조차 모르겠다.

"제시카, 나 아직 이혼 안 했어. 이 상황에 익숙해지는 데 시간이 좀 필요해. 제발 섣부른 판단은 하지 마. 나가서 저녁이나 먹자."

한 20대 여성이 샴페인 잔을 들고, 리무진의 선루프 밖으로 몸을 내밀었다. 그녀는 신부가 신랑의 머리채를 잡아당기는 그림이 그려진 티셔츠를 입고 있었다. 나는 그 캐리커처 위에 쓰인 글자를 보기 위해 눈을 가늘게 떠야 했다. "하나 낚았다"라고 적혀 있었다. 아하, 딱 보니 '처녀 파티'를 하는 거네.

시카고의 북적대는 노천카페에 앉아 있다는 이유로, 나도 다른 손님들처럼 결혼 축하한다며 와인 잔을 들어 올려야 했다. 그러나 정말 그러고 싶지 않았다. "결혼 따윈 하지 마!"라고 소리치고 싶은 걸 간신히, 간신히 참았다. 그저 그녀를 쳐다보며 아랫입술을 깨물 따름이었다. 안타깝게도, 리무진이 출발하기 전에 그 예비 신부가 내 마음을 눈치챘다.

"나는 결혼할 거다!"

그녀가 소리 질렀다.

"그러냐? 나는 이혼할 거다!"

나는 자리에서 일어나 목이 터져라 응수했다.

주변이 물을 끼얹은 듯 조용해졌다. 사람들은 입을 다물지 못했고, 여기저기서 포크 떨어지는 소리가 들렸다. 제시카와 메그는 아깝게시리 그 좋은 피노 누아르를 테이블에 뿜었으며 식당 안에 있던 사람들 모두, 정말 모두가 놀란 표정으로 나를 바라보았다. 무조건반사였다는 말밖에 달리 무슨 말을 더 할 수 있을까? 나는 다시 의자에 앉으면서 사과의 의미로 어깨를 으쓱했다. 곧이어 테라스에서 웃음이 터져 나왔고, 나를 향해 잔을 높이 들어주었으며, 여기저기서 격려가 쏟아졌다.

"현명한 선택이에요."

"찌질이는 내버려요."

격려에 힘입어 나는 "말 좀 통하는 거 같은데, 전화번호 좀 알려줄래요?"라고 소리쳤다. 제시카가 배를 잡고 웃으며 내 옆구리를 쿡 찔렀다. 하도 웃어서 눈물까지 흘리던 제시카가 간신히 입을 뗐다.

"언니가 이럴 줄은 정말 몰랐네."

난들 알았겠니.

"예전의 사만다로 돌아와서 다행이야."

제시카의 이 말에 나는 놀랐다.

"그게 뭔 소리야?"

"그러니까 언니 눈에서 불꽃, 스파크가 튀어."

"크리스가 나쁜 사람은 아니야. 나랑 안 맞을 뿐이지."

"이런, 그딴 소린 처음 듣네."

코웃음을 치던 제시카가 진지하게 말했다.

"언니가 이혼하려 하다니, 정말 용감해."

내가? 용감하다고? 내가 용감했으면, 이 결혼 생활을 끝낼 용기를 내는 데 6년씩이나 걸렸을까? 내가 용감했으면, 레몬 조각이 꽂힌 마티니를 두 잔이나 마신 뒤에야 원자폭탄 투하하듯 이혼을 요구했겠느냐고.

"봐, 언니도 결국 마음속에 있는 말을 한 거야. 알코올의 힘을 빌려서 큰일을 한 거지. 극복하라고, 좀. 진심으로 좋게 끝나는 결혼 생활이 얼마나 되겠어?"

제시카가 말했다. 적어도 문제를 복잡하게 만들 자식이 없다는 점을 고마워하면서, 나는 동생 말에 고개를 끄덕였다.

"아직도 난 '조심, 나쁜 년이자 곧 마흔 살이 되는 이혼녀'라는 문신을 이마에 새겨야 되는 건 아닌가 싶다."

"아냐, 넌 절대 나쁜 년이 아니야. 아까 그 예비 신부한테는 좀 심했지만 그래도 너무 웃겼어. 사람들이 아직도 웃잖아."

메그가 말했다.

나는 마지막 와인 한 모금을 삼키며 말했다.

"타이밍이 제일 중요하다고 봐."

메그가 잔을 치켜들었다.

"타이밍을 위하여!"

너무 피곤한 나머지 집에 돌아와 일찌감치 잠자리에 들었다. 이튿날 아침에 일어났더니 두통이 심했다. 저녁에 마신 와인 때문이 아니라 두려움 때문이었다.

제시카와 나는 짐을 싸느라 하루를 다 보냈다. 오래된 사진들을 훑어보았다. 사진은 남았지만, 사진에 담긴 생활과는 이제 영영 이별이다. 지난 십수 년간의 세월이 이삿짐 박스 열 개에 담긴 것을 보자 왠지 서글퍼졌다. 제시카와 나는 이 짐들을 우체국에 가지고 가서 부모님 집으로 부쳤다. 이미 위험 수준에 다다른 내 카드 빚이 900달러 더 늘었다.

귀중품과 깨지기 쉬운 물건들은 모두 플라스틱 박스에 담아서 제시카가 마련해준 렌터카에 싣고 갈 계획이었다. 캘리포니아에 가면 아이크는 수영도 하고 해변에도 갈 수 있을 것이다. 아이크가 가파른 아파트 계단을 헉헉거리며 힘들게 오를 일도 더는 없을 테고. 크리스와 나는 달라진 환경이 우리 털북숭이에게 좋을 거라는 데에는 의견이 일치했다.

제시카가 식탁 옆으로 가서 결혼 선물로 받은 소금과 후추 통을 집어 들더니 박스에 집어넣었다.

"이거 필요할 거야."

나는 그것들을 도로 빼놓았다.

"되도록이면 짐을 가볍게 싸고 싶어."

그녀는 이맛살을 찌푸렸다.

"거의 아무것도 안 가져가잖아."

나는 세월과 함께 늘어난 가구들을 바라보았다.

"다 짐이야."

가져가봤자 실패한 결혼 생활만 떠오르겠지. 게다가 저걸 다 옮기는 일도 만만치 않을 테고.

떠나기 이틀 전, 크리스가 열쇠를 넘겨받기 위해 아파트로 돌아왔다. 그는 나뿐 아니라 아이크에게도 작별인사를 하고 싶어 했다. 아무리 주변 사람들이 내 선택을 응원해주었다 해도 죄의식을 뿌리치기 힘들었다. 크리스는 내가 얼마나 좋은 여자였는지, 얼마나 나와 함께 가족을 꾸리고 싶었는지, 이제야 내가 듣고 싶었던 말을 해주었다. 우리가 서로에게 저지른 잘못, 좋았던 점, 나빴던 점, 안타까운 점을 비롯해 그동안 못다 한 얘기를 허심탄회하게 털어놓았다. 이번만큼은 비난이 끼어들 자리가 없었다. 떠나지 말라는 그의 설득에 하마터면 거의 넘어갈 뻔했다. 거의.

"당신이 집 나간 동안 다른 남자랑 대화하기 시작했어."

내가 말했다.

"바람을 피웠단 말이야?"

"아니, 그냥 이메일만 주고받은 거야."

나는 그가 폭발할 거라 예상했는데 뜻밖에 잠잠했다. 12년 전 결혼할 때의 이 남자 모습이 떠올랐다. 이제 더는 찾아볼 수 없는 그 모습이.

"그 이메일 교환은 더 이상 하지 마. 우리를 위해서."

그가 말했다. 그래, 크리스 말이 맞을지도 몰라. 아직도 우리라는 게 의미가 있다면. 그렇다 해도 왜 자꾸 너무 늦은 듯한 느낌이 드는 걸까?

"알았어."

이 결혼에 구명 밧줄 같은 게 있다면 과연 그걸 잡아야 하나 궁금해하면서 답했다.

우리는 말하다 울다 했다. 오해와 감정의 손상으로 얼룩진 시간을 보내고 나서야 우리는 드디어 대화다운 대화를 나누었다. 그러나 오랜 시간 방치해두었던 상처는 사라지지 않았다.

나는 죄의식에 빠져 허우적거렸다. 우리 결혼 생활을 파탄낸 사람이 바로 나일지도 모른다는 생각이 들어서였다. 나는 크리스에게 내 감정을 표현한 적이 한 번도 없었다. 몇 년 동안 그에게 느낀 감정을, 그에게 가야 할 감정을 모두 차단해버렸다. 나는 너무 무심했다. 나 스스로도 내게 이런 차가운 면이 있다는 사실을 몰랐다. 대화가 단절되니 더 큰 문제들이 생겼다.

그러나 이미 너무 늦었다. 사랑에는 내가 마음대로 켰다 껐다 할 수 있는 스위치가 달려 있지 않았다.

나는 마지막으로 그의 눈을 바라보았다.

"그래도 나는 캘리포니아로 갈 거야."

크리스는 실망한 기색이 역력했다.

나는 방으로 들어갔다. 나 자신이 완전히 하찮다 느끼면서 컴퓨터를 꺼내 블로그를 백업하고, 지난 포스팅들을 삭제하기 전에 데스크탑에 저장했다. 그런 다음 장 뤽에게 우리의 편지 교환을 끝내자는 이메일을 보냈다. 나는 그의 마음을 받을 자격이 없었다. 전쟁을 피하려고 크리스와 헤어지기로 한 겁쟁이에 불과했다.

세 번째 편지

1989년 8월 3일, 파리

너무나도 사랑스러운 나의 사만다,

지금 네가 어디에 있는지 모르겠지만, 내 영혼은 너와 함께 걷고 있어. 너의 푸른 눈은 프랑스의 짙푸르고 눈부신 하늘을 떠오르게 해. 그리고 너의 몸에서는 프로방스의 향기가 느껴져. 물론 프로방스도 너의 싱그러움을 이길 수는 없겠지만. 네 피부는 장미 꽃잎처럼 달콤하고, 아름답고, 부드러워. 너의 눈을 보며 너의 향기에 취한 채 너의 얼굴에 키스하고 싶어. 그럴 수만 있다면 내 머리는 환희의 폭죽처럼 터져버릴 거야.

사만다, 네가 너무나 그리워. 내가 쓰는 이 글자 하나하나가 너를 그리워하고 있다는 증거야. 미친 소리처럼 들리겠지만 삶을 살아가게 하는 건 열정이라고 생각해. 우리 모두가 그 열정 속에서 태어났다는 건 부인할 수 없는 사실이잖아. 나는 사랑을 할 때 열정이 타올라. 그렇지 않다면 그건 처음부터 죽은 사랑일 거야. 너는 그 누구보다도 강인해 보였어. 나는 그 모습에 반해버렸지. 나도 네가 반

할 만큼 특별해 보였기를 진심으로 바라.

샘, 너는 믿으려 하지 않겠지만 나를 이토록 열정적이게 만든 사람은 네가 처음이야. 너를 만나기 전에는 경험하지 못한 불타는 열정을 느끼고 있어. 너는 아주 사랑스러운 마녀가 분명해.

나뿐 아니라 파리도 너를 그리워해. 나는 네게 프랑스를 보여주고 싶어. 너에게 하고 싶은 말이, 보여주고 싶은 것이, 주고 싶은 것이 너무 많아.

네가 탄 기차가 역을 떠날 때, 정말이지 나는 너무 슬프고 외로웠어. 이 편지를 보면서 네가 장 뤽이라는 사람을 조금 더 알 수 있기를 바랄게. 빨리 답장해줘. 보고 싶어. 오늘밤도 너를 찾아 꿈속을 헤맬 거야.

사랑을 담아,

장 뤽

망할 놈의 소금과 후추 통

주방 조리대 위의 보드카 병을 보다가, 시계를 보다가, 다시 보드카 병을 쳐다봤다. 마티니나 한잔할까? 5시인데 뭐 어때? 세상에, 내가 알코올중독자라도 된 걸까? 아침 10시도 되지 않았잖아! 고주망태가 되기 전에 얼른 욕실로 뛰어 들어갔다. 술은 현실을 잠깐 덮을 뿐이고, 때로는 더 악화시킨다고 말해줄 정신과 의사 따위는 필요 없었다. 지금 내 꼴이 엉망진창이라는 말도 들을 필요가 없었다. 거울을 보면 다 아니까. 이게 누구람? 샘, 너 정말 자신을 놓아버렸구나.

검은 개털이 묻은 같은 옷을 사흘째 입고 있다. 머리는 떡이 졌고, 배는 나왔으며, 눈은 충혈됐다. 볼에는 주먹만 한 여드름까지 돋았다. 단정하다는 게 내 자부심의 원천이었는데. 늘 곱게 화장하고 하이힐 신고 립밤 위에 립글로스를 살짝 덧바르던 내가 어쩌다 이 지경이 된 건지. 옛 모습이 어딘가에 남아 있으리라 확신하면서, 얼굴을 찡그리며 족집게로 눈썹을 다듬었다.

15분 뒤 나는 샤워실에 들어갔다…. 이럴 수가! 다리털은 길게 자라 있었고, 비키니 라인은 아마존 정글을 연상시켰다. 면도기! 면도기! 어서 자부심을 되찾아야 해. 한 시간 뒤면 공항으로 엄마를 마중 나가야 한다. 엄마를 맞이할 준비가 된 건지 잘 모르겠다. 하긴 엄마가 내 비키니 라인을 확인하지는 않겠지만.

시간에 맞춰 약속 장소에 도착했다. 물끄러미 엄마를 바라보았다. 고등학교 때, 남자애들이 농구 경기장에 오는 이유는 경기나 치어리더인 나를 보기 위해서가 아니라 엄마를 보기 위해서라는 소문이 있었다. 우리가 닮기는 했지만 엄마의 파란 눈과 도톰한 입술이 훨씬 더 매력적이다. 난 엄마의 못생긴 버전에 불과했다. 스물일곱 살 때 200달러짜리 콜라겐 주사로 얇은 입술을 고쳐보려다가 멍든 입술만 얻었다. 그 뒤로 얇은 입술이 섹시한 거라 굳게 믿기로 했다.

언제나 그랬듯 갈색 피부에 금발 머리인 엄마는 멋졌으며, 쾌활하고 생기 넘치는 얼굴엔 미소가 가득했다.

엄마가 차에 올라타며 물었다.

"볼에 그건 뭐니?"

"스트레스성 여드름. 자꾸 얘기하지 마. 얘가 듣고 다른 여드름도 나게 한단 말야."

나는 목소리를 낮춰 대답했다.

"치약이 직빵인데. 아니면 티트리 오일. 너 티트리 오일 있지?"

"제발 여드름 얘기 좀 그만하면 안 돼?"

"샘, 버릇없이 굴지 마라. 어른 말 들으면 자다가도 떡이 생겨."

"알아요. 엄마, 다 고마워요. 그러니까 이제 주제 좀 바꿀까?"

나는 아랫입술을 깨물었다.

"그래, 무슨 얘길 할까?"

스트레스성 여드름만 아니면 된다.

"엄마, 그 얘기 다시 해줘."

"어떤 거?"

"할머니 할아버지한테 날 맡기고 한동안 떨어져 지내다 날 데리러 왔던 얘기 있잖아."

"아, 네가 없던 그 석 달은 정말 내 인생에서 최악이었어. 그때 넌 참 작고 천사 같았는데. 다시는 너 없이 못 살겠더라. 시카고에 정착한 뒤에 할머니랑 중간 지점에서 만나기로 했지. 켄터키에 있는 홀리데이인에서 말야. 너랑 할머니는 좀 늦었어. 나는 호텔 로비에서 기다리며 안절부절못했단다. 드디어 할머니의 빨간 차가 주차장으로 들어오는 게 보였지. 뒷좌석에 붉은 금발의 네 작은 머리도 보였고. 나도 모르게 '내 딸이다, 내 딸!' 소릴 질렀어. 사람들은 분명 내가 미쳤다고 생각했을 거야."

"그러고는…."

"난 주차장으로 달려가서 차 문을 열고 너를 꺼내 빙글빙글 돌렸지. 난 바보처럼 울고, 넌 깔깔 웃고. 로비에 있던 사람들이 무슨 일인지 알고는 박수를 치더구나. 그 사람들 다 호텔 창문에 붙어서 우릴 쳐다봤다니까."

나는 곁눈으로 슬쩍 엄마를 봤다. 엄마는 눈물을 글썽이고 있었다. 나도 마찬가지였다.

"엄마, 후회한 적 없어?"

"뭘?"

"꿈을 접어야 했잖아, 나 때문에."

이 말을 하는데 목이 메었다. 젊은 시절 엄마의 야망은 대단했다. 엄마는 발레복을 입고 분홍 새틴 토슈즈를 신은 채 뉴욕시티 발레단에서 〈백조의 호수〉를 공연하는 유명한 발레리나를 꿈꿨다. 엄마는 이 원대한 꿈을 이루기 위해 열여덟 살에 맨해튼으로 갔다. 댄서로 성공할 날을 기다리면서 엄마는 뉴욕에서 가장 유명한 클럽인 '샐베이션'의 칵테일바 웨이트리스로 일했다. 지미 헨드릭스와의 즉흥연주로 유명해진 기타 연주자 척뿐만 아니라 비틀스, 롤링스톤스 같은 전설적인 록 스타들도 이 클럽에 자주 드나들었다.

어린 시절 이 군부대에서 저 군부대로 이사 다니기만 했던 남부 시골 출신의 엄마에게 척 같은 남자는 처음이었다. 그는 나쁜 남자였고, 어둡고 위험했다. 그러나 그와 열렬한 사랑에 빠져 결혼한 엄마는 그와 함께 캘리포니아로 떠났다. 그곳에서 척은 뮤지션의 꿈을 계속 좇았지만, 엄마는 옷가게 점원으로 일하느라 꿈을 미룰 수밖에 없었다. 엄마가 나를 가졌을 때, 엄마의 토슈즈는 이루지 못한 꿈의 상징이 되어버렸다.

"샘, 꿈은 변하게 마련이야. 그리고 너를 통해 대리만족을 느꼈지.

내가 얻지 못한 기회를 전부 너에게 주려 했단다. 예고나 대학 같은 거 말야."

"그래도 엄마는 시카고에서는 톱 모델이었잖아."

"톱 주니어 모델."

엄마가 정정했다.

"그 일을 해서 너랑 나, 우리 둘의 생계를 마련했지."

"아빠를 만나기 전까지는."

엄마가 토니를 만나기 전에 우리는 아파트 지하에 살았다. 엄마는 모델 일이 적을 때면 투잡을 뛰기도 했다. 하지만 엄마는 내게 필요한 거라면 뭐든지 다 마련해주었다. 음식을 차리고, 제때제때 옷을 마련해주고, 새 바비 인형을 사주었다. 우습게도 나는 그때 우리가 참 가난하다는 사실을 몰랐다. 엄마가 늘 부족함 없이 보살펴준 덕분이다.

엄마는 프리마 발레리나가 되겠다는 꿈은 이루지 못했지만, 춤을 향한 열정을 피트니스센터에서 펼쳤다. 지금은 LA 재향군인회에서 외상 후 스트레스성 장애, 뇌 손상, 약물과 알코올중독에 빠진 퇴역 군인들의 치료를 돕기 위해 자원봉사로 요가를 가르치고 있다. 엄마가 주축이 되어 만든 요가 프로그램은 전국으로 퍼져나갔다. 나는 그런 엄마가 자랑스러웠다.

오래전, 엄마가 척과 헤어져 가슴 아파하다 친정으로 돌아가려 했던 바로 그 지점에 내가 서 있다. 차이가 있다면, 나는 스물한 살의 아기 엄마가 아니라 곧 마흔이 되는, 아이가 없는 여자라는 것뿐이다. 엄마와 나는 서로 다른 길을 걸었지만 참 많이 닮았다. 엄마하고는 최신 미용 정보뿐 아니라 어떤 얘기라도 할 수 있다. 엄마 집으로 가려면 서른다섯 시간을 운전해야 하니 얘기할 시간은 충분했다.

다음 날 아침, 우리는 렌트한 밴에 짐을 싣고 미련 없이 출발했다. 백미러에 비치던 시카고의 스카이라인이 금세 사라졌다. 두려움에 발이 덜덜 떨렸다. 이를 꽉 물었다. 조수석에 앉은 엄마는 뭐가 그리 좋은지 몸을 흔들어댔다. 얼굴에도 웃음이 떠나질 않았다. 소풍 가는 아이처럼 말이다.

30킬로미터쯤 갔을 때 엄마가 불쑥 말했다.

"우리 개를 산책시키는 여자랑 얘기했는데, 사람을 구한다는구나. 그래서 내가 네 얘길 했다."

"왜? 웹사이트 디자인할 사람이 필요하대?"

"아니, 개 산책시킬 사람을 구한대."

"잠깐! 뭐라고?"

"상황이 나아질 때까지는 그 일도 괜찮을 거야."

"좋네, 아주 좋아."

내가 말했다.

곧 마흔이 되고, 부모님 집에 얹혀살러 가는 중인 데다, 같이 살던 남자와 막 헤어졌고, 가진 거라고는 빚더미밖에 없다. 장 뤽과의 편지 연애는 고사했고. 게다가 엄마는 개 산책시키는 일을 권하고 있다. 이건 내가 꿈꾸던 인생이 아니야.

운전대를 꽉 잡으니 손마디가 하얘졌다.

"LA에 다리 있지?"

"있지. 그건 왜?"

"그 다리로 가서 떨어지려고."

"샘, 그런 농담은 하는 게 아냐. 집에 도착하면 할 일이 많아. 확실히 넌 머리에 하이라이트 좀 해야겠다. 게다가 손톱은 또 그게 뭐니. 정말 엉망…."

말하다보니 화가 나는지 엄마가 씩씩거렸다.

"아, 그 개들이 날 무시할 거야. 개들은 말리부 출신이잖아."

엄마는 안타까움과 못마땅함이 반반 섞인 표정으로 나를 바라보았다. 그 표정 때문에 나는 금세 기분이 나빠졌다.

"버릇없이 굴지 마, 샘. 하기 싫으면 안 해도 돼. 난 도움이 되고 싶었을 뿐이야."

"미안, 엄마. 신경 써야 할 일이 너무 많아서 내 정신이 아니야."

엄마의 제안을 덥석 받아들일 기분이 아니었다. 지금으로서는 아무 일도 계획하고 싶지 않았다. 더 말할 기운조차 없었다.

"엄마가 가져온 오디오북 중에서 아무거나 하나 들으면서 가자."

간신히 입을 열어 말했다.

"뭘 들을지는 내가 고르마."

엄마가 말했다.

오마하, 네브래스카로 이어지는 지루한 길에서 우리는, 나처럼 오랜 결혼 생활 후에 이혼한 엘리자베스 길버트의 에세이 《먹고 기도하고 사랑하라》를 들었다. 다 똑같아 보이는 옥수수밭과 소 떼, 치즈 가게와 스트립 클럽들이 이어졌다. 마르세유라는 이름의 마을을 통과할 때 "나는 결혼 생활에서 벗어나고 싶었다. 그 안에 머물고 싶지 않았다"라는 대목이 흘러나왔다.

내 휴대폰이 울릴 때, 마침 엄마가 운전을 하고 있었다. 크리스가 보낸 메시지였다. 소금과 후추 통을 왜 가져갔느냐며 공격적인 말을 쏟아붓더니 나더러 나쁜년이라고 했다. 내 인생에 양념이 필요할 거라며 소금과 후추 통을 나 몰래 챙겨 넣었을 제시카에게 전화를 걸려고 할 때, 또 다른 메시지가 왔다. 크리스는 양쪽 모두를 대변할 이혼 변호사를 고용할 생각인데, 사실상 우리 결혼은 벌써 옛날에 끝난 셈이니 금방 정리될 거라고 했다.

하도 기가 막혀서 나는 이 메시지를 엄마도 들을 수 있게 큰 소리로 읽었다. 나를 몰아세운 크리스의 이 두 메시지는 알량하게 붙어 있던 정마저 떨어지게 만들었다. 메시지를 삭제해버리고 답장하지 않았다.

"너도 따로 변호사를 구해야겠다. 네 건 네가 지켜야지."

"그래야지. 이젠 끝이야."

"위자료는?"

엄마가 물었다.

"엄마, 놀라지 마. 남은 재산이 하나도 없어. 그러니 나누고 자시고 할 것도 없고."

"난 네가 진작에 크리스랑 헤어지지 않은 게 더 놀랍다."

엄마가 크리스를 어떻게 생각하는지 잘 알고 있었다. 둘 사이에 끼어 양쪽을 변호하느라 진땀을 뺐던 게 한두 번이 아니었으니까. 크리스는 내가 자기와 결혼했으니 내 인생에 상관할 사람은 자기뿐이라고 생각했다. 나는 그의 아내니까. 그걸로 땡.

엄마 때문에 싸움이 일어나 균열이 생기기 시작한 것은 결혼하고 2년이 지나면서였다. 엄마가 나를 오랫동안 끼고돌았던 만큼 나도 엄마를 애틋하게 생각했다. 식사 때 엄마 전화 때문에 방해받는 것쯤은 내게 문제도 아니었다. 엄마가 나 때문에 포기한 것들이 얼마나 많은데. 그러나 크리스는 아니었다.

"나도 헤어지고 싶었어."

엄마는 노여움에 입을 꾹 다물고 눈을 가늘게 떴다. 엄마가 숨 쉬는 모습만 봐도 이 주제에 대해 뭔가 더 말하고 싶어 한다는 것을 알 수 있었다. 그러나 엄마는 참았다.

"사만다, 누차 말하지만, 나한테 가장 중요한 건 네 행복이야. 넌 순교자 타입도 아닌데 너무 오래 자학하고 있었어. 이제 헤어진다고 하니 긍정적인 변화가 보이는구나."

"어떤 변화?"

"우선 하나를 꼽자면, 네게 희망의 눈빛이 보여. 예전의 사만다로 돌아와서 참 좋다. 너무 그리웠어."

엄마가 내 손을 꼭 잡았다. 제시카도 똑같은 말을 했었다. 도대체 결혼 생활로 내가 얼마나 변한 걸까?

우리는 저녁 8시가 조금 넘어서 호텔에 도착했다. 저녁은 룸서비스를 이용했다. 나는 요가 팬츠와 티셔츠를 입고 편히 쉬고 있던 엄마에게 1989년도 장 뤽의 편지를 건넸다. 그러고는 노트북을 가져와 이메일을 체크했다.

장 뤽에게서 온 메일을 보니 정신이 멍해졌다. 그의 글에는 믿음에 대한 과학적 견해와 자연이 빈 공간과 균형이 깨진 시스템을 굉장히 싫어하기 때문에 세상은 경이로운 일로 가득 차야 한다는 내용이 잔뜩 담겨 있었다. 내가 보낸 마지막 메일을 읽지 못했나? 아, 그 메일은 정말 엉망진창이었는데.

"내가 보낸 마지막 이메일 때문에 장 뤽과의 관계가 망가지지 않았으면 좋겠다. 아마 나를 미워할 거야."

나도 모르게 중얼거렸다. 엄마가 돋보기 너머로 나를 바라보았다.

"글쎄다. 네가 쓴 글이 그리 나쁘지 않을 수도 있지."

"아니야. 정말 나빠."

나는 목청을 가다듬고 이메일을 읽기 시작했다.

"처음 우리 관계는 너무나도 열정적이었어. 그러나 그 강렬함도 시간이 지나면 별처럼 빛을 잃을 거야. 세월이 흐르면 구멍 난 낡은 양말처럼 편안해질 테고. 크리스와 헤어지더라도 내가 바라는 게 정확히 뭔지 알아낼 시간이 필요해. 너는 정말 놀라운 사람이야. 내게는 선물과도 같은 사람이지. 미처 생각할 틈도 없이 우리 사이에는 편지 돌풍이 일었어. 그 편지들을 세상 무엇과도 바꾸지 않을 거야. 그러나 지금 당장은 이 돌풍을 멈춰야 해. 이해해줘."

침대에 누워 있던 아이크마저도 신음 소리를 냈다.

"장 뤽에게 '절교 편지'를 쓴 거니? 왜 그런 짓을 했어?"

엄마가 물었다.

"혼란스러웠어."

"그럼 지금은?"

"좀 나아졌어.

"장 뤽 얘기는 제시카한테 들었다. 좋은 친구 같더구나."

"응. 이해심도 많고 늘 응원해줘. 그래서 그동안 억눌러왔던 감정을 장 뤽한테는 다 꺼내 보였어. 장 뤽은 나를 다 알아."

"다 안다고?"

인터넷은 전혀 예상치 못한 방식으로 장 뤽과 나를 이어주었다. 그리고 나는 이 남자에게 내 마음을 열어 보였다.

"전부 다."

"장 뤽은 너한테 참 든든한 존재 같구나. 하지만 사만다, 너희 둘은 그저 편지를 썼을 뿐이야."

"알아."

"얘, 사만다. 좀 현실적이 되어봐. 넌 20년 동안 그 남자를 보지도 못했잖니…."

나는 이번 메일에 첨부된 사진을 열었다.

"우리는 사진을 주고받았어. 장 뤽이 보내준 첫 번째 사진은 머리가 없는 거야. 제발 머리가 있는 사진을 한 장만 보내달라고 부탁했더니 파티에서 여장을 한 20대 때 사진을 보냈지 뭐야. 그리고 이번에는 이 사진을 보내줬어. 더 이상 내가 전에 알던 핸섬 가이가 아니라면서. 나도 아직 안 본 사진이야."

나는 사진이 펼쳐지기 전에 얼른 컴퓨터 모니터를 엄마 쪽으로 돌렸다. 그리고 엄마의 표정을 살피며 모니터로 눈을 돌렸다. 장 뤽은 짙은 청록색 안감을 댄 검은 재킷과 빳빳한 흰색 셔츠를 입고 있었다. 탈모 사실을 숨기려고 사진에서 머리를 잘라낸다 해도 상관없었다. 주머니에 손을 넣고 서 있는 다부진 모습이 무척 섹시했으며, 넓은 어깨와 군살 없는 복부로 저절로 눈길이 갔으니까.

"어쩜! 내가 기억하는 젊은 시절 모습은 사라졌지만, 더 멋있어진 것 같네."

엄마의 눈도 커졌다.

"얼른 답장 써서 사과해라."

엄마는 내 옆에 서서 장 뤽이 얼마나 잘생겼으며, 얼마나 멋진 양복을 입었고, 모델 출신의 록 가수 브루스 스프링스틴처럼 그의 입술 아래에 난 수염이 얼마나 섹시한지, 그가 얼마나 글을 잘 쓰고 또 내게 얼마나 다정한지 일장 연설을 해댔다. 꿈 깨고 현실이나 바라보라던 엄마는 어디 간 거야? 어쨌든 나는 너무 늦지 않았기를 바라면서 허겁지겁 이메일을 썼다.

장 뤽,

(천칭자리의 특징인) 내 우유부단함을 용서해줘. 이제야 제정신이 돌아왔어. 내가 보낸 마지막 메일은 무시해줘. 죄의식에 이끌려 다녀선 안 되지만, 그래도 그것에 대해 정리할 시간이 필요했어. 캘리포니아로 돌아가 가족과 함께 시간을 보내면 아마도 그런 시간을 마련할 수 있을 거야.
그동안 나는 모든 걸 속으로 삭이면서 내 감정을 병 안에 꾹꾹 눌러 담기만 했어. 그렇지만 너와 이야기를 나눌 때는 그러지 않았지. 너에게는 모든 걸 말할 수 있었어. 넌 내가 불편해하는 주제를 피하지 않게 만들어줬어. 그 주제가 우리 대화의 중심이었다는 게 지금 생각해도 놀라워. 정말이지 너는 그 누구보다 나를 잘 알고 있는 것 같아. 너에게만큼은 내가 펼쳐진 책이었음 좋겠어. 그러니 책을 덮지 말고 페이지를 넘겨주겠어?

사만다

숨을 멈추고 전송 버튼을 눌렀다.

"아, 보냈다."

"장 뤽이 답장할까?"

엄마가 물었다.

"몰라. 그렇지만 답장 안 한다 해도 원망하진 않을 거야."

나는 어깨를 으쓱하며 담담하게 말했다.

"그런데 엄마, 척에 대해 할 말이 있어."

엄마 얼굴이 창백해졌다.

"뭘 말이냐?"

"척은 나한테 콤플렉스를 안겨줬어. 자기 멋대로 내 인생에 나타났다가 사라졌잖아. 그게 너무 힘들었어. 그 이유를 절대로 알 수 없으니까 말야."

나는 눈을 질끈 감았다.

"무슨 이유?"

"척은 왜 나에 대해 더 알려고 하지 않았는지."

"척이 널 사랑한다는 걸 엄마는 안다. 그만의 방식으로."

"아니, 아냐. 날 사랑하지 않아. 사랑하면서 어떻게 그럴 수가 있어? 나에 대해 알려고조차 하지 않았잖아. 이젠 알겠어. 대화를 나누지 않고 누군가를 사랑한다는 건 불가능하다는 걸. 그래서 내 결혼 생활도 끝장난 거야."

한때 척과 편지를 주고받으면서, 토니가 나를 항상 자기 혈육처럼 대해줘도 친딸인 제시카를 더 사랑한다고 느꼈던 걸 엄마에게 고백했다. 척은 내 삶의 모든 관계에 악령처럼 떠다녔기 때문에 완전히 몰아내야만 했다는 것도. 척이 엄마를 버리고 우리를 버린 것이 내가 남자와 관계를 맺는 데 어떤 영향을 끼쳤는지도 말했다.

엄마는 울음보가 터지기 일보 직전이었다.

"난 그 인간이 미워 죽겠어. 그가 우리한테 한 짓이 정말 싫어."

눈에 눈물이 가득 찬 엄마가 말했다.

"엄마, 미안해. 울지 마."

나는 애원했다. 엄마가 울면 나도 울 게 뻔했기 때문에 엄마가 제발 울지 않았으면 했다.

"오, 샘. 우리는 너에게 상처 주지 않으려고 애썼다는 걸 알아주렴. 이 문제에 대해, 척에 대해, 진작에 더 많은 얘기를 했어야 하는 건데."

엄마가 훌쩍거리면서 말했다.

"앞으로 시간 많은데, 뭐. 내가 엄마 옆에 얼마나 오래 붙어 있을지 누가 알겠어…."

"내가 알지. 아무튼 참 좋구나."

엄마가 열심히 고개를 끄덕이며 말했다.

"나도, 엄마. 이제 난 새 인생을 시작할 거야."

이렇게 말하니 갑자기 떨리고 몹시 두려워졌다.

600달러의 전화요금

사흘 뒤, 부모님 집에 도착했다. 짐을 잔뜩 실은 미니밴을 엄마와 내가 번갈아가며 서른 시간 이상을 무사히 운전했으니 기뻐야 했다. 물심양면으로 지원해주며 나를 받아준 아빠에게도 고마워해야 했고. 화장실이 따로 있고 멋진 수영장이 내려다보이는 발코니가 딸린 나만의 방을 갖게 된 것도 좋아야 했다. 그런데 나는 행복하지 않았다. 창피했다.

엄마는 긴 여행의 피곤을 낮잠으로 풀겠다며 나한테도 한숨 자라고 했다. 나는 낮잠을 자는 대신 차에서 혼자 짐을 내리다가 박스에 얼굴을 한 대 얻어 맞았다. 예전에 했던 디자인 프로젝트로 꽉 찬 박스를 보니, 한때는 자급자족하며 열심히 살았구나 싶었다. 그런데 마흔을 코앞에 둔 지금은 직업도 없이 빚만 잔뜩 있는 데다, 지붕 아래 머리를 두려면 부모님에게 얹혀살아야 했다. 짐을 풀수록 더욱 심란해졌다.

어쩌자고 이 많은 잡동사니를 죄다 싸 들고 왔지? 혼수로 장만한 그릇 세트는 뭐하려고? 디너파티라도 열어 "아, 이거? 첫 번째 결혼에서 쓰던 거야. 예쁘지 않니?"라고 말할 건가? 나는 한숨 속에서 커다란 플라스틱 박스 여섯 개와 소포 박스 열 개를 풀어 분류했다. 부모님이 좋아할 만한 것 따로(부모님은 그릇 세트 대부분을 선물로 주었기 때문에 내 차이나 세트를 좋아할 거다), 내가 보관할 것 따로(작품 몇 개랑 앨범, 졸업 앨범, 부모님과 조부모님이 물려준 패물과 옛 편지들이 담긴 하늘색 플라스틱 폴더), 버릴 것 따로(급여 명세서와 서류 따위), 그리고 기부할 것 따로(DVD, 책, 몇 년간 입지도 않은 옷들).

다 분류하니 달랑 박스 세 개와 옷 가방 두 개만 남았다.

한마디로 쪽팔렸다. 이거였어? 이게 내 인생이었어? 이게 내가 가진 전부야?

나는 소금과 후추 통을 손에 꼭 쥐고 고심한 끝에 '내가 보관할 것' 쪽에다 놓았다. 이것들은 내가 한 잘못된 선택을 전부 떠올려주는 상징물이니까.

퇴근해서 돌아온 아빠가 촉촉한 녹색 눈에 호기심을 가득 담고 주방으로 들어왔다. 아빠는 이미 내게 많은 것을 해주었는데 또 도움을 청해야 한다는 게 싫었지만, 어쩔 도리가 없었다. 캘리포니아에서는 차가 필수다. 특히나 대중교통이 다니는 곳에서 5킬로미터나 떨어진, 높고 가파른 골짜기에 살 경우에는 더 그랬다. 차를 사려면 돈이 필요한데, 지금 내 수중에는 한 푼도 없었다. 부모님과 나는 식탁에 둘러앉아 머리를 맞대고 의논했다.

아빠가 턱수염을 긁으며 말했다.

"샘, 내일은 하루 쉴 테니 자동차 딜러에게 가보자구나."

아빠는 내가 필요할 때마다 늘 내 곁에 있어주었지만 일중독자인 지라 단 하루도 회사를 빠진 적이 없었다. 그래서 가족 여행을 많이 다니지는 못했지만 주말이면 함께 시간을 보냈다. 아빠는 일요일마다 어린 나를 팬케이크 가게로 데려가 딸기 시럽을 듬뿍 뿌린 블루베리 초콜릿칩 팬케이크를 실컷 먹게 해주었다. 그리고 내 옆에서 신문을 읽으며 웨이트리스들의 추근거림을 무시했다. 나는 그 아줌마들에게 엄마가 있는데 같이 안 왔을 뿐이라는 것을 꼭 알려주었다. "이러지 마세요, 아줌마. 아빠는 임자 있는 사람이에요"라고 말이다.

고등학교 때부터 이 부녀 데이트는 저녁 먹고 영화 보는 것으로 바뀌었다. 영화는 주로 엄마가 싫어하는 여성 취향의 로맨틱 코미디였다. 열여섯 살 때, 아빠와 함께 외출했다가 겨드랑이 아래 왼쪽 가슴 조금 못 미치는 곳에서 멍울을 발견했다. 한 손을 셔츠 안에 집어넣고 있는 유화 속 나폴레옹 보나파르트처럼, 나는 저녁 내내 극장의 어둠 속에서 한 손을 겨드랑이 밑에 넣고 몰래 가슴을 더듬었다. 집으로 가는 길에 나는 와락 울음을 터뜨리며 "아빠, 나 몸이 이상해요"라고 말했다.

아빠는 그 이튿날 당장 나를 의사에게 데려갔고, 일주일 뒤에는 큰 병원으로 데려갔다. 그 멍울은 양성 종양인 섬유선종이었고, 수

술로 곧 제거되었다. 유방암은 아니었지만 내가 마취에서 깨어날 때까지 아빠 얼굴은 걱정으로 주름져 있었다. 지금 아빠 얼굴에도 그때와 똑같은 주름이 져 있다.

"아빠, 회사에 빠지실 것까지는 없어요. 전 괜찮아요."

"회사에는 벌써 얘기해뒀다. 네가 자립할 수 있을 때까지는 몇 달이고 도와야지. 그나저나 자동차 할부금으로 얼마를 낼 수 있는지 생각해봤니?"

자동차 할부금? 속이 울렁거렸다. 자립이라고? 지금 나자빠질 지경인데? 나는 한 번도 부모님에게 걱정 끼친 적 없는, 언제나 당당하고 주목받는 행복한 딸이었다. 나는 계속 그런 딸로 남고 싶었다.

부모님이 기르는, 곰처럼 커다란 골든레트리버 보디가 머리를 내 무릎에 올려놓고 감정이 풍부한 눈으로 나를 쳐다봤다. 잭이라는 이름의 비숑은 두 발로 서서 앞발을 올렸다 내렸다 하는 재미난 춤을 추었다. 브리트니스패니얼 거너는 개 침대에 웅크리고 앉아 있는 아이크에게 코를 대고 킁킁 냄새를 맡았다. 이 개들을 보자 돈 문제를 임시로 해결할 수 있는 방안, 그러니까 개를 산책시키는 일이 떠올랐다. 물론 그 일로 하룻밤 사이에 백만장자가 되지는 못하겠지만, 광고 디자인 쪽 일자리를 찾을 때까지는 버틸 수 있을 것이다. 4, 5개월쯤 그 일로 돈을 벌면 돈 문제는 웬만큼 해결할 수 있겠지. 시카고에서 알고 지내던 인사 담당자가 일거리를 주겠다고 한 약속을 제발 지키기를….

"한 달에 250달러 정도는 낼 수 있을 것 같아요."

아빠가 식탁에 커피 잔을 내려놓으며 물었다.

"네 재정 상태는 어떠냐?"

개털이랍니다. 아무것도 가진 게 없거든요. 자부심과 희망 말고는 아무것도 없어요. '재정 상태'라는 말을 듣는 순간, 머릿속에서 누군가가 탭댄스를 추는 것 같았다. 이 무지막지한 두통을 몰아내려고 관자놀이를 문질렀다.

"은행에 몇백 달러 있어요. 퇴직연금은 깰 거고요. 그리고 갖고 있는 패물을 좀 팔아야죠. 실업연금도 있어요."

엄마는 크게 낙심했다.

"결혼 생활을 12년이나 했는데 겨우 작품 몇 개랑 옷밖에 남은 게 없다니…."

"앤, 그런 말은 말구려."

아빠가 엄마의 말을 끊었다. 나는 곁눈질로 아빠를 보며 살짝 감사의 미소를 건넸다. 아빠가 내 어깨에 부드럽게 손을 얹으며 패물을 팔면 얼마나 받을 것 같은지 물었다.

"모르겠어요."

"내야 할 건 어떤 게 있지?"

"건강보험료랑 휴대폰 이용료, 그리고 신용카드로 쓴 거요."

"신용카드에 얼마나 빚지고 있는데?"

"… 2만 달러요."

침묵이 감돌았다. 개들마저도 킁킁대지 않았다. 나는 두 손에 얼굴을 묻었다. 차라리 내가 명품에 빠져 이 엄청난 빚을 졌다고 말하는 편이 훨씬 설득력 있을 것 같았다. 그러나 나는 〈섹스 앤 더 시티〉의 캐리 브래드쇼가 아니었다. 크리스찬 루부탱, 지미 추, 마놀로 블라닉 따위는 한 번도 산 적이 없었다. 생활비로 야금야금 빚진 게 몇 년 동안 쌓이다 보니 이렇게 됐다. 몇 번 이사하고, 두 번 사업에 실패하고, 식료품비와 치과 진료비와 병원비, 그리고 비행기 티켓을 한 번인가 두 번 샀고, 뭐 그 밖의 자질구레한 것들이 쌓여서 이렇게 나를 괴롭히는 것이다.

엄마 이마의 핏줄이 팔딱팔딱 뛰었다.

"크리스가 내야지. 아무것도 주지 않고…."

"내가 그를 떠난 거야…."

"난 크리스가 너무 싫어…."

"앤, 그런 말은 도움이 안 돼."

아빠가 말했다.

"엄마, 아빠 말이 맞아. 이곳에 적응하려면 크리스를 생각할 겨를도 없어. 나 스스로 이 문제들을 해결해야 한다고. 제발."

주먹을 얼마나 꽉 쥐었는지, 손바닥에 반달 모양의 손톱자국이 났다.

"두 분이 저를 이 구렁텅이에서 건져내야 한다는 의무감을 느끼지 마셨으면 해요. 제가 싫어요. 믿기 어려우시겠지만, 저도 이제 성인이거든요. 재정 문제는 곧 해결될 거예요. 직업도 구할 거고요. 다 잘될 거예요."

지금까지 버틸 수 있었던 것은 희망 때문이었다.

아니, 하나 더 있구나. 드디어 장 뤽이 답장을 보내왔다.

안녕 사만다,

너의 마지막 메일을 읽은 뒤, 솔직히 많이 힘들었어. 네가 죄의식과 혼란 속에서 괴로워하는 게 느껴져서 마음이 너무 아팠지. 네 마음이 편안해질 수 있다면 무슨 일이든 하고 싶어. 너를 잃고 싶지 않으니까.

하지만 너의 메일을 다시 찬찬히 읽은 후, 어쩌면 나는 너에게 아무런 힘이 될 수 없겠구나, 너의 변화에 도움이 될 수 없겠구나, 라는 생각이 들었어. 너의 결혼 생활이 너의 현실이라는 걸 이해하니까. 그리고 나는 아주 오래전 열정적인 하루를 보낸, 그리고 겨우 몇 주 동안 편지를 주고받았을 뿐인 글 뒤의 그림자에 불과하니까.

너를 힘들게 했을 그와의 말다툼에 대해 생각해봤어. 나도 남자니까 남자를 안다고 생각해. 국적을 불문하고 남자들은 여자들이 어떤 '죄의식'에 끌려다니기도 한다는 걸 잘 알고 있어. 남자들은 그것으로 '게임'을 하기도 하지.

너의 남편에 대해서는 네 글을 통해서만 알고 있지만, 그래도 너의 상황을 잘 이해하기 위해 여러 각도에서 생각하려고 노력해봤어. 뭐가 어찌됐건 네가 늘 죄의식을 안고 있다면 … 너는 금세 깨져버리고 말 거야.

사만다, 힘들겠지만 지금은 오로지 너만 생각했으면 좋겠어. 너만을 위한 선택을 해야만 해. 그 누구를 위한 선택도 하지 말고. 내가 반해버렸던 너의 당당함, 자신감을 되찾길 기도해. 나는 언제든 같은 자리에서 너를 기다릴게.

추신

오늘밤, 하늘을 올려다보면 밝은 점 하나가 움직이는 걸 볼 수 있을 거야. 그게 이전에 내가 너에게 말한 우주정거장이야. 온 마음을 다해 지켜봐주길. 그리고 미래가 밝다는 걸 꼭 기억해.

그날 밤, 어두컴컴한 발코니에 서서 몇 시간 동안 우주정거장을 찾아보았다. 하늘을 쳐다보면서, 멍청하게도 '행복한 사만다'라는 글자가 반짝이기를 기대했다. 영화에서는 그런 일이 잘도 일어나던데 현실에서는 왜 그러지 못할까? 실망스럽게도 별이 빛나는 밤하늘에 그런 메시지는 뜨지 않았고, 인공위성 몇 개만 뜬금없는 내 생각처럼 산발적으로 나타났다 사라졌다.

캘리포니아의 실업인구는 거의 13퍼센트로 사상 최고치에 이르렀다. 운 좋게도 나는 이 통계에 포함되었다. 새로운 환경에 적응하느라 직장 구하는 일을 잠시 미뤄두었다가 마음을 다잡고 구직 담당자를 만났다. 이제 할부금을 내야 할 자동차도 있으니, 풀타임 직장을 잡지 못하면 프리랜서 디자인 일이라도 구해야 한다. 구직 담당자는 내 포트폴리오를 한참 칭찬한 뒤, 빠른 시일 내에 일자리를 찾아주겠다고 했다. 경기가 침체돼 있지만 내 전망은 밝다고 했다.

멋진 디자인 일자리가 나기를 기다리는 동안, 나는 새로운 일에 착수했다. 말리부에서 개를 산책시키기 위해 따로 준비해야 할 것은 아무것도 없었다.

맨 처음 방문한 집 현관 테이블에는 한 여자의 흑백사진이 놓여 있었다. 그녀는 하늘거리는 큼직한 깃털 목도리만 걸친 채 길 한복판에 서 있었다. 그녀의 엄청 커다란 가슴이 눈에 확 띄었다.

"음, 이 사람이 우리 고객이야?"

"다른 사진도 봐봐."

개 산책시키는 회사 '수염과 꼬리'의 오너이자 바로 조금 전에 나와 친구가 된 스테이시가 말했다. 그녀는 방금 때를 밀고 나온 것 같은 매끈한 얼굴로 함박웃음을 지었다.

"좀 재미난 사람들이야."

스테이시는 보스턴 출신답게 느긋한 태도와 야망을 모두 지니고 있었다. 직업은 프로듀서였고, 개 산책은 생활비를 마련하기 위한 부업이었다. 예술가 기질이 있는 우리 둘은 금세 친해졌으며, 말리부의 까다로운 개 주인들을 한 명씩 만나고 있었다.

내 시선은 벽에 걸려 있는 산타클로스처럼 생긴 늙은 영감 사진에 꽂혔다. 그 영감은 아까 현관에서 본 사진 속 여자와 함께 욕조에서 벌거벗고 있었다. 말문이 막혔다.

"나체주의자들이야."

스테이시가 설명했다.

"나한테 피해만 주지 않으면 상관없어."

그러나 그들의 독특한 생활 방식은 스테이시와 내게 피해를 주었다. 그 나체주의자 남편이 집에 있는 날이면 망으로 된 문을 사이에 두고 그의 고추를 봐야만 했던 것이다. "세상에! 우리가 정말 그걸 보고 말았네"라고 말할 때마다 웃음이 터져서 뒷마당에 있는 개를 부랴부랴 차에 태워 해변으로 데려가야만 했다. 하지만 그 남자는 전혀 부끄러울 것 없다는 듯한 태도로 문가에 서 있었다. 나는 개 산책시키는 일을 배우면서 개뿐만 아니라 그들의 주인인 인간도 상대해야 한다는 것을 깨달았다.

개를 산책시키면서 가끔 이상한 사람을 만나야 한다는 점만 빼면, 스테이시라는 친구를 사귀게 된 것 말고도 좋은 점이 많았다. 날마다 말리부의 깊은 골짜기를 오르내리다보니 7킬로그램이 빠져서 예전 몸매를 되찾았다. 이혼을 눈앞에 둔 이 새로운 다이어트에는 매일 보드카 두 잔 대신 채소즙 두 잔을 마시는 것도 포함됐다. 게다가 창백했던 시카고 주민의 안색은 캘리포니아의 태양에 눈부시도록 검게 그을었다.

몸매가 날씬해지자 나체주의자 개 주인은 아직 상표도 떼지 않은 옷을 박스째로 주고, 주고, 또 주었다. 인조털로 뒤덮인 코르셋이나 검은색 반짝이가 달린 바지는 내 취향이 아니었지만, 입을 만한 드레스는 정말로 많았다. 나체주의자에게서 받은 새 헌옷이라니. 아,

내 삶은 왜 이리도 아이러니로 가득 차 있을까. 어쨌든 나는 두 치수나 줄었고, 스키니진까지 입을 수 있게 되었다. 내가 산책시키는 개들이야 전혀 상관하지 않았지만.

6월은 곧 7월이 되었고, 점점 지낼 만해졌다. 이제 개를 산책시키는 자칭 이혼녀로서 나만의 표어까지 생겼다.

개똥과 내 인생은 한 번에 하나씩 처리하자.

곧 전남편이 될 사람은 내게 날마다 전화를 걸고 메시지를 보냈다. 메시지로 이미 예고했듯이, 크리스는 '합의 이혼'으로 우리 결혼생활을 최대한 빨리 정리하고자 변호사를 고용했으면서도 여전히 '우리'라는 생각을 포기하지 못했다. 재판일은 7월 말로 정해졌지만 나는 참석하지 않을 것이다. 내 심정은 몹시 복잡했다. 결국 이혼할 용기를 낸 것에는 만족하지만, 그 과정에서 누군가에게 상처를 준 것은 정말 싫었다.

장 뤽과 나는 날마다 이메일을 두 통씩 주고받았고, 두세 번씩 전화 통화를 했다. 어떤 때는 몇 시간씩 통화를 했다. 그가 워낙 편하게 대해줘서 통화하다가 잠든 적도 있었다.

불행하게도, 부모님은 국제전화 서비스에 가입하지 않았다. 그래서 전화요금이 얼마나 나올지 모르고 있다가 자동차 할부금을 비롯한 다른 고지서들과 함께 자그마치 600달러라는 전화요금 청구서를 받았다. 게다가 태도를 180도 싹 바꾼 구직 담당자에 따르면, 마땅한 일자리도 없고 구하기도 어렵단다.

다행히 7달러만 더 내면 다섯 시간 동안 무료로 국제전화를 할 수 있는 서비스가 있었다. 좀 늦긴 했지만 이제라도 바꿔야 한다. 장 뤽도 몇 유로만 더 내면 육십 개 나라로 무제한 전화를 걸 수 있는 더 좋은 서비스로 바꾸었다.

물론 집안일도 도우려고 최선을 다했다. 개들을 산책시키고, 장을 봐 오고, 세끼 음식을 다 차렸다. 아빠는 내가 만든 음식을 진심으로 고마워했는데, 내 필살기인 베아르네즈 소스에 바삭한 크루통과 아티초크를 곁들인 필레미뇽 요리를 제일 좋아했다. 내가 이 집에 오기 전 엄마의 요가 선생은 부모님에게 커피와 키차리라는, 녹두와 채소로 만든 인도 음식만 먹는 이상한 단식요법을 권했었던 모양이다. 주방에서 이것저것 만들다보니 제정신이 돌아왔다. 남아도는 게 시간이라 다양한 시도를 해볼 수 있었다. 치킨 파프리카부터 바닷가재 테르미도르, 타라곤 소스를 얹은 크래브 케이크까지 만들었다.

내 삶은 그저 그랬다. 골짜기가 내려다보이는 부모님 집은 넝쿨이 우거진 아름다운 에스파냐풍으로, 수영장과 벌새, 장미, 재스민이 가득한 정원도 있었다. 그러나 부모님의 개인 요리사 노릇을 하며 이 남캘리포니아의 낙원에서 평생을 살 수는 없었다.

나는 현실주의자였다. 그리고 알량한 자부심마저 있었다.

무엇보다 지금 걱정인 건 아이크의 건강이 급속도로 나빠졌다는 것이다. 캘리포니아에 도착한 후 보름쯤 지났을 때, 나는 내 자식 같은 털북숭이를 새로운 수의사에게 데려갔다. 항상 그랬듯이 아이크는 대기실에서 가장 큰 강아지였지만, 내 다리 사이에 숨어서 온몸을 사시나무 떨듯 떨었다. 옆에 있던 치와와가 오히려 더 용감해 보였다.

수의사 리사는 내 털북숭이 아가를 척 보자마자 진단을 내렸다.

"아이크는 래브라도레트리버에게 흔히 발병하는 후두마비에 걸린 게 분명해요."

나는 떨리는 손으로 아이크의 부드러운 귀를 쓰다듬었다.

"후두마비요? 심각한 건가요?"

리사 박사는 입을 굳게 다물었다가 뗐다.

"솔직히 말씀드리죠. 앞으로 더 나빠질 겁니다. 아이크의 후두 연골을 통제하는 신경과 근육이 기능을 상실하는 거예요. 마비되면 아이크가 숨을 쉬기도, 먹기도, 침을 삼키기도 힘들어질 겁니다."

"원인이 뭔가요?"

"래브라도레트리버 특유의 질병입니다."

입술이 덜덜 떨렸다.

"고칠 수 있으시죠? 치료되는 거죠?"

"치료라는 게 붓기를 가라앉히거나 개를 진정시키는 것밖에 없어요. 상태가 계속 나빠져서 쇠약해지면 수술을 합니다. 그러나 수술을 하건 안 하건, 늘 흡인성 폐렴으로 발전할 가능성이 있어요."

그렇게 건강하시던 우리 할아버지도 브라우니가 목에 걸려 식도

가 파열되는 바람에 병원에 입원했다가 바로 폐렴 때문에 돌아가셨다. 폐렴은 병원에서 걸린 거였다. 브라우니가 건장한 전쟁 영웅을 죽게 한 기폭제였다면, 내 강아지도 그 불행한 운명에서 벗어날 수 없으리라. 아이크는 씹지 않고 꿀떡 삼키기 일쑤라 음식물이 자주 목에 걸렸으니까.

"뭘 해야 하죠?"

"운동을 제한하고 서늘한 곳에 있게 하세요."

나는 내 강아지가 최상의 컨디션을 유지할 수 있게끔 뭔가를 더 해야만 했다. 내 털북숭이 아가에게 내가 할 수 있는 최선의 보살핌을 주고 싶었다.

"여기 침술사 있죠?"

"네."

"침술이 도움이 될까요?"

"자연요법이니 한번 고려해보죠. 시도해볼 만합니다."

아이크와 해변을 산책했다. 내 강아지와 함께 나누는 가장 멋지고도 슬픈 순간이었다. 나는 해변에 앉아 아이크의 목에 팔을 두르고 부서지는 파도와 하늘로 날아오르는 펠리컨을 바라보았다. 아이크가 내 얼굴을 핥았다. 평소에는 별로 안 하던 짓이어서, 마치 "고마워요, 엄마. 참 멋진 인생을 내게 주셨어요"라고 말하는 것만 같았다. 나는 아이크의 털에 얼굴을 파묻고는 꼭 껴안았다.

모든 것이 한꺼번에 몰려왔다. 수문이 열리자 거짓말처럼 눈물이 마구 쏟아졌다. 아이크를 내 품에 꼭 껴안고 목 놓아 울었다. 그동안 참아왔던 울음이 터졌다. 실패한 결혼 생활 때문에 울고, 아픈 강아지 때문에 울고…. 모든 게 다 울어야 할 일이었다. 그러고 나니 비로소 나 자신을 용서할 수 있었다. 모든 것에 대해.

내 삶이 내가 선택한 것들의 총합이라면, 더 나은 선택을 해야 한다. 이제부터라도.

미국 공주와 프랑스 개구리 왕자

7월 초, 장 뤽은 아이들을 데리고 2주간 스코틀랜드로 여름휴가를 떠났다. 덕분에 우리는 대화가 뜸해졌다. 날마다 두 통의 이메일을 주고받고 두 시간씩 통화하던 우리는 사흘에 한 번, 그것도 그가 인터넷 카페를 찾을 수 있을 때에야 겨우 소식을 나누었다.

한번은 그가 전화해서 아이들을 바꿔줬다. 나는 마음의 준비도 없이 그의 딸 엘비르와 통화를 했다.

"봉주르."

엘비르가 부드럽고 달콤한 목소리로 말했다.

"안녕, 그러니까 봉주르. 잘 지내지?"

엘비르와 막상스가 아이들이라고는 해도 조금 긴장됐다.

"네, 잘 지내요."

긴 침묵이 흘렀다.

"그쪽은요?"

엘비르가 물었다.

"나 말이니? 나도 잘 지낸단다."

또다시 침묵이 흘렀다. 나는 여행이 어떤지 물어보았다.

"그러니까 스코틀랜드는 좋아?"

"네."

우리는 서로의 숨소리만 듣고 있었다. 엘비르가 갑자기 웃음을 터뜨렸다.

"동생 바꿀게요."

나라면 만나본 적도 없고, 프랑스어도 제대로 못하는 이상한 미국 아줌마와 통화하고 싶지 않을 것 같았다. 그러나 장 뤽은 아들에게 전화를 받게 했다. 막상스의 목소리가 내 귀에 닿는 순간, 나는 열 살짜리 소년이 그런 저음을 낼 수 있다는 데 놀랐다. 설상가상으로 나는 막상스가 하는 말을 하나도 알아들을 수 없었다. 막상스가 웃더니 전화기를 장 뤽에게 넘겼다.

"미안해. 아이들이 하도 궁금해하기에 실례 좀 했어."

장 뤽이 말했다. 장 뤽은 막상스가 자기 어깨너머로 이메일을 보더니, 왜 내가 장 뤽을 내 다람쥐, 늑대, 빅 풋 또는 새스콰치, 슈렉이라 부르는지 궁금해했다고 전해줬다. 이 호칭들은 전부 지난 두 달 동안 주고받던 이메일에서 장 뤽이 자신을 일컬을 때 한 번 이상 언급한 동물이나 캐릭터였다. 내가 보낸 이메일을 읽으려 장 뤽 주위를 기웃대는 막상스의 깊고 쉰 듯한 웃음소리와 엘비르의 부드럽고 쾌활한 키득거림이 들리는 듯했다.

프랑스어에는 재미난 애칭이 많았다. 여느 프랑스 부모들처럼 장 뤽도 자기 아이들을 내 벼룩들이라고 했다. 한 번은 장 뤽이 나를 '마 비쉬ma biche'라고 부른 적이 있었다. 그 발음이 꼭 '비치bitch(음탕한 년)'처럼 들려서 몹시 언짢았는데, 그가 '내 암사슴'이라는 뜻이라고 설명해줘서 오해를 풀었다.

장 뤽이 나를 항상 자신의 '미국 공주'라고 불러서, 나도 그를 나의 '개구리'라 부르게 되었다. 이 호칭은 〈개구리 왕자님〉이라는 동화와 개구리 뒷다리를 먹는다는 이유로 프랑스인을 개구리라 부르기도 한다는 사실에서 영감을 받은 것이었다. 다행히 장 뤽은 프랑스인을 이렇게 불러도 불쾌하게 받아들이지 않았다. 대신에 프랑스 사람들은 미국인을 돼지라 부르기도 한다며 웃어넘겼다. 공주로 불리는 건 천만다행이었다.

"나에 대해 당신 올챙이들에게 뭐라고 했어, 나의 개구리 씨?"

"너는 나의 미국 공주고 나는 너의 백마 탄 왕자님이라고 말했지."

장 뤽이 말했다.

"그래? 그렇지만 아직 키스를 안 받았는데 어쩌지?"

"내가 기억하기론 키스했어. 20년 전에. 파리의 내 아파트로 올라가는 계단에서."

아, 맞다. 그때 했구나. 그리고 클럽에서도. 그때가 떠오르자 정신이 아득해졌다. 허둥대기 전에 나는 대화의 흐름을 본래 궤도로 돌려놓았다.

"나에 대해 아이들이랑 말한 적 있어?"

"막상스가 내가 샘이라는 사람과 왜 그렇게 자주 전화를 하고 편지를 주고받는지 아주 궁금해했어. 특히 네 편지를 보고 나서는 더 심해졌지. 그러더니만 네가 누군지 물어보더라구."

장 뤽이 웃으면서 대답했다.

"그래서 뭐라고 했어…?"

"샘은 미국에 사는 참 좋은 친구라고 했지. 그랬더니 막상스가 정색을 하면서 '아빠, 게이야?'라고 묻지 뭐야!"

"정말?"

"응. 네 이름이 사만다라고 말해줬는데도 도무지 믿으려 하질 않았어. 과학자인 나를 닮아서 그런지 아이들도 증거를 대라고 난리더라고."

웃음이 잦아들기를 기다리는 동안, 문득 어떤 생각이 떠올랐다. 최근 들어 우리는 그의 이혼 얘기를 거의 하지 않았다.

"나타샤 소식은 없어?"

"나타샤가 아파트를 구했어. 이혼이 마무리될 때까지는 도와줘야지. 아이들과 내가 집으로 돌아갔을 때는 아마 이사하고 없을 거야."

"아이들이 보고 싶어 하지 않을까?"

"나타샤가 고양이를 데리고 갈 건지만 묻던걸."

나타샤와 소원해진 이들의 관계를 생각하니 마음이 아팠다.

"어서 아이들에게 새엄마를 구해줘야겠네."

"그 문제는 너와 아이들에게 맡길게."

장 뤽이 너무 자연스럽게 말해서 나도 그의 말이 이상하게 느껴지지 않았다. 하지만 엄밀히 말하자면 우리는 미래를 약속한 연인이라 할 수 없었다.

"장 뤽, 우린 20년 동안 서로 보지도 못했잖아."

"이제 봐야지."

내 심장박동이 빨라졌다.

"뭐라고?"

"8월에 파리에서 만나는 건 어때? 아이들이 외할머니 집에 가기 때문에 나는 그때가 좋은데. 내 에어프랑스 마일리지를 확인해봤더니 LA에서 파리 왕복 티켓을 사기에 충분하더라고."

우리는 서로 만나는 문제에 대해 이야기는 했었지만 구체적인 계획을 세운 적은 없었다. 이래도 되는 걸까? 20년 동안 보지 못한 남자를 만나러 8천 킬로미터를 날아가도 될까? 하지만 답은 정해져 있었다. 아무리 내가 실수를 많이 저질렀다고 해도 바보는 아니었다. 20년 전, 나는 파리 리옹역 플랫폼에 내 마음 한 조각을 남겨놓았다. 지금 그걸 되찾으러 갈 기회가 생겼다. 그래, 차분히 계획을 짜보자.

우선 점점 줄어들고 있는 퇴직연금을 깨서 5천 달러를 찾자. 피델리티 웹사이트를 보니 수수료 10퍼센트만 내면 된다고 한다. 이 돈으로 신용카드 빚 좀 갚고 다달이 내야 할 돈을 줄여놓으면 2천 달러 정도는 여유가 생길 것이다.

"내 티켓은 내가 살게."

"아니야, 샘. 내가 사야 해."

"하지만 나는…."

"아직 직장을 못 구했잖아."

"개들을 산책…."

이것은 처음부터 진 게임이었다. 더는 그와 옥신각신하지 않기로 했다. 그가 열심히 쌓은 포인트를 정말로 나에게 쓰고 싶다면 누가 말리겠는가. 그의 목소리로 판단해보건대, 물러설 기색이 전혀 없었다.

"정말 네 마일리지를 써도 되겠어?"

"벌써 티켓을 알아봤어. 네가 괜찮다면 8월 2일부터 12일까지로 예약할게."

나는 내 마음 가는 대로 할 것이다.

"내 스케줄은 널널해."

"그 말은 예스라는 뜻이지?"

"응!"

"내가 뭘 계획하고 있는지 알고 싶지 않아?"

"아니. 나중에 깜짝 놀라게 해줘."

통화를 끝내자마자 트레이시에게 전화를 걸었다. 내가 입도 뻥끗

하기 전에 그녀가 먼저 "믿지 못할걸!"이라고 소리쳤다.

"뭘?"

"우리 여행 사진 앨범을 찾았거든. 깜짝 선물과 함께 어제 부쳤어."

그녀는 하이에나처럼 웃어댔다.

"그런데 무슨 일이야?"

단숨에 내 입에서 대답이 쏟아져 나왔다.

"장 뤽이 나더러 파리로 날아오래. 그리고 난 가볼까 생각 중이고."

가겠다고 장 뤽에게 벌써 대답해놓고서도 트레이시에게는 이렇게 말했다. 어쩌면 내 마음 한구석에서는 트레이시가 이 미친 결심을 말려주길 바라고 있었는지도 모른다.

"언제?"

"8월 초."

"와, 세상에! 드디어 네가 파리로 가는구나. 너 안 가면 내 손에 죽는다! 이거 믿을 수 없네. 내 생각엔 장 뤽이 원래부터 네 짝이었어. 네 소울메이트였다고!"

그가? 모든 조짐이 예스를 가리키는 것 같았다. 다시 한 번 궁금해졌다. 내 소울메이트를 찾아 그 먼 길을 날아가도 되는 걸까?

부모님 집에 온 후 대부분의 시간을 엄마와 보냈다. 어린 나를 돌보느라 청춘을 흘려보낸 엄마는 '파티 앤-니멀'이라는 별명을 얻으면서 20대를 다시 살고 있었다. 아빠에게는 너무 미안한 일이지만, 엄마는 이제 나하고만 다니려 했다.

수요일 저녁, 말리부에서 가장 핫한 식당인 '와인 배럴'에서 노래방 나이트가 열렸다. 엄마는 친구 몇 명을 초대했고, 나는 스테이시를 초대했다. 우리는 자리도 잡고 간단히 요기도 할 겸 조금 일찍 식당으로 갔다. 식당은 꽤 멋졌다. 짙은 나무 벽과 멋진 바가 있어서 은행 옆에 있다는 사실만 빼면 꼭 시카고의 다운타운 같았다.

치즈 안주와 사악하게 맛있는 피노 누아르 와인을 앞에 둔 나는 내 명성이 널리 퍼졌다는 것을 금세 알게 되었다. 엄마 덕택에 이 동네 사람들 모두가 프랑스 남자와 내 스토리를 시시콜콜 꿰고 있었고, 특히 갓 이혼한 여성들 사이에서 나는 큰 관심의 대상이 되어 있었다. 엄마 친구가 뉴욕에서 온 레인보라는 이름의 여성을 소개해 주었는데, 그녀도 이혼 소송 중이었다.

어떤 미친 벨기에인이 부를 과시하려고 샴페인 쉰 병을 사서 테이블마다 돌렸다. 그는 바를 휘젓고 다니면서 자기가 유명 동화 작가의 유산과 저작권을 상속받았다고 자랑했다. 그는 우리 테이블에 있는 모든 여자들에게 추파를 던지다 아무 소득이 없자 자리를 떴고, 그 즉시 대화 주제는 다시 장 뤽으로 돌아왔다.

"프랑스에 가서 남자 한 명만 더 데려오면 안 될까?"

"그는 어떻게 생겼니?"

"장 뤽에게 형제는 없다니?"

"지금 장 뤽이 쓴 편지 갖고 있어?"

희망찬 모험을 코앞에 둔 나는 변화의 한가운데에 서 있었다. 그리고 사랑에 빠진 내가 얼마나 운이 좋은지도 깨달았다. 잠깐만, 내가 지금 '사랑'이라고 말한 거야?

까짓것, 8천 킬로미터는 아무것도 아니야

도발적인 페이스북 프로필 사진은 물론이고 봉 춤 스트립쇼, 빅토리아 시크릿 광고처럼 야릇한 포즈를 하고 입술을 쭉 내민 섹시한 여성을 너무 많이 접했기 때문인지도 모르겠다. 진작부터 끓어오르고 있는 장 뤽과의 관계 온도를 더 높이고 싶은 욕심 탓인지도 모르겠고. 나도 섹시하다는 것을 느끼고 싶어서일지도 모른다. 어쨌든, 왜 그랬는지는 알 수 없지만, 전에는 감히 엄두도 내지 못했던 도발적인 사진을 찍어 장 뤽에게 보내기로 했다.

내 맥북에는 카메라가 달려 있었다. 그래서 침대에 앉아 다양하고도 야릇한 포즈를 취하면서 사진을 찍고 또 찍었다. 다 찍고 보니 사진이 백 장도 넘었는데, 석 장만 남겨놓고 다 지워버렸다.

그러나 이 사진들을 도저히 장 뤽에게 보낼 수 없었다. 이대로는 안 된다. 포토샵에서 사진 크기를 검지 손톱만 하게 줄여서 파일 하나에 붙여 넣고 세 폭짜리 그림으로 만들었다. 이 창조적인 노력에 뿌듯해하면서 이 사진을 메일에 첨부해 보냈다. 몇 분 뒤 전화벨이 울렸다.

"샘, 네가 보낸 사진 너무 작아. 꼭 컴퓨터 모니터에 붙어 있는 콘택트렌즈 같아. 내 동료가 와서…."

"어머, 어머! 그 사람들이 사진을 본 건 아니지?"

내 목소리가 떨렸다. 모처럼 용기를 내어 이런 짓을 했건만, 온 세상이, 아니 적어도 장 뤽의 사무실 사람들이 도발적인 사진조차 제대로 보내지 못한 미국 여자라고 비웃을 것 같았다.

"다른 사람이 어떻게 이걸 볼 수 있겠어? 확대할수록 화질이 더 나빠지는데. 픽셀들이 다 희미한 사각형으로 보여."

"이렇게 유혹하는 건 나랑 맞지 않나 봐."

"내가 널 얼마나 보고 싶어 하는지 알지? 넌 정말 사랑스러워, 샘."

자신감 넘치는 그의 목소리를 듣자 곤두섰던 신경이 금세 누그러졌다. 프랑스식 악센트와 부드럽고 섹시한 그의 억양 때문이리라. 그와 관련된 것이라면 뭐든지 나에게 먹혔고, 그는 언제나 정답을 알고 있었다. 그는 내 천칭자리 눈금이 딱 한가운데로 오게, 즉 완벽한 균형을 이루게 해주었다.

"나쁜 소식이 있어."

가슴이 두근거렸다. 여태껏 좋은 소리만 하더니.

"뭐, 뭔데?"

"내 차가 퍼져버렸어."

뭐라고? 차가 퍼져버렸다고? 이제 곧 '전처'가 될 나타샤가 그 배후에 있는 건 아닐까? 그녀가 장 뤽을 노린 건가?

"혹시 나타샤가 그런 거야?"

"말도 안 돼. 낡디낡은 BMW라 수명을 다한 것뿐이야. 살릴 수 있는 방법도 없고."

나는 그가 내 히스테릭한 반응을 불쾌해할 줄 알았다. 그런데 그는 그저 이렇게 말했다.

"걱정 마. 우리 여행에 지장을 주지는 않을 테니까. 벌써 렌터카도 예약해놨어."

"응."

막상 아무런 대책 없이 8천 킬로미터를 날아가려고 생각하니 눈앞이 깜깜했다. 변수가 너무 많았기 때문이다. 우선 장 뤽은 나를 데리러 툴루즈에서 파리 샤를드골 공항까지 일곱 시간 넘게 운전해 와야 한다. 그의 차가 또 '퍼질' 수도 있다. 내 근심은 자동차 고장에서 치명적인 사고로까지 치달았다.

우리가 서로 알아보지 못하면 어쩌지? 아니, 20년 동안 침묵한 것에 대한 완벽한 복수로 그가 막판에 마음을 바꿔서 나를 데리러 오지 않고, 나 홀로 파리에 남겨진다면?

내가 받은 사진이 그의 사진이 아니라면? 진짜 장 뤽과 이메일을 주고받은 것이 아니라면? 리암 니슨이 나온 영화 〈테이큰〉을 보면 알바니아 마피아가 여자를 납치해서 약을 먹이고 결국 성노예로 팔

아넘긴다. 그 인신매매범들이 먹잇감을 찾는 곳이 바로 내가 탄 비행기가 내릴 파리 샤를드골 공항이다.

내가 과대 망상의 도로를 시속 500킬로미터로 질주하고 있다는 거 안다. 장 뤽이 뭐라 말할지도 짐작이 가고. 긴장하지 말라고 그러겠지. 하지만 말하는 것과 행동하는 것은 서로 별개 아니던가. 머릿속으로 별별 해괴한 시나리오를 다 써봤다. 나는 신중해야 했다.

"부탁할 게 있어."

"뭐든지."

"프랑스에도 선불 휴대폰이 있어?"

"그럼."

"그러면 하나 사서 선불 전화카드랑 같이 부쳐줄래?"

너무 무리한 요구는 아닐지 걱정되었다.

"물론 돈은 갚을게. 너와 연락할 수 있는 수단이 있어야 할 것 같거든. 만약을 대비해서."

"만약을 대비하다니, 그게 무슨 뜻이야?"

그는 대단한 인내심을 발휘하며 휴대폰이 필요할 수밖에 없는 모든 가능성을 다 들어주었다. 내 입으로 말하면서도 참 황당하다 싶었다. 횡성수설, 갈수록 내 삽질은 심해졌다.

"허니, 허니, 허니, 그거 정말 좋은 생각이야."

장 뤽은 남자는 여자에게 항상 맞장구를 쳐줘야 한다는, 특히나 터무니없는 불평을 멈추고 싶을 때는 더욱 그래야 한다는 철칙을 알고 있는 게 분명했다.

"내일 당장 휴대폰을 부칠게."

나는 안도의 한숨을 내쉬었다.

"사만다, 전화를 끊기 전에 물어볼 게 하나 있어. 마지막 밤을 어디에서 보내면 좋을지 선택해줘. 베르사유? 아니면 파리?"

직접 가본 적은 없지만 화려한 궁전으로 유명한 베르사유가 끌렸다. 그렇지만 장 뤽과 내가 처음 만났던 파리에 머무른다면 정말 로맨틱할 거라는 생각도 들었다. 옛 발자취도 따라가볼 수 있을 테고. 담 타르틴에서 점심을 먹고, 샹젤리제 노천카페에서 포트 와인•을 한잔하고, 그가 살던 아파트까지 걷고. 그러다 보면 우리는 예전보다 더 좋은 새로운 추억을 쌓을 수도 있을 것이다. 하지만 이렇게 대답했다.

"나를 깜짝 놀라게 해줘. 전적으로 당신한테 맡기고 싶어. 나는 당신 손바닥 위에 있으니까."

"기다리는 게 무척 힘들 거야, 샘."

그가 말했다.

"나도 마찬가지야, 장 뤽."

• 포르투갈에서 생산되는 주정 강화 와인(알코올 도수나 당도를 높이기 위해 브랜디나 과즙을 첨가한 와인).

그 뒤 2주 동안은 푹푹 찌는 말리부의 여름 날씨에 개들을 산책시키느라 정신없이 보냈다. 파리로 떠나기 이틀 전, 무더위와 수그러들 줄 모르는 뜨거운 태양을 잠시 피해보라고 부모님 집에 딸린 수영장으로 스테이시를 초대했다. 장 뤽의 소포가 도착했을 때 마침 스테이시도 함께 있었다. 상자에서 녹색 휴대폰과 함께 말린 라벤더와 장미가 나왔다.

"누구야? 진짜 엄청 로맨틱하다!"

스테이시는 입을 다물지 못했다.

이런 게 프랑스 스타일 아니겠어.

"그래, 로맨틱하지. 그런데 이건 그리 로맨틱하지 않네."

나는 두 번째 우편물도 스테이시에게 건넸다.

"내가 생각하는 바로 그거야?"

"응."

그녀가 나를 와락 껴안았다.

"축하해! 넌 이제 자유부인이야!"

나는 침을 꿀꺽 삼켰다. 자유부인이건 아니건, 최종 이혼 판결서를 받으니 마음이 싱숭생숭했다. 다가올 미래가 기대되는 한편 두렵기도 했다. 나는 지금도 개 산책시키는 일을 하고 있고, 장 뤽과는 아직 만나보지도 못했으며, 여전히 부모님 집에 얹혀살고 있다. 개를 산책시키면서 흘리는 진땀은 알 수 없는 미래에 대한 두려움 때문에 흘리는 땀에 견주면 아무것도 아니었다. 마음 좀 가라앉히게 수영장으로 뛰어 들어야겠다.

해 질 무렵 스테이시는 떠났고, 나는 무슨 짓을 하는 건가 걱정하며 집에 들어섰다. 그에 답이라도 하듯, 누런 종이로 포장된 소포가 현관 입구에 놓여 있었다. 트레이시가 보낸 거였다. 안에는 유럽 여행 앨범이 들어 있었다. 여대생의 낙서로 가득한 트레이시의 여행 일지와, 파트리크가 트레이시에게 보낸 편지와 엽서까지 들어 있었다. 이것들을 당장 읽고 싶었지만 먼저 그 사진부터 찾아야 했다.

아, 여기 있다. 장 뤽과 내가 사크레쾨르 대성당 계단에 서 있는 사진. 나는 핫핑크 티셔츠에 청반바지를 입고 정신 나간 여자처럼 활짝 웃고 있었다. 흰색 버튼다운 셔츠에 검은색 바지를 입고 내 팔을 잡고 있는 그는 그 어느 때보다 잘생겨 보였으며, 입꼬리가 살짝 올라간 그의 입술엔 매력적인 미소가 걸려 있었다. 사진을 보고 있으니 어딘가에 처박아두고 오래도록 잊고 지낸 기억들이 새록새록 되살아났다.

나는 소포를 손에 들고 집 안으로 뛰어 들어갔다. 나는 엄마에게 이혼 판결서나 말린 라벤더와 함께 내 비상 휴대폰이 도착했다는 말 대신, "드디어 트레이시가 앨범을 보냈어! 장 뤽이 나보다 커!"라고 소리쳤다.

아무 반응이 없었다. 엄마는 재향군인회에 요가를 가르치러 간

모양이었다. 엄마가 집을 비운 동안 모든 사진을 스캔해서 컴퓨터에 저장하고, 장 뤽에게 이메일을 보내고, 트레이시에게 전화하고, 짐 싸는 걸 마쳤다. 제발 빼먹은 게 없기를. 지난 몇 주 동안 나는 짐을 쌌다가 풀었다가 점검하고 또 점검하고를 반복했다. 샤를드골 공항으로 떠나기 전날 밤, 발코니에 서서, 파리까지 날아가기로 한 내 결정이 옳다는 사인을 찾아보았다. 하지만 그런 건 없었다. 하지만 무슨 사인이 더 필요하겠는가. 내게 가장 의미심장한 사인은 바로 장 뤽, 그 자체인걸.

엄마가 나를 공항으로 데려다주며 물었다.

"그렇게 좋아?"

나는 정면을 응시하면서 손으로 엄마 무릎을 살짝 내리쳤다.

"그만 좀 물어봐. 긴장되잖아."

"도착하자마자 전화해라. 네가 무사한지 알고 싶으니까."

"거짓말! 엄마는 우리의 일거수일투족이 궁금한 거잖아."

내가 키득대며 말했다.

"그러면 안 되는 거니?"

"아니."

몇 달 전 이 사랑의 모험이 시작될 때부터 엄마는 나를 통해 이 모험을 간접적으로 즐기고 있었다. 당연히 엄마는 앞으로 벌어질 일을 속속들이 알고 싶어 했다.

"그래서 좋으냐니까?"

"제발! 엄마가 자꾸 날 긴장하게 만들어!"

잠시 침묵.

"좋아 죽는구나."

이번엔 엄마가 큭큭대며 말했다.

두 시간 뒤, 비행기 날개 위 창가 자리에 얹어진 내 가슴은 두방망이질하고 있었다. 비행기가 착륙하면 무슨 일이 벌어질까? 그래, 장뤽과 나는 20년 전에 봤었잖아. 그리고 전화도 하고 이메일도 수백 통이나 주고받았고. 그런데 컴퓨터 모니터와 전화기 뒤의 남자가 내가 생각하던 남자가 아니라면? 우리가 쌓아온 정서적 유대만큼의 강력한 성적 매력을 서로 느끼지 못한다면?

처음에는 프랑스어로, 그다음에는 영어로 알려주는 기내 방송이 흘러나왔다. 프랑스어도 영어도 다 이해할 수 없었다. 내 귀에는 〈찰리 브라운〉에 나오는 어른들의 목소리처럼 웅얼대는 소리로만 들렸다. 현기증이 났다. 땀 한 방울이 목을 타고 흘러내렸다. 등은 벌써 축축했다. 내 옆에 앉은 여자는 자기 남편에게 뭐라고 속삭이느라 내게 등을 지고 있었다. 나는 고개를 돌려 창밖을 내다보면서 비가 억수같이 쏟아지거나 천둥이 치거나 뭐 그런 일이 일어나기를 바랐다. 그러나 화창한 남캘리포니아의 맑은 하늘에는 구름 한 점

없었다. 드디어 비행기가 이륙을 위해 앞으로 나아갔다. 내가 무슨 생각을 하고 있었더라? 희망으로 부푼 가슴과 달랑 몇 푼 가지고 이 나라를 떠난다는 거였나?

세상에. 이제야 현실을 알게 되다니. 얼른 이 비행기에서 내려야 해. 그런데 어떻게?

"폭탄이다!"라고 있는 힘껏 소리치면 잠복해 있던 여객기 보안 요원이 내 목에 전기충격기를 겨누고는 발로 차고 소리 지르며 나를 잡아다가 감옥에 처넣으리라는 걸 알 만큼의 정신은 있다.

심장마비인 척한다면?

내 시선을 사로잡은, 몸에 착 달라붙는 파란색 제복의 스튜어디스가 안전 수칙 방송에 맞추어 우아하게 비상구와 화장실을 가리켰다. 정성껏 손질한 그녀의 헤어스타일은 완벽했으며, 새로 출시된 빨간색 샤넬 립스틱은 섹시했다. 편안하게 가려고 요가 팬츠에 티셔츠를 걸친 나의 스타일과는 거리가 멀었다. 이런 내가 세계 패션의 중심지로 가고 있다니.

옆자리 여자가 걱정스러운 표정으로 나를 바라보았다.

"비행기 타는 게 무서운가 봐요?"

그녀의 목소리는 부드럽고 조용했다. 긴장해서 꽥꽥거리는 내 목소리와는 정반대로.

"아뇨. 늘 타는 비행기인걸요."

그 즉시 그녀 얼굴에 혼란스러워하는 기색이 감돌았다. 어쩔 수 없이 나는 내 딜레마를 그녀와 공유하기로 했다.

"그러니까 나는 한동안, 아니 아주 오랫동안 보지 못했던 남자를 만나러 가는 길이에요. 그는, 어, 그러니까 프랑스 사람이고, 저는 그 사람을 파리에서 만났지요."

그녀가 입을 삐죽거렸다. 나는 그걸 계속 얘기하라는 뜻으로 받아들였다.

"20년 전에 그를 만났죠. 지금은 우리 둘 다 이혼했고요. 아, 정확하게 말하면 둘 다는 아니군요. 제 이혼은 며칠 전에 판결 났어요. 그는 아직 소송 중이고…."

그런데 이런 얘기를 내가 왜 이 여자한테 하고 있지? 내 입에서 줄줄 새는 말을 멈춰줄 지사제가 필요했다. 그녀가 점점 내게서 멀리 떨어져 앉는 것을 보니 말리부에서는 흔하디흔한 금발 머리에 파란 눈인 내가 그녀를 엄청 겁먹게 했나 보다. 주제를 얼른 나에게서 그녀에게로 돌려야겠다.

"파리는 정말 로맨틱한 도시예요. 그렇게 생각하지 않으세요? 저는 세 번 가봤는데, 가보셨나요?"

"물론 우리도 파리에 가봤죠. 그런데 지금은 아르메니아에 있는 가족들을 방문하러 가는 길이에요. 환승하느라 샤를드골 공항에 잠시 머무를 거고요."

그녀는 가십 기사가 잔뜩 실린 쓰레기 신문으로 다시 눈길을 돌리며 말했다.

"좋은 여행 되세요."

평소 같으면 그녀의 행동을 무례하다고 여겼겠지만 지금은 아니었다. 오히려 그녀가 내게 얘기를 더 해달라고 조르지 않은 게 다행이었다. 상황은 역전되어, 나야말로 그녀가 읽는 가십 기사가 궁금해졌다. 슈퍼마켓 가판대에서, 혹은 옆 사람 어깨너머로 타블로이드 신문의 머리기사를 훔쳐보지 않을 수 없는 미국 여자, 그게 바로 나였으니까.

비행기가 이륙하는 순간, 위가 자궁으로 떨어지는 줄 알았다. 나는 유리창에 이마를 대고 천천히, 깊게 숨을 쉬려 했다. 금세 LA는 작은 점이 되었고, 태평양은 레드 카펫에 어울릴 법한 아름다운 블루 벨벳 드레스처럼 은은히 빛났다. 비행기가 하늘에 오르자 해방감이 밀려왔다. 꽉 잡았던 손잡이를 놓고 입가에 미소를 지었다. 장 뤽이 글에서만큼 실제로 만났을 때도 멋지다면, 20년 전 우리가 처음 만났을 때처럼 다시 불붙는다면, 이 사랑 모험은 위험을 감수할 만한 것이다.

나는 장 뤽을 처음 만났을 때부터 지금까지를 쭉 돌이켜보았다. 내 마음이 파리로, 1989년 뜨거웠던 여름밤으로, 장 뤽을 처음 만난 바로 그때로 달려가자 머릿속에서 아름다운 추억이 한 편의 영화처럼 돌아갔다.

PART 2

그리고 그 밤은 끝나지 않았다

se of one person love is a person love
ling A sense of one person of one perso
n which is experienced a experien
is is a feeling that can be ? that can
d in words ? person love ? person
nse of one person love is person lo?

담 타르틴에서의 첫 만남

1989년, 파리 여행의 이틀째 밤은 진부한 로맨스의 모든 요소를 두루 갖추고 있었다. 붐비는 카페? 음, 당연히 있고 말고. 파리? 그래, 거기서 일이 벌어졌지. 잘생긴 프랑스 남자? 한 명이 아니라 두 명이나 등장한다.

트레이시가 그 남자들의 테이블이 잘 보이는 쪽에 앉았다. 나는 자리에 앉기 전 너무 티 나지 않게 조심하면서, 목을 길게 빼고 슬쩍 그들을 훔쳐봤다. 그러나 너무 부자연스러웠다. 때문에 사람 많은 레스토랑 반대쪽에 있는 그와 눈이 마주치고 말았다. 순간, 심장이 멈추는 줄 알았다. 이게 바로 첫눈에 반하는 사랑, 프랑스 사람들 말로 '벼락 맞았다'고 하는 건가. 당황한 나는 손가방에서 뭐를 꺼내는 척하다가 의자에 걸려 넘어지고 말았다. 볼이 화끈거렸다.

"얘, 너는 어느 쪽이야?"

트레이시는 나의 실수는 안중에도 없는 듯 마치 메뉴에서 프랑스 남자 두 명을 주문하는 것처럼 물었다.

"음… 녹색 셔츠 입은 남자를 주문하면 프렌치프라이도 같이 나오는지 웨이터한테 물어봐줄래?"

"아, 다행이다! 나는 머리색이 더 짙은 남자를 찜했다고 말하려던 참이었어. 흰색 셔츠 입은 남자 말야. 여기가 파리에서 제일 물 좋은 레스토랑인가 봐."

트레이시가 군침을 삼켰다.

미슐랭 가이드북에 나오는 별 세 개짜리 식당은 아니었지만, 담타르틴은 아주 훌륭한 선택이었다. 그날 우리는 퐁피두센터 옆에 있는 스트라빈스키 분수를 구경하다가 세련된 카페 하나를 발견했다. 우리들 눈에 그 카페는 지극히 프랑스적으로 보였다. 금색 글자가 찍힌 빨간색 차양부터 반들반들 윤나는 빨간색 나무 의자들과 손으로 써놓은 오늘의 특선 메뉴 입간판에 이르기까지, 모든 것이 프랑스적이었다. 게다가 웨이터들은 모두 하얀색 셔츠에 검은색 넥타이, 검은색 긴 앞치마를 두르고 있었으며, 신사인 척하는 파리지앵의 태도까지 지니고 있었다. 우리의 빠듯한 주머니 사정에 딱 맞는 곳이기도 했고, 테라스석에 앉아서 지나다니는 사람들을 구경할 수 있는 파리의 카페 문화를 접하기에도 딱 좋은 장소였다.

다른 사람들도 우리와 같은 생각을 했는지 상쾌한 여름밤의 야외 테라스에는 빈자리가 없었다. 다른 장소를 찾기에는 너무 배가 고파서 주인이 카페 안쪽 테이블로 안내했을 때 군말 없이 받아들였다. 그 테이블에서 보이는 풍경이 훨씬 멋지다는 것을 그때는 미처 몰랐다.

"트레이시, 그만 좀 쳐다봐."

나는 복화술 하듯 입술을 움직이지 않고 말하려 애썼다. 그리고 허리를 쭉 펴고 앉아 의심스러워 보이지 않으려고 노력했다. 하지만 트레이시는 노골적인 시선을 감추려 하지 않았다. 그녀의 갈색 눈동자는 불타는 욕망이라고밖에는 표현할 길 없는 그 무언가로 반짝였다. 나는 그녀의 시야를 가리기 위해 몸을 옆으로 살짝 기울였다.

"나 지금 심각해. 그만 좀 해라. 저 남자들은 네가 이상하다고 생각할 거야."

"나 좀 내버려둬, 샘. 나 꼭 최면에 걸린 것 같아. 저 머리색 짙은 남자 너무 멋져. 꼭 프랑스판 톰 크루즈 같아. 아니, 톰 크루즈보다 훨씬, 아주 훨씬 낫다."

이 말이 사실인지 몸을 돌려 확인해보고 싶었다. 하지만 둘 중 하나는 정신을 차려야 했다. 갑자기 트레이시 미간에 주름이 졌다.

"나가려나 봐!"

그녀의 말에 나는 무너져 내렸다. 좀 전의 숙녀다운 모습을 찾아볼 수 없을 정도로. 나는 속으로 정신없이 외쳤다.

'안 돼, 안 돼, 안 돼! 머릿속으로 상상했던 로맨스가 시작되지도 않았는데 이렇게 끝나서는 안 돼! 나는 섹시한 입술에 눈빛이 강렬한 녹색 셔츠를 입은 프랑스 남자랑 지독한 사랑에 빠져야만 한다고! 파리에서 격정적인 사랑을 나누고, 영원한 사랑을 맹세한 뒤, 대

학을 마치고 다시 파리에 오는 게 모든 여자들의 꿈 아니야?'

그러나 분명 두 남자에게는 열아홉 살짜리 미국 관광객의 비현실적인 환상을 충족시켜주는 것보다 더 나은 일이 있을 테지. 트레이시와 내가 하루 종일 신물 나게 봤던 섹시한 프랑스 여자 친구도 물론 있을 거고. 윤기 도는 긴 머리에 관능적이고 도톰한 입술, 여름 원피스를 입었건 세련된 샤넬 옷을 입었건 파리지앵만의 스타일이 있는 여자 친구. 아이라인을 검게 그린 이글거리는 아몬드 모양의 눈으로 한번 쳐다보기만 해도 사람을 주눅 들게 만드는 그런 여자 친구 말이다.

트레이시와 나는 파리지앵 무리에 섞일 수 있도록 세련되고 섹시해 보이고자 애썼지만 어림도 없었다. 나는 지나치게 큰 뽕이 달린 티셔츠에 검은색 미니스커트를 입고 있었다. 거기에 거대한 은빛 버클이 달린 두꺼운 검은색 벨트를 매고 있었고 검은색 에나멜 키튼힐까지 신고 있었다. 그야말로 나는 1980년대 말 최악의 패션 아이템을 모두 갖추고 있었다.

그러나 내 친구는 전혀 주눅 들지 않았다. 오히려 머리를 쓸어 넘기며 활짝 웃었다. 앞뒤로 흔들리는 그녀의 기다란 귀고리는 실망어린 내 심장박동에 맞춰 움직이는 메트로놈 같았다.

"왜 웃어? 정말, 왜 웃는 거냐고? 저 남자들 떠, 난, 다, 고!"

나는 눈살을 찌푸리며 속삭였다.

하지만 트레이시는 계속 웃기만 했다. 답답한 마음에 슬쩍 뒤돌아봤는데, 오, 마이, 갓! 우리 테이블 쪽으로 당당하게 걸어오는 두 명의 프랑스 남자가 보였다.

순간, 바짝 긴장되었다.

어느새 내 등 뒤까지 다가온 남자가 물었다.

"미국인인가요?"

악센트가 있는 저음의 목소리가 물었다.

우리가 미국인이라는 걸 어떻게 알았지? 항상 마주하는 프랑스 여자들처럼 꾸미지 않아서 눈치챈 건지도 모르겠지만, 트레이시는 검은 머리, 갈색 눈동자, 또렷한 이목구비 덕에 종종 스페인이나 이탈리아, 그리스, 때로는 프랑스 사람으로 오인받곤 했다. 그렇다면 햇볕과 헤어 드라이기 탓에 살짝 오렌지빛이 되어버린 내 금발과 파란 눈 때문일까?

"그걸, 어떻게 알았어요?"

벌어진 내 입에서 이 말이 튀어나왔다. 트레이시의 프랑스판 톰 크루즈가 우리가 주문한 와인병을 가리키며 웃었다.

"자존심 있는 프랑스 여자는 절대 부숑 없는 와인을 주문하지 않거든요."

그의 섹시한 악센트에도 불구하고 내 환상은 무참히 깨져버렸다. 이 남자들, 우리를 놀리려고 이리로 온 거야? 젠장, 부숑은 또 뭐고?

"어, 그러니까 코르크 마개요."

"아, 네. 그렇군요. 그러면 뭘 주문해야 했나요?"

내 목소리는 내가 의도했던 것보다 훨씬 더 방어적이었다.

"카라프 와인•이 더 무난하죠."

우리는 어린 미국 여자애들이었고, 와인 주문하는 방법도 몰랐다. 그들은 계속 웃었다. 우리를 비웃는 거다. 고작 병뚜껑 때문에. 여기서 얻을 수 있는 교훈은? 프랑스에서 알루미늄 뚜껑이 달린 와인을 주문하는 것은 전혀 무난하지 않다는 것. 나는 눈을 내리깔면서 웅얼거렸다.

"이게 제일 저렴했어요."

프랑스판 톰 크루즈가 자기 친구 옆구리를 쿡 찌르며 뭐라고 빠르게 말했다. 너무 빨라서 한마디도 알아듣지 못했다.

"좋은 와인 한 병을 대접하고 싶은데요."

내가 점찍은 남자가 말했다. 흥미롭게도 그의 영어는 완벽했지만, 지나치게 정중했다.

"한 가지 조건이 있습니다. 허락하신다면, 이 테이블에 합석하고 싶습니다."

트레이시가 활짝 웃었다. 저렇게 활짝 웃는데 얼굴에 금이 가지 않는 게 신기할 정도였다. 이거야말로 바로 우리가 바라던 제안이었다. 환상은 다시 시작됐다.

"내 소개를 할게요. 나는 장 뤽이라고 합니다."

• 유리병에 담긴 하우스 와인.

내가 찍은 남자가 말했다. 의자를 끌어다 트레이시 옆에 앉으면서. 뭐지?

프랑스판 톰 크루즈는 내 옆에 앉았다.

“나는 파트리크입니다.”

“난 트레이시예요.”

그녀는 혼란스러운 눈길로 나를 가리켰다.

“그리고 저쪽은 사만다고요.”

“사만다. 참 예쁜 이름이군요.”

장 뤽은 말을 이렇게 하면서 트레이시 쪽으로 몸을 돌렸다. 그러고는 상냥하게 물었다.

“미국 어디에서 왔어요?”

잠깐만, 여기서 숨 좀 돌리고.

그때 무슨 일이 벌어졌던 거지?

꿈 깨, 정신 차리라고

장 뤽은 능숙하게 웨이터를 불렀다. 나는 웨이터에게 말하는, 입꼬리가 예쁘게 올라간 그의 입술에서 눈을 뗄 수 없었다. 무슨 말을 하는지 몰라도 그의 혀에서 돌돌 구르는 아름다운 프랑스어 가락에 거의 넋을 잃었다. 짙은 에메랄드 녹색 버튼다운 셔츠는 그의 적갈색 눈과 너무나 잘 어울렸다.

저 눈으로 나만 바라봤으면.

물론 파트리크도 매력적이었다. 검은색에 가까운 진한 갈색 머리에 크리스털처럼 맑고 파란 눈을 가진 그는 영화배우 같았다. 그도 장 뤽처럼 입술이 아름다웠고 턱이 섹시하게 갈라져 있었다. 그렇지만 내 눈에는 지나치게 완벽했다.

트레이시와 나는 난생처음 짝이 뒤바뀐 이 희한한 상황을 애써 무시하려 했다. 고등학교 때는 다 우리 마음먹은 대로 됐었다. 트레이시에게 데이트하는 남자가 있으면 나는 그의 절친과 데이트를 했고, 내가 쌍둥이 형과 만나면 트레이시는 쌍둥이 동생과 만났다. 원만하게 헤어진 전 남친과 그녀를 이어주기도 했다. 남자야 있다가도 없을 수 있는 일이었지만, 우리의 우정은 언제나 최우선이어야 했다. 어떤 남자도 우리 관계를 깨놓지 못했다. 그런데 로맨스 천국 파리에서 우리의 공식은 깨지고 말았다.

이게 다 팔자소관이겠거니 생각하면서 나는 트레이시에게 미소를 보냈다. 그녀도 미소로 답했다. 이 정도면 괜찮지, 뭐. 이렇게 우리는 파리에서 잘생긴 프랑스 남자, 그것도 한 명이 아니라 두 명과 함께 카페에 앉아 있으니까.

웨이터가 메뉴판을 들고 와 장 뤽에게 건넸다.

"숙녀분들 식사에 맞춰 와인을 고르려고요."

그가 말했다.

나는 누구보다 말이 많은 여자였다. 하지만 지금은 너무 긴장한 나머지 프랑스어는 고사하고 영어로도 말하기 힘들었다. 이상하리만큼 부끄럽고 설레었다.

"우리 둘 다 와인 소스를 곁들인 코… 닭 요리를 시켰어요. 당신들은요?"

트레이시가 다시 한 번 구원투수로 나섰다. 나는 트레이시가 코코뱅을 발음하려다 만 거라고 확신하면서 웃음을 참았다. 장 뤽은 괜찮다고 말하려는 듯 입술을 뗐다.

"우리는 벌써 식사를 마쳤어요. 이 와인은 두 분을 위한 겁니다."

얼씨구. 이 남자들은 우리가 먹는 걸 지켜보겠다는 건가? 돼지처럼 먹는다고 생각하면 어쩌지? 잇새에 뭐가 끼면? 시금치 조각이나 검은 후춧가루가 끼면 어떡하나?

반면 트레이시는 바보처럼 계속 웃고 있었다. 웨이터는 짜증 난다는 듯이 펜으로 주문서를 두드렸다. 장 뤽이 메뉴에 있는 뭔가를 과장된 손동작으로 가리켰는데, 나는 '뱅 블랑'이라는 말, 그러니까 화이트 와인이라는 말만 알아들었다. 그 웨이터는 파리지앵답게 눈을 굴리며 말했다.

"잘 고르셨습니다."

장 뤽이 내게 섹시하게 윙크했다.

"내가 고른 와인을 좋아할 겁니다."

나를 쳐다보는 그의 눈은 입술이 말하지 않은 것을 말해주었다. 그도 내게 끌리고 있다는 것을. 아니, 나만의 착각일까?

"파리에는 무슨 일로 오셨어요?"

그의 시선이 내게서 떠나지 않았다. 그사이 트레이시는 파트리크에게 다가갈 기회를 포착했다. 의자를 살짝 옮기고 머리를 휙 젖힌 다음 임무 완수!

나는 잠시 목소리를 가다듬고서 대답했다.

"작년에 우리 가족이 런던으로 이사했거든요. 그래서 트레이시와 유레일로 여행하는 중이에요. 파리에서 이틀째고요."

잠깐! 나를 아빠 돈이나 펑펑 써대는 철부지 딸로 생각하지 않도록 확실히 짚고 넘어가야겠다.

"여행 경비를 마련하느라 여름 내내 스리잡을 뛰었죠. 웨이트리스도 하고 인턴도 하고."

"그럼 여행을 하지 않을 때는 웨이트리스를 합니까, 인턴을 합니까?"

"난 뉴욕의 시러큐스 대학에서 미술을 전공해요. 광고 디자인이요."

"아, 미술을 전공하는군요. 파리에는 미술 작품이 넘쳐나죠. 미술관에는 다녀왔습니까?"

"그럼요. 오늘은 루브르, 오랑주리미술관, 피카소미술관에 다녀왔어요. 어제는 노트르담에 갔다가 바토무슈를 타고 센 강을 따라 내려가서 에펠탑에도 갔고요. 그리고…."

"어떻게 하루에 그 많은 미술관을 다 돌아봤어요? 루브르만 둘러보는 데도 일주일은 걸릴 텐데."

트레이시와 내가 들라크루아의 〈민중을 이끄는 자유의 여신〉을 지나치고, 렘브란트 · 카라바조 · 르누아르 · 고흐의 작품은 쳐다보지도 않고 곧장 〈모나리자〉로 달려간 덕분에 한 시간 만에 루브르를 주파했다고 한번 말해봐? 카메라 세례를 퍼붓는 관광객들에게 둘러싸인, 아크릴판 뒤에 전시된 그 유명한 그림을 보고 실망했단 말도? 아니면 티셔츠 안에 손을 집어넣고 팔 없는 그리스 조각들을 흉내 내느라 15분이나 썼다는 얘기는 어떨까? 아니다. 말하지 않는 편이 낫겠다. 내 신발 중에서 제일 좋은 에나멜 키튼힐을 가지런히 모으고 앉아 조금이라도 교양 있는 척을 해야지.

"어떤지 아실 거예요. 파리 여행은 이번이 처음이거든요. 봐야 할 것 너무 많고 해야 할 것도 너무 많은데 시간은 없고."

"그러면 본 것 중에 어떤 게 좋았어요?"

장 뤽의 시선은 나를 꼼짝 못하게 했다. 나는 얼굴이 빨개진 채 말했다.

"어젯밤에 튈르리 정원에 있는 엄청 큰 관람차를 탔어요. 정말 대단했어요. 꼭대기에 오르니까 파리가 한눈에 다 보이더라고요. 에펠탑도 전구를 잔뜩 단 크리스마스 트리처럼 보였어요!"

맙소사, 어린애처럼 대관람차와 반짝거리는 불빛에 대해 조잘거리고 있다니. 루브르 근처에서 줄무늬 셔츠에 멜빵바지를 입고 빨간 베레모를 쓴 거리 예술가들이 내 앞을 가로막는 바람에 깜짝 놀랐다고 불평을 해대려던 참에 다행히 장 뤽이 입을 열었다.

"아, 그래요? 당신들은 제일 좋은 때에 파리에 오셨습니다. 이번 여름 내내 프랑스혁명 200주년 기념 행사를 하거든요. 7월 14일에 여기 없었다니 안타깝군요. 밤에 아름다운 불꽃놀이를 했었는데. 샹젤리제 거리에서는 공연도 있었고요."

그에게 지식을 자랑할 찬스가 왔다.

"7월 14일은 프랑스혁명 기념일 아닌가요?"

"네, 맞아요. 하지만 올해는 정말 특별하죠. 200주년이 되는 해니까요."

장 뤽 옆에 앉아 프랑스혁명사를 들으면서 조국의 역사에 흥분하는 그의 모습에 푹 빠졌다. 그는 잘생기고 매력적일 뿐만 아니라 박식하기까지 했다.

나도 뭔가를 해야겠기에 부족한 프랑스어를 선보였다. 그러나 그는 거의 완벽에 가까운 영어로 내 말을 받아쳤다. 오히려 봉주르와 오르브아 같은 몇 마디 프랑스어밖에 모르는 트레이시와 영어를 거의 못하는 파트리크의 대화가 더 활기찼다. 루브르 광장에서 나를 놀라게 했던 예술가들처럼 그들은 무수한 손짓을 교환하며 이야기를 나누었다.

"솔직히 말하자면 트레이시는 뭐랄까, 친근해 보였습니다. 그래서 그녀에게 먼저 다가갔죠. 그래야 당신에게 말을 걸 수 있을 거라 생각했거든요."

문득 트레이시를 처음 만났던 고등학교 1학년 때가 떠올랐다. 그녀는 손을 불쑥 내밀며 "악수"라고 말했고, 내가 그 손을 잡으려 하자 손을 뒤로 빼며 삼바 스타일의 어깨춤을 추었다. 내가 트레이시의 짙은 갈색 눈을 어이없게 바라보자 그녀는 "너 재미있어 보인다. 우린 친구가 될 거야"라고 말했다. 그러고는 홱 돌아서서 세상 따윈 상관하지 않겠다는 듯 으스대며 복도 저쪽으로 멀어졌다. 그 후로 어떻게 해서든 이 아이를 피하려고 했다. 하지만 결국 그녀 뜻대로 되었다. 그 일을 떠올리며 빙그레 웃다가, 장 뤽에게 물었다.

"파트리크와는 어떻게 만났어요?"

"우리는 프랑스 남쪽에 있는 살롱 드 프로방스에서 육군 장교 훈련을 같이 받았습니다."

그는 자랑스레 가슴을 펴고는 "저는 즈위였습니다"라고 말했다.

"즈위요? 철자가 뭔지 물어봐도 될까요?"

그러자 그가 또박또박 철자를 불러주었다.

"아, 중위요! 그러니까 완전 사관과 신사네요?"

"박사이기도 합니다."

그가 웃었다.

오, 세상에! 이 사람은 모든 여자가 꿈꾸는 그런 남자였다. 딸을 둔 엄마들이라면 모두 좋아라 할 거다. 우리 엄마도 마찬가지일 테고. 장 뤽은 스물여섯 살에 프랑스판 나사에서 일하게 된 경위와 러시아어를 포함해 4, 5개 국어를 하게 된 과정을 설명해줬다. 퇴역 장교인 우리 할아버지마저도 프랑스 사람인 장 뤽을 마음에 들어할 거다. 장교라면 무사통과될 테니까.

나는 하늘을 둥둥 떠다니는 것 같았다. 별똥별 떨어지듯 불안감이 엄습해오기 전까지는.

꿈 깨, 샘! 정신 차리라고, 샘!

나는 궁금했다. 도대체 왜 장 뤽은 나와 시간을 보내고 있는 걸까? 뭔가 바라는 게 있을 텐데. 그렇지 않을까? 결국 우리가 길에서 처음 본 잘생긴 남자에게 셔츠를 들어 올리며 혀를 내미는, 방탕하기로 소문이 자자한 미국 여자애들이라서 그러는 걸까? 어쩌면 월

요일 밤 그와 파트리크는 섹스 파트너를 찾아 길거리를 헤매는 것 말고는 달리 할 일이 없었는지도 모른다.

"당신과 파트리크는 카페에서 주로 미국 여자들을 낚나요?"

나도 모르게 바보 같은 질문이 튀어나왔다. 장 뤽의 눈빛을 보니 무슨 뜻인지 이해한 것 같았다.

"지금은 여행 성수기입니다. 관광객들이 이 도시를 점령하죠. 미술관이며 거리며 전부 다. 그들은 파리의 하수도까지 구경합니다. 카페라고 다르진 않습니다. 하지만 당신은 내가 처음 만난 미국 여자라는 걸 아셨으면 좋겠습니다."

"네, 알겠어요. 그리고 저… 말을 좀 더 편하게 했으면 해요."

"당신이 원한다면… 그럴게, 샘."

장 뤽이 활짝 웃으며 답했다.

"고마워, 장 뤽."

그와 훨씬 더 가까워진 것 같았다.

"이제 사람들이 말하는 고정관념 따위는 믿지 않으려고."

"예를 들면 어떤?"

"미국인들은 무례하다는 거."

"나는 조신하게 굴었는걸. 다른 건 없어?"

"미국인들은 교양이 없다는 거."

"알루미늄 뚜껑이 달린 와인을 마시는데도?"

내 말에 장 뤽이 기분 좋게 웃었다.

"네가 프랑스어로 말하는 게 좋아."

"잘하진 못하지."

"그래도 하잖아. 그리고 너의 예술을 향한 열정도 좋아."

"그게 내 전공인걸."

갑자기 장 뤽이 내 손을 잡았다.

"잠깐, 실례할게. 내가 바보 같겠지만 이 말은 해야겠어. 너는 지금까지 내가 만났던 여자들과 전혀 달라."

"그거 욕 아니지?"

장 뤽이 다시 한 번 아름다운 입술을 움직이며 웃었다.

"너는 아름다울 뿐만 아니라 똑똑하고 재미있어. 한 사람이 이 세 가지를 다 갖추기란 참 어려운데 말이지. 파리에는 얼마나 머무를 거야?"

그의 눈이 절절함과 진지함으로 빛났다. 나는 침을 꼴깍 삼킨 후 대답했다.

"우린… 내일 떠나."

"그러면 오늘 밤은 끝나지 않을 거야, 샘."

이별은 달콤한 슬픔

'첫 데이트'의 긴장감이 드디어 풀렸다.

잇새에 닭고기 조각이나 후춧가루가 끼는 참사 없이 무사히 코코뱅을 다 먹었다. 물론 굶주린 돼지처럼 한꺼번에 잔뜩 집어삼키지 않으려고, 입에 음식물을 넣은 채 말하지 않으려고 조심했다.

어느덧 밤 11시 30분이 되었다. 카페가 문을 닫을 시각이었다. 우리는 카페에 너무 오래 있었다. 테이블 위로 의자를 올리는 웨이터들이 우리를 마뜩잖게 바라보았다.

드디어 우리는 일어났고 장 뤽과 파트리크의 제안으로 샹젤리제 거리까지 걸어갔다. 그러고는 분위기 좋은 바에 들어섰다. 자리에 앉으니 멀리 금빛으로 빛나는 개선문이 보였다. 파트리크와 장 뤽이 뭔가를 주문했다. 나는 장 뤽을 쳐다보느라 다른 것은 거의 눈여겨보지 않았다. 내 절친과 두 명의 매력적인 프랑스 남자들과 웃고 떠들면서 열아홉 살의 나는 생각했다. 지금이 내 인생 최고의 순간이구나!

웨이터는 트레이시와 파트리크 앞에 황금빛 액체가 담긴 잔과 작은 물병을 놓았다. 그리고 우리 앞에는 자극적인 붉은빛 레드 와인을 내려놓았다.

파트리크는 끈적거리는 황금빛 액체를 물로 희석하며 강한 악센트로 천천히, 단호하게 말했다.

"이 술 이름은 파스티스야. 아니스 열매의 강한 향을 느낄 수 있어. 대개 와인처럼 마시지만, 더운 여름밤에도 잘 어울려."

트레이시가 향을 맡아보고는 머뭇대며 한 모금 마셨다.

"으음, 이거, 음, 강하네."

그녀의 표정을 보아하니 입에 맞지 않는 모양이었다. 그녀가 내게 잔을 내밀었다.

"샘, 이거 괜찮다. 너도 한번 마셔 봐."

"괜찮아. 난 레드 와인 마실래."

"이건 레드 와인이 아니고 포트 와인이야. 단 맛이 강하지. 전에 마셔본 적 있어?"

장 뤽이 물었다.

"아니. 나는 맥주만 여러 종류 마셔봤어."

내 말에 장 뤽이 전형적인 프랑스인의 멘트를 날렸다.

"나는 맥주를 별로 좋아하지 않아."

나는 포트 와인을 한 모금 맛보았다. 풍부하고 진하고 달콤했다. 그만큼 시간도 달달하게 흘러 금세 새벽 2시가 되었다. 여기도 문을 닫을 때가 되었다. 하지만 그 사실이 우리의 짜릿한 만남을 끝내야 할 이유가 될 순 없었다. 트레이시와 나는 곧장 유스호스텔로 돌아가고 싶지 않았다. 다행히 파트리크에게는 프라이빗 클럽 멤버십이 있었다. 그곳이 어디건 문이 열려 있으면 좋겠다.

지금도 기억나는 것은 그때 탄 총알택시다. 우리는 고풍스러운 석조 건물과 인도가 흐릿해 보일 정도로 파리의 도로를 질주했다. 세상에, 뉴욕의 거친 택시 운전과 엇비슷했지만 더 험악한 파리지앵의 운전에 무서워 죽는 줄 알았다.

나는 한 손으로 눈을 가리고 다른 한 손으로 장 뤽의 팔을 잡은 채 그에게 살짝 몸을 기댔다. 상큼하면서도 톡 쏘는 콜로뉴 향이 느껴졌다. 세련되고 미묘한 매력을 풍기는, 지극히 프랑스적인 향이었다. 아, 취한다. 그의 따뜻한 손길이 내 손등을 간질였다. 우리는 서로를 원하고 있었다.

드디어 목적지에 도착했다. 파트리크 말에 따르면 여기는 회원 전용 클럽으로, 유명한 패션 관계자들과 파리의 부르주아들이 주로 드나든다고 했다. 클럽에 들어서자 1980년대 댄스 뮤직의 베이스가 내 심장박동에 맞춰 울렸다. 쿵, 쿵, 짝. 쿵, 쿵, 짝. 파트리크는 디스코 플로어의 현란한 조명에서 멀리 떨어진 후미진 구석의 가죽 소파로 우리를 안내했다.

클럽에는 우리 말고 한두 커플밖에 없었다. 게다가 어두웠다. DJ는 최신 유행곡인 카오마의 〈람바다〉를 틀어주었다. 장 뤽은 나를 바짝 끌어당겨 팔로 등을 감쌌고, 나는 그의 어깨에 손을 얹었다. 소심한 더티 댄싱은 키스로 이어졌다. 우리는 어린 만큼 한없이 열정적이었다.

새벽 6시, 이 클럽도 영업을 끝냈다. 밖으로 쫓겨났을 때는 이미 지평선 위로 눈부신 태양이 떠올라 있었다. 거리는 하루를 시작하려는 파리지앵들로 부산했다. 장 뤽과 파트리크는 우리를 유스호스텔까지 바래다주었다.

유스호스텔은 넝쿨이 아름답게 우거진 크림색 석조 건물로, 생제르베 지구 한가운데에 있었다. 그곳에서는 노트르담, 센 강, 그리고 우리가 장 뤽과 파트리크를 만난 퐁피두 센터까지 다 걸어서 갈 수 있었다. 우리가 묵은 방은 깨끗했고 저렴했다. 남아프리카에서 온 발랄한 파란 눈의 금발 아가씨 두 명과 방을 나눠 써야 한다는 것 말고는 불편한 점이 없었다.

장 뤽이 미소 지었다.

"여기는 내가 파리에서 가장 좋아하는 거리야. 일상에서 벗어나고 싶을 때면 여기에 오거든. 이곳 역사를 좋아하기도 하고."

우리는 조용히 주위를 둘러보았다. 돌이 깔린 길은 센 강변에서 가장 오래되고 아름다운 생제르베 성당으로 이어져 있었다. 건물 외벽에는 오래된 철 가로등이 매달려 있었다. 파랗게 칠한 동네 카페 앞에는 바구니가 달린 자전거들이 세워져 있었다.

우리 넷은 유스호스텔 목각 문 앞에 서 있었다. 〈로미오와 줄리엣〉

에 나올 법한 철 난간이 달린 발코니 바로 아래였다. 정말이지 이별은 달콤한 슬픔이었다. 하지만 로맨스를 여기서 끝낼 수는 없었다. 지금은 아니야! 우리가 사랑의 도시를 떠날 때까지 아직 열네 시간이나 남았다고! 파트리크가 장 뤽을 옆으로 불러냈다. 트레이시와 나는 벽에 기대서서 조용히 속삭였다.

"나 후줄근해 보이지 않니? 파리 하수구 쥐 같지 않아?"

"머리가 조금 떡 졌지만 괜찮아. 나는 어때?"

"하나도 안 이상해."

유스호스텔에서 한 무리의 소녀들이 우르르 나와 길 한가운데에 섰다. 그들은 우리의 프랑스 꽃미남들을 보다가 트레이시와 나를 힐끔 쳐다보았다. 그들 눈에서 질투의 레이저가 뿜어져 나왔다.

"트레이시, 너도 재들이 장 뤽이랑 파트리크 뜯어보는 거 봤지?"

"그게 어디 재들 탓이니?"

그렇지, 아니지. 잘생긴 꽃미남들 탓이지.

장 뤽과 파트리크가 우리 쪽으로 돌아섰다.

"파트리크와 나는 오늘 하루 휴가를 내기로 했어. 하지만 잠깐이라도 눈을 붙이지 않고는 우리 모두 아무 일도 할 수 없을 거야. 괜찮다면 조금 자고 몇 시간 뒤에 와서 파리를 구경시켜줄게."

괜찮냐니, 지금 농담하세요? 트레이시와 나는 활짝 웃었다.

"잘 자요, 아름다운 아가씨들! 정오에 데리러 올게."

장 뤽이 말했다.

나는 장 뤽과 키스를 나누었다. 그는 파트리크와 함께 모퉁이를 돌아 이내 시야에서 사라졌다. 비틀거리며 겨우 계단을 올라 방에 들어온 트레이시와 나는 아래쪽 침대에 함께 주저앉아서 얼굴 가득 바보 같은 미소를 지었다.

"어떡해! 나 사랑에 빠졌나 봐."

트레이시가 말했다. 나는 팔꿈치로 몸을 지탱했다. 사랑이라고? 그녀는 사랑에 빠질 리가 없다. 더 중요한 사실은, 나 또한 사랑에 빠질 리 없다는 것이다. 이건 욕망이고, 뇌와 몸의 화학반응일 뿐이다. 그렇지 않을까? 나는 아직 뉴욕 북부에 있는 학교에 재학 중이다. 장 뤽은 여기, 파리에 산다. 결코 잘될 수가 없다.

그런데 어떡하지? 장 뤽은 내가 꿈에 그리던 완벽한 남자의 조건을 모두 갖추고 있는데.

"말도 안 돼. 우린 겨우 한 번 만났을 뿐이야."

"샘, 〈앤티 맘〉에서 배운 거 있잖아. 즐겨라. 인생은 잘 차려진 밥상이다. 그걸 찾아먹지 못하는 사람이 제일 박복한 거다!"

트레이시가 고전 영화의 대사를 마치자마자 우리는 배꼽을 잡았다.

"넌 파트리크하고 도대체 무슨 얘길 했니?"

"음악, 비틀스, 미국 문화, 뭐 그런 거."

"서로 이해할 수 있었어?"

"좀 혼란스러웠지만 그럭저럭."

그녀는 입도 가리지 않고 하품을 했다.

"샘, 나 너무 피곤해. 그런데 잠들 수 없을 거 같아. 내 심장이 아직도 콩닥콩닥 뛰거든."

"그래도 시도는 해봐야지."

나는 나무 사다리를 타고 위쪽 침대로 올라갔다. 침대에 누워 천장을 바라보면서 생각했다. 아냐, 내가 사랑에 빠질 리는 절대 없어. 아냐, 난 아니야. 나는 결코 사랑에 빠질 리가 없다고. 이건 그저 불장난일 뿐이야. 이곳은 파리니까.

누가 우리 방문을 두드리는 소리에 잠에서 깼다. 손목시계를 봤다. 11시 20분. 체크아웃 해야 할 시간에서 20분이나 지나 있었다. 장 뤽과 파트리크는 40분 뒤에 도착한다. 아직 짐도 안 쌌고 샤워도 안 했는데. 나는 허둥지둥 사다리를 타고 내려와 문을 연 다음, 트레이시에게 "일어나!"라고 소리쳤다. 그녀는 꿈쩍도 않고 계속 코를 골았다. 머리를 틀어 올린 건장한 여자가 한 손을 엉덩이에 대고 입을 삐죽였다. 그녀의 다른 쪽 손에는 대걸레가 들려 있었다.

"미안해요. 15분만 더 있으면 안 될까요? 우리가 늦잠을 잤거든요."

난 아직 싸지도 않은 짐 가방을 가리킨 다음, 뜻을 더 분명히 하려고 간청하듯 두 손을 모았다.

"15분만요. 부탁이에요."

여자가 얼굴을 찌푸렸다. 분명 안 된다고 말하려는 것이리라. 그런데 놀랍게도 그러지 않았다.

"딱 15분. 그 이상은 안 돼요."

그녀는 발길을 돌려 복도를 따라 내려갔다.

"고마워요!"라고 외치고는 트레이시에게 달려갔다.

"제발 좀 일어나. 우린 너무 잤단 말야. 샤워할 시간이 5분밖에 없어. 내가 먼저 할 테니까 너는 짐부터 싸, 트레이시."

트레이시가 화들짝 놀라 일어나 앉았다.

"이런, 젠장!"

우리는 곧 옷과 화장품, 신발 더미를 맴도는 물에 젖은 두 마리 주머니곰이 되었다. 우리 둘 다 배낭이 아닌 작은 캐리어를 가져왔는데, 벼룩이라든가 정체 모를 벌레에게 물리고 싶지 않아 준비해온 침낭 때문에 지퍼가 쉽게 닫히지 않았다.

"캐리어 위에 좀 앉아봐. 그러면 지퍼를 잠글 수 있을 것 같아."

내가 말했다.

20분 뒤, 우리는 가쁜 숨을 몰아쉬며 무뚝뚝해 보이는 프런트 직원에게 방 열쇠를 반납했다. 그는 잡지에서 눈을 떼지 않고 계속 읽기만 했다.

정각 12시, 우리는 지하 창고에 가방을 맡겨놓기가 무섭게 우리를 기다리고 있을 로미오들을 보러 로비로 달려갔다. 그러나 그들은 그곳에 없었다. 5분이 15분이 되었고, 15분이 45분으로 늘어났다. 희망은 실망이 되었다. 우리는 뭉크의 〈절규〉 속 인물과 같은 마음으로, 그러니까 오롯한 고통과 불안감에 떨며 유스호스텔 로비를 서성였다.

다시 고등학생이 된 것 같았다. 오지 않을 전화를 기다리면서 거부당했다는 굴욕감을 느끼는 고등학생 말이다. 만난 지 채 여덟 시간도 되지 않았는데, 장 뤽은 내 마음을 산산조각내버렸다. 그를 비난하지는 않겠다. 그도 나를 만나서 얻은 것은 없었을 테니. 게다가 이건 사랑도 아니니까. 아무튼 트레이시와 나는 오늘 밤 떠날 것이다.

"그 남자들이 우리를 바람맞혔다니, 믿을 수가 없어."

트레이시가 말했다. 나는 손목시계를 보았다. 벌써 한 시간이나 지나 있었다. 그들이 나타날 가망은 없어 보였다.

"가서 커피나 마시자."

"그러다 길이 엇갈리면?"

"앤티가 무슨 말 했는지 다시 얘기해주랴?"

그런데 바로 그때, 영화 대사를 인용하지 않고도 우리는 웃을 수 있었다.

결국, 기차는 떠나가고

"트레이시!"

"사만다!"

우리가 작은 식당으로 향하려던 순간, 우리를 부르는 소리가 들렸다. 트레이시와 나는 채찍으로 맞은 것도 아닌데 너무 빨리 고개를 돌렸다. 저기 층계참 아래에서 장 뤽과 파트리크가 멋쩍게 웃으며 서 있었다. 트레이시와 나는 동시에 함박웃음을 지었다. 이 프랑스 남자들은 계단을 성큼성큼 뛰어올라와 그 근육질의 팔로 우리를 안고 흔들어댔다.

"늦어서 미안해. 차가 너무 막혔어."

"자, 어서 가자. 파리를 구경해야지."

주차된 파트리크의 차로 가는 동안 분노과 굴욕감은 눈 녹듯 사라졌다. 장 뤽이 차 문을 열어주었다. 그는 하얀색 셔츠에 검은색 타이를 훌륭하게 매치했다. 바지도 너무 멋졌다. 그런데 나는 캔디핑크색 티셔츠에 배꼽을 덮는 하이웨이스트 청반바지를 입고 하얀 운

동화를 신고 있었다.

"어디로 가는 거야?"

"몽마르트르로 갈 거야."

장 뤽이 대답했다.

"이렇게 입어도 괜찮을까?"

그가 웃었다.

"딱 좋아. 내가 오히려 너무 차려입었어."

차에 오른 뒤, 나는 다시 한 번 내 부족한 프랑스어로 장 뤽에게 말을 걸려고 했다. 불행히도 고등학교에서는 실용 회화가 아닌 문법만 가르쳤다. 장 뤽은 내 악센트가 매우 훌륭하다고 말해줬지만, 나는 그가 예의 바른 사람이라는 걸 잘 알고 있었다. 그는 나를 배려하며 영어로 말했다.

"배고프지 않아?"

트레이시와 나는 어제 저녁을 먹은 뒤로 아무것도 먹지 못했다.

"응, 배가 너무 고파."

"조금만 기다려. 적당한 데가 있어."

차에서 내린 우리는 몽마르트르 골목을 걸어 크레이프 가게로 갔다. 그리고 고기와 치즈로 속을 채운 '갈레트'라는 조금 짭짤한 팬케이크를 먹었다. 전날 트레이시와 내가 먹은, 바게트에 파테 한 조각을 넣은 2달러짜리 싸구려 점심과는 비교도 할 수 없을 만큼 맛이 좋았다. 물론 메뉴에 적힌 가격이 좀 터무니없어 보이긴 했지만.

"우리에게 시간을 내줘서 고마워."

내가 말했다.

"고마워할 필요 없어. 오히려 우리가 영광이지."

장 뤽이 어깨를 으쓱하며 말을 이었다.

"그런데 프랑스 사람과 프랑스 음식은 파리에서 보는 게 전부가 아니라는 걸 알아줘."

"어디서 자랐어?"

"마르세유에서 가까운 라시오타라는 작은 지중해 마을. 프로방스 바닷가 출신이지. 아버지는 조선소에서 일하셨어. 언젠가 너를 그곳에 데려가게 되면 프랑스의 다른 모습도 보여줄게."

"그러면 정말 좋겠다."

그를 다시 볼 수 있을 거라고 믿고 싶은 만큼, 그런 일은 절대 없을 거라는 생각도 들었다. 벌써 3시가 지났다. 장 뤽과 함께 있을 시간이 줄어들고 있었다.

"트레이시와 나는 내일 니스로 떠나. 프랑스의 다양한 모습을 볼 수 있다고 생각하니 흥분돼."

장 뤽의 표정이 일그러졌다.

"파리에 조금만 더 머무르면 안 될까?"

내 눈은 그렇게 하자고 간청하는 트레이시의 눈과 희망에 찬 장 뤽과 파트리크의 눈과 차례로 마주쳤다. 하지만 계획을 바꿀 수는 없었다. 장 뤽이 좋지만, 진짜 좋지만, 유럽을 여행할 수 있는 기회를 놓쳐버리고 싶지 않았다.

트레이시가 지껄여대기 시작했다.

"샘, 바꿔보자. 딱 하루 정도는 더 머무를 수 있잖아?"

나는 고개를 저었다.

"불가능해. 우리는 환불이 안 되는 편도 티켓을 끊었어. 이건 마음대로 일정을 바꿀 수 있는 유레일패스가 아니거든."

기차표보다 더 큰 문제는 이번 여행에서 제일 비싼, 아테네에서 런던으로 돌아가는 비행기 티켓이었다. 나는 한숨을 내쉬며 트레이시를 바라보았다.

"나도 그러고는 싶지만, 무슨 일이 생겨서 그리스에 못 가면 총체적 난국이 되고 말 거야."

그때 무슨 아이디어 하나가 떠올랐는지 트레이시의 얼굴이 환해졌다.

"남자들이 우리 쪽으로 오면 되잖아. 니스로. 우린 거기서 사흘 머물 거니까."

우리는 로켓 과학자의 답변을 기다렸다. 장 뤽은 관자놀이를 문질러댔다.

"지금은 여행 시즌이라 남쪽으로 가는 기차가 전부 예약됐을 거야. 그리고… 내일까지 꼭 끝마쳐야 하는 중요한 프로젝트가 있어."

테이블이 조용해졌다. 우리는 모두 깊은 생각에 잠겼다. 째깍째깍, 시간은 잘도 흘렀다. 3시 30분. 우리 기차는 다섯 시간 반 뒤에 떠난다. 우리는 몇 가지 아이디어를 더 내봤지만, 마땅한 해결책을 찾지 못했다.

우리는 암울한 이야기는 제쳐놓고 사크레쾨르 대성당으로 걸어갔다. 눈부시게 아름다운 하얀색 둥근 지붕이 구름 한 점 없는 새파란 여름 하늘에 닿을 것 같았다. 이 흰색 성당은 복잡하고 정교하고 아름다운 로마-비잔틴무늬 장식의 폭신폭신한 결혼 케이크 같았다. 한눈에 내려다보이는 파리 시내를 포함한 주변 경관도 너무나 아름다웠다. 사크레쾨르 대성당 계단에서는 마치 의무라도 되는 것처럼 다들 사진을 찍었다. 우리도 예외는 아니었다. 이 순간을 기념하기 위해.

"사크레쾨르는 파리에서 제일 높은 곳이야. 하지만 그런 이유 때문에 너를 여기로 데려온 건 아니야."

장 뤽은 이젤에 그림을 전시하고 있는 화가들로 가득한 산책로를 가리켰다.

"네가 미술 작품을 좋아하니까 이곳을 보여주고 싶었어. 네가 좋아하는 인상파, 초현실주의, 입체파 화가들이 모두 이 자리에 있었어. 어쩌면 그들도 우리가 갔던 바로 그 크레이프 가게에서 점심을 먹었을지도 모르지."

내가 좋아하는 화가들, 그러니까 모네, 달리, 고흐, 피카소, 로트레크 등이 떠올랐다. 그들이 지금 내가 있는 바로 이 자리에 서 있었을 거라 생각하니, 우리 앞에 보이는 저 젊은 화가들 가운데 몇몇은 대가들의 전철을 밟을 거라 생각하니 몹시 흥분됐다. 더구나 장 뤽이 전날 밤 우리가 나눈 대화를 모두 기억하고 있다니… 내 가슴이 좀 더 빠르게 뛰었다.

"몽마르트르에는 꽤 재미난 역사가 있어."

장 뤽이 말을 이었다.

"1900년대 초만 해도 파리의 부르주아들은 밤에 절대 이곳에 오지 않았어. 자칭 아파치라 일컫는 강도들에게 당할까 봐 두려워서였지. 하지만 보헤미안 라이프스타일을 추구하는 화가라든가 시인, 작가들이 임대료가 싼 이곳에 정착하기 시작했어. 그들은 낮에는 작품을 만들고, 밤에는 술을 마셨지."

"물랭루즈 같은 카바레에서 말이지?"

"맞아. 그런데 물랭루즈는 정확하게 말하면 피갈이라는 곳에 있어. 바로 저 계단 아래야. 그리로 가볼까?"

나는 캉캉을 추는 여자를 그린, 색감이 화려한 툴루즈 로트레크의 포스터를 떠올리며 힘차게 머리를 끄덕였다.

트레이시가 내 핑크색 티셔츠 소매를 잡아당기며 속삭였다.

"파트리크가 나를 자기가 사는 곳으로 데려가고 싶대. 자기 가족이 사는 집을 보여주겠다나. 자기 엄마를 만나보래. 그리고 6시 반쯤 장 뤽 집에서 다시 만나자 그러네."

그의 엄마? 잠깐, 이거 뭐지? 그리고 장 뤽 집에 가는 게 언제부터 계획에 있었지?

응큼해. 응큼해. 장 뤽의 진짜 의도가 뭔지 당연히 의심스러워졌다. 장 뤽의 집으로 간다는 것 때문이 아니라 거기에서 벌어질지도 모를 일 때문에 마음이 어지러웠다. 손을 꼭 잡은 트레이시와 파트리크가 시야에서 사라질 때까지 내 가슴은 쿵쿵 뛰었다.

"물랭루즈는 건너뛸까? 거기를 지나면 네게 보여주고 싶은 멋진 묘지가 있거든. 유명한 화가와 작가, 시인들이 묻힌 곳이야."

장뤽이 말했다. 나는 고개만 끄덕였다. 조금 걷자 애완동물 가게가 나왔다. 나는 우리 앞에 멈춰서서 토끼의 보드라운 귀를 쓰다듬었다.

"아, 정말 귀엽다!"

"혹시 어머니가 먹는 것 갖고 장난치지 말라는 말 안 하셨어?"

나는 깜짝 놀라서 몸을 돌려 장 뤽을 쳐다보았다.

"무슨 뜻이야?"

"머스터드 소스를 곁들인 토끼 고기가 파리의 별미 가운데 하나야."

애완동물 가게라고 생각했던 곳은 다름 아닌 정육점이었다. 장 뤽이 뜨악한 표정을 한 나를 품에 안았다. 그리고 진하고 달콤하게 키스를 퍼부었다. 긴긴 프렌치 키스를.

연이은 키스로 후끈했던 택시에서 내려 우리는 손을 잡고 몽마르트르 묘지로 걸어갔다. 시인, 음악가, 미술가, 작가, 과학자, 무용가, 작곡가 들의 마지막 안식처는 화려하게 장식되어 있었다. 몇몇 이름은 쉽게 알아볼 수 있었다. 오펜바흐, 푸코, 드가, 뒤마. 우리는 묘지로 들어가지 않고 입구에서 높다란 묘비들을 슬쩍 훑어보기만 했다. 그러고는 길 건너 장 뤽이 사는 곳으로 갔다. 그의 아파트를 보니 기대와 두려움에 몸이 떨렸다. 나는 이 마음을 들키고 싶지 않아 짐짓 감탄한 척 외쳤다.

"정말 멋지다!"

"글쎄. 아파트 5층까지는 무척 좋아. 멋진 건물이긴 하지만…."

"네 아파트는 몇 층인데?"

그는 어깨를 으쓱하며 답했다.

"6층. '하녀들의 숙소'라 불리는 곳에서 살아. 그렇지만 같은 층의 다른 아파트들과는 달리 내 아파트에는 화장실과 샤워실도 있어."

그 말이 하도 낯설어서 나는 그가 한 말을 반복했다.

"화장실과 샤워실이 있다고?"

"군 복무를 마친 뒤 파리에서 내 능력으로 구할 수 있는 곳은 여기뿐이었어."

우리는 대리석이 깔린 로비에 들어섰다.

"엘리베이터는?"

내가 물었다.

"없어."

그가 내 손을 잡고 대리석 계단을 올라갔다. 택시에서 내린 뒤, 나는 다시 그의 입술을 느끼고 싶었다. 그 끝날 것 같지 않은 계단에서 우리는 다시 한 번 입을 맞췄다. 에로틱한 에너지에 휩싸인 우리는 서로의 옷을 움켜쥔 채 격정적인 키스를 나눴다.

그가 현관 문을 열었다. 가구라고는 달랑 바닥에 놓인 매트리스가 다였다. 우리는 곧 매트리스 위를 뒹굴었다. 금세 불이 붙었다. 우리 마음도, 우리 몸도 후끈 달아올랐다. 그때 마음속 목소리가 다급히 외쳤다. 안돼, 샘! 안 된다고!

"안 돼."

나는 나도 모르게 외치며 그를 밀어냈다. 그 이상을 원하면서도 말이다.

장 뤽은 내게서 떨어져 등을 대고 누워, 좌절감에 숨을 헐떡였다.

"도대체 왜 그래?"

"네가 좋기 때문이야."

이게 무슨 바보 같은 소리냐고? 요조숙녀 같은 소리를 하려는 건 아니다. 키스 이상의 진도를 나간다면 왠지 다시는 그를 만날 수 없을 것만 같았다. 나는 장 뤽을 다시 만나고 싶었다.

나는 매트리스에 누워 가쁜 숨을 몰아쉬면서 이 결정에 대해 생각해보았다. 내 몸이 원하는 것과는 상관없이 내 머리는 이게 옳은 결정이라고 외쳐댔다.

"네가 원하지 않는다면 강요할 생각은 없어. 시간을 좀 가지면 될 거야. 런던은 파리에서 그리 멀지 않으니까."

내 옆에 앉은 그가 나를 끌어당겼다.

"꼭 다시 만나. 너를 놓치고 싶지 않아, 샘. 너 같은 사람은 처음이야."

나는 그의 팔에 폭 안겨 깊은 숨을 내쉬었다.

복도에서 크고 맑은 트레이시의 웃음소리가 들려왔다. 그녀가 아파트 문을 두드리며 소리쳤다.

"사만다, 우리 기차 타러 가야 해!"

나는 손목시계를 봤다. 벌써 저녁 8시였다. 한 시간 안에 유스호스텔에서 가방을 챙겨 나와 파리 리옹역으로 가야 했다. 남자들은 파리에 더 머무르라고 계속 설득했지만, 어떻게? 해결 방안을 찾을 시간조차 없었다. 우리가 할 수 있는 일은 예정대로 떠나는 것뿐이었다.

파트리크는 비좁은 공간에 간신히 주차를 했다. 기차가 출발할 시각까지 10분밖에 남지 않았다. 우리는 기차역에서 두 블록이나 떨어져 있었다. 장 뤽과 파트리크가 우리 가방을 번쩍 들고 뛰었다.

우리는 가쁜 숨을 몰아쉬며 기차 출발 시간 60초를 남겨놓고 플랫폼에 도착했다. 장 뤽과 나는 마지막 키스를 나누었다.

"파리에 있어줘, 사만다. 우리는 시간이 더 필요해. 너에게 보여주고 싶은 것도 많고, 함께 하고 싶은 것도 너무나 많아."

그는 애원하다시피 말했다. 그러나 내 입술은 한 시간 전에 한 말과 똑같은 말을 되풀이했다.

"네가 정말 좋지만 그렇게 할 수는 없어."

그가 나를 바싹 끌어당겼다.

"우리 열정을 지키기 위해 최선을 다해야만 해. 이렇게 너를 놓치고 싶지 않다고 말하는 내 마음은 진심이야."

기적이 울렸다. 우리는 기차에 올라탔다. 기차가 천천히 앞으로 나아갔다. 나는 멀리서 손 키스를 날리는 장 뤽이 작은 점이 될 때까지 그를 지켜보았다. 트레이시와 나는 서로를 바라보며 똑같은 말을 했다.

"그냥 파리에 머물 걸 그랬나?"

기차가 속도를 내자 불안감이 스며들었다. 장 뤽은 너무 완벽하고 너무 똑똑해. 나보다 일곱 살이나 많고 연애를 할 만반의 준비가 되어 있지. 하지만 나는 너무 어려. 타이밍이 별로야. 장 뤽은 노련한 외과 의사처럼 조심스레 내 마음을 열어놨어. 상처받고 싶지 않다면, 그 마음을 다시 닫으면 돼. 나는 마음속으로 장 뤽에게 '영원한 아듀'를 고했다.

트레이시와 나의 유럽 여행은 계속되었다. 프랑스 남부로 내려간 우리는 니스, 모나코, 칸의 해변을 즐겼다. 그리고 제네바와 피렌체를 거쳐 아니스 열매로 만든 파스티스를 너무 많이 마시는 바람에 접시를 잔뜩 깨먹은 그리스까지 갔다.

그렇지만 장 뤽을 잊을 수가 없었다. 그와 나는 맞지 않는다고 아무리 주문을 외워봐도 소용이 없었다. 다시 시러큐스 대학으로 돌아왔을 때, 장 뤽에게서 여섯 통의 편지가 와 있었다. 답장을 쓰려 했지만 마음에 들지 않는 글만 써졌다. 열정 어린 장 뤽의 편지 수준을 도저히 따라갈 수 없었다.

그의 일곱 번째 편지가 도착했을 때 나는 내 마음을 들여다보며 장 뤽에게 답장을 쓰는 대신, 그의 편지들을 하늘색 플라스틱 폴더에 집어넣고 대학 생활에 집중했다.

오랫동안 장 뤽을 생각하지 않으려고 했다.

그런데 20년이라는 세월이 흐른 지금, 나는 그를 다시 만나러 가고 있다.

네 번째 편지
1989년 8월 6일, 파리

마이 레이디,

너와 나를 보이지 않는 끈으로 잇기 위해 한 번 더 편지를 쓰려 해. 너를 보낸 뒤, 너와 못다 한 말들을 미친 사람처럼 종이 위에 적고 있어. 나는 취하지 않았어. 그런데도 아무것도 할 수가 없어. 네 생각 외에는.

너를 보았을 때 내 피는 뜨거워졌어. 그리고 사랑을 느끼는 순간 마치 내 모든 피가 증발해버려 하늘에라도 오를 것 같았지. 그래서 사랑은 날개를 달아준다는 말이 생긴 게 아닐까?

샘, 네가 보는 하늘의 별은 너를 만나 생긴 내 눈의 반짝임이라 생각해줘. 네가 줄리엣이라면 나는 로미오가 될게. 그러니 내게 사다리를 내려주는 걸 잊지 말아줘.

당신의 사랑,

장 뤽

너는 이미 파리에 있어

레드 와인을 두 잔이나 마셨는데도 잠이 오지 않았다. 기내 방송에서 흘러나오는 프랑스 억양의 목소리는, 내가 20년 전 딱 24시간을 함께했던 남자와 9박 10일을 보내기 위해 비행기를 타고 가는 중임을 상기시켜주었다. 너무 많은 일들이 한꺼번에 잘못될 수 있다. 그렇다면 반대로, 너무 많은 일들이 잘될 수도 있겠지.

나는 창가 옆자리에 구부정하게 앉아 기내 영화 목록을 훑어보았다. 그러다가 장 뤽이 읽으라고 권해준, 안나 가발다의 소설을 영화로 만든 〈나는 그녀를 사랑했네〉를 발견했다. 순간 기분이 좋아졌다. 혼자 웃었는데 그 소리가 좀 컸는지 옆자리 여자가 자기 남편에게 어깨를 바짝 붙였다. 이제 그녀가 나를 미쳤다고 생각해도 상관없었다. 나는 얼른 영화를 재생시켰다.

피에르라는 남자가 있다. 그는 자기 아들이 다른 여자 때문에 어린 두 손녀와 며느리를 버리고 떠나자, 그들을 위로하기 위해 함께 지낸다. 그런던 어느 날 밤, 피에르는 지난 20년간 마틸다라는 한 여성에게 품어온 은밀한 사랑 이야기를 며느리에게 들려준다. 그는 깊이 자책하면서 안전한 길을 택할 수밖에 없었던 사연과 감히 사랑에 용기조차 낼 수 없었던 자신의 괴로움을 털어놓는다. 그의 삶은 진정으로 사랑했던 단 한 명의 여자를 선택하지 못한 후회로 가득 차 있다.

이 영화를 보면서 나는 눈가가 촉촉해졌다. 나도 피에르가 될 수 있었다. 사랑했던 그녀가 될 수도 있었고. 내가 왜 이 비행기를 탔는지 다시 생각했다. 내 마음이 가는 대로 따른 나는 참 용감하구나.

드디어 파리에 도착했다. 비행기가 게이트에 닿을 때까지는 전자기기 사용을 자제해야 하건만, 나도 모르게 어느새 가방에서 휴대폰을 꺼내 얼른 켜놓았다. 신경쇠약으로 쓰러지지 않으려면 장 뤽이 무사히 공항에 도착했는지 확인해봐야 했다.

수면 부족으로 집중하기 힘든 데다 휴대폰의 작은 버튼들은 흐릿해 보였다. 나는 가까스로 장 뤽의 번호를 눌렀다. 신호가 가고, 가고, 가고, 한 번 더 신호가 가더니 음성 서비스로 넘어갔다. 내가 번호를 잘못 눌렀을 것이다. 그런데 이런, 젠장! 음성 메시지에서 그의 섹시하고 관능적인 목소리가 흘러나왔다.

"나야, 사만다. 지금 막 도착했어. 음… 이 메시지 들으면 전화해줘."

잠시 뒤, 휴대폰이 부르르 진동했다. 나는 두려움에 떨며 그 휴대폰을 보았다. 평소 나는 기계를 잘 다루었다. 그런데 오늘만큼은 그러지 못했다. 이 좁디좁은 이코노미석에서 완전 멍청이가 되었다. 완전히 얼이 빠져서, 어떤 버튼을 눌러야 할지 몰라 죄다 눌러버리는 바람에 그의 전화를 받지 못했다. 고맙게도 장 뤽은 다시 전화를 했다. 이번에는 제대로 수신 버튼을 눌렀다.

"샘? 샘? 여보세요? 허니, 미안. 네 전화를 못 받았어."

"어… 어."

"지금 주차하고 있어."

"으음."

"괜찮아?"

아니. 하지만 간신히 정신줄을 부여잡고 말했다.

"공항에 도착했다고?"

이 말은 질문이 아니라 거의 비난에 가까웠다.

"그럼. 아니면 내가 어디 있겠어? 이따가 세관을 통과한 다음에 좌회전해. 우회전하지 말고."

"야-아-옹."

잠깐! 방금 내가 '야옹'이라고 했나? 나는 알겠다고 한 말이었는데. 혀가 입천장에 달라붙어서 요상한 소리가 나왔다.

"세꽌 통꽈하면 고기서 끼다릴게. 쫘회전해떠."

"음, 정말 괜찮은 거야, 샘?"

진심 어린 걱정으로 가득한 그의 목소리에 문득 이런 생각이 들었다. 그 또한 안절부절못하고 있을 거라고…. 그러자 마음이 한결 편안해졌다. 그도 나처럼 틀림없이 긴장하고 있을 것이다.

"괜찮아. 조금 피곤해서 그래."

"그래. 그럼 기다리고 있을게."

비행기가 게이트 쪽으로 이동했다. 띵. 좌석벨트 표시 불이 꺼졌다. 승객들은 일어났지만 나는 꼼짝하지 않았다. 머릿속으로 재빠르게 앞일을 그려보았다. 장 뤽을 실제로 본 후 그다지 끌리지 않는다면 유럽 인사인 볼 키스만 나누면 되겠지. 하지만 그가 마음에 들면 어떻게 해야 하지? 악수할까? 입맞춤을 해? 아니면 장 뤽이 나를 번쩍 들어 올려 빙빙 돌릴까? 그런데 그가 내 모습을 보고 좋아하지 않으면 어쩌지? 여기에 나를 내버리면? 돌아서서 뛰어가면?

8월의 열기가 기내로 훅 들어왔다. 바지는 허벅지에, 머리칼은 뒷덜미에 쩍 달라붙었다. 빨리 옷을 갈아입고 머리도 좀 빗고 이도 닦아야 하는데. 옆자리 부부가 드디어 자리를 떴다. 나는 간신히 내 자리에서 빠져나와, 짐칸에 있는 가방을 꺼내려 했다. 가방이 머리 위로 떨어지려는 찰나, 한 남자가 잡아주었다. 나는 고맙다고 중얼거렸다. 비좁은 통로 때문에 짜증 난 승객들이 이 금발의 좀비를 사정없이 밀어댔다.

어쨌든 10분의 단장은 조금 보류해야 했다. 먼저 입국 심사대를 통과해야 하니까. 그들의 얼굴은 웃고 있어도 뭔가 험악했다. 당신이 누구든 어디에 살든 상관없이, 범죄를 저지르지 않았고 아직 체포된 적이 없다 해도 안심은 금물이라고 말하는 듯했다. 나는 줄을 따라 섰다. 퀴퀴한 체취—나한테서 나는 건 아닐 거야—를 맡으니 속이 약간 메슥거렸다.

아크릴판을 두른 입국 심사대 뒤에서 제복을 입은 심사원이 내게 손짓했다.

"봉주르!"

나는 지쳐 있는 와중에도 웃으며 인사했다.

"여권 주십시오."

나는 여권을 건네주고서 그가 여권을 한 장 한 장 넘기는 모습을 초조하게 지켜보았다. 내게 위험한 점이라고는 딱 한 가지, 입 냄새뿐이라고 말하고 싶었지만 그만두었다.

저쪽 입국 심사대에서 짙은 자주색과 갈색 소용돌이무늬의 화려한 머릿수건을 두른 한 여자가 고개를 푹 숙인 채 닦달당하고 있었다. 그녀의 가슴에는 아기가 매달려 있었다. 입국 심사원이 그녀의 여권에 스탬프를 찍자 비로소 그녀는 머리를 높이 들었다. 누구나 다 사연이 있다. 나는 그녀의 사연이 뭘까 궁금했다. 내 입국 심사는 어떻게 전개될지도 궁금했다.

"마담? 파리에는 무슨 일로 왔습니까, 마담?"

입국 심사원이 내 생각을 가로막았다.

"어, 그러니까… 업무 때문에 온 건 아니에요. 즐기러 왔어요."

그래, 즐기러 온 거라고.

입국 심사원은 내 대답이 마음에 들었는지 웃으면서 여권을 돌려주었다. 물론 스탬프도 찍어주었고.

나는 여자 화장실로 달려갔다. 나는 현명하게도 구겨지지 않는 폴리 라이크라 혼방 원피스를 가져왔다. 네이비블루 바로크 문양과 반짝이가 달린 흰색 반소매 원피스는 귀여우면서도 몸의 곡선을 잘 살려주었다. 치맛단은 무릎 위 8센티미터 길이로, 섹시하지만 노골적이지는 않았다. 이 정도면 충분히 다리를 보여주는 거겠지. 나는 티셔츠와 요가 팬츠를 벗고 티슈로 몸을 대충 닦은 다음, 데오도란트를 뿌리고 깨끗한 원피스를 입었다. 그리고 가방에서 흰색 웨지코르크힐을 꺼내 신었다. 잠이 부족한 눈은 선글라스로 가렸다. 다시 인간의 모습으로 거의 돌아왔다.

파리에 오기 전, 나는 장 뤽에게 시간 단위로 방을 빌려주는 공항 근처 호텔로 나를 데리러 와달라고 부탁했었다. 가능하면 샤워를 마친 최고의 모습을 보여주고 싶어서였다. 그는 나의 터무니없는 요구를 들어주었다. 그런데 내가 다시 마음을 바꾸었다. 첫째, 그러려면 공항에서 30분쯤 버스를 타고 가야 하는데, 내 프랑스어 실력으로는 아주 멀리 떨어진 엉뚱한 곳에 내릴 가능성이 컸다. 둘째, 설령 제대로 내렸다 한들 예약된 호텔을 찾아가는 것도 문제였다.

세면대에서 머리를 감을까, 잠시 고민했지만 거의 24시간 여행한 것치고는 머리가 예상만큼 이상하지 않았다. 나는 브러시로 머리를 가지런히 빗었다. 립스틱을 바르고 나서 마지막으로 매무새를 점검했다. 잠을 못 자서 죽을 맛이었지만, 생각만큼 나쁘지는 않았다. 수하물 찾는 곳으로 가는 내 곁으로 피곤에 찌든 승객들이 느릿느릿 지나갔다.

45분이나 지났는데 가방이 나와야 할 컨베이어벨트가 돌지 않았다. 여기저기서 아주 다양한 언어들이 들려왔다. 나는 하나도 알아듣지 못했고, 머리는 터질 것만 같았다. 설마 공중에서 잃어버린 건 아니겠지? 점점 화가 나고, 짜증이 나고, 피해망상적이 되어갔다.

그러다 벨소리에 화들짝 놀랐다.

"여보세요."

"샘, 길을 잃은 거야?"

"아니. 아직 짐이 안 나왔어. 미안해. 빨리 좀 하라고 재촉하고 싶지만 내가 할 수 있는 게 아무것도 없네…."

내 말을 듣기라도 한 것처럼 갑자기 컨베이어벨트가 돌아가기 시작했다. 장 뤽이 안도의 한숨을 내쉬었다.

"곧 볼 수 있겠군. 얼른 나와."

그러나 '곧'은 한참 후가 되었다. 내 가방이 제일 마지막으로 나왔기 때문이다.

은색 금속 조각이 주렁주렁 달린 파란색과 초록색 사리들이 뜨거운 바람에 부풀어 올랐다. 서른 명쯤 되는 사람들이 우왕좌왕하며 낯선 언어로 떠들어댔다. 마치 내가 실수로 인도에 도착한 것만 같았다. 마침내 그 무리가 흩어지면서, 나는 코코아빛 피부색 사람들 사이에 서 있는 장 뤽을 발견했다. 나는 숨을 삼켰다. 파란 줄무늬 흰색 셔츠에 청바지를 입은 그는 딱 봐도 프랑스 사람이었다. 그리고 그냥 지나치기 어려울 만큼 진짜 잘생겼다. 사진보다 실물이 훨씬 나았다.

입꼬리가 살짝 올라간 그의 예쁜 입술이 매력적인 보조개와 함께 따스하고 섹시한 미소를 지었다. 머리숱은 좀 줄었지만, 그 모습도 썩 잘 어울렸다. 결점이라면 살짝 휜 콧날인데, 그것마저도 매력적으로 보였다. 게다가 각이 진 남성적인 턱선, 적당한 크기의 귀는 너무나 사랑스러웠다.

장 뤽의 사진을 본 동생은 그의 아랫입술 밑의 작은 삼각형 수염을 '간신배 수염'이라 불렀다. 정나미가 뚝 떨어지는 말이었지만, 그 수염이 잘 손질한 구레나룻과 함께 어울릴 때는 진짜 섹시했다. 장 뤽에게 다가가자 그의 얼굴에 미소가 번졌다. 심장이 갈비뼈에 마구 드릴질을 해댔다.

내 발걸음이 빨라졌다. 몸이 살짝 휘청였을때, 나는 장 뤽의 한 발짝 앞에 있었다. 내가 넘어지지 않도록 그가 근육질의 팔로 나를 안았다. 우리의 시선이 마주쳤다. 살짝 초록색이 감도는 그의 부드러운 캐러멜색 눈은 꿈을 꾸는 듯했다. 이 어색함을 깨고자 나는 더 가까이 다가가 그의 입술에 진한 키스를 퍼부었다. 이건 즉각적인 이끌림이었고, 화학반응이었다.

그가 나를 꼭 껴안았다.

"드디어 널 찾았네. 다시는 너를 보내지 않을 거야."

"아니, 내가 당신을 찾은 거야."

내가 말했다.

우리의 입술이 다시 만났다. 진짜 프렌치 키스로 받은 환영 인사는 아름답고도 황홀했다. 이런 뜨거운 키스를 한 지도 정말 오랜만이었다.

주차장으로 가는 도중 벤치에 앉아 입술을 포개고 있는 젊은 커플을 지나쳤다. 그들은 주변에 아랑곳 없이 오로지 서로에게만 집중했다.

장 뤽이 내 귀에 속삭였다.

"수프 드 랑그!"

그의 말을 번역한 나는 놀라서 눈을 치떴다.

"혀 수프라고? 프랑스 사람들은 정말 말솜씨가 좋아."

"프랑스 사람들이 솜씨 좋은 게 어디 말뿐이겠어."

갑자기, 장 뤽과 나는 주차장 한복판에서 10대 아이들처럼 서로의 몸을 더듬었다. 길고 달콤한 키스를 마치자, 찌르르한 번개가 척추를 타고 내려갔다. 차까지 어떻게 갔는지 모르겠다.

장 뤽은 어디론가 차를 몰았다. 나는 장 뤽의 진중한 자신감과 멋진 스타일에 감탄하며 그를 바라보았다. 한 손은 운전대에, 다른 한 손은 기어에 얹고 있는 이 프랑스 남자는 자동차들 사이를 요리조리 빠져나갔다.

고속도로에 진입하자 기어에 놓여 있던 장 뤽의 손이 내 무릎으로 자리를 옮겼다. 목과 팔에 소름이 돋았다. 나는 목소리를 가다듬었다.

“어젯밤에 잠은 좀 잤어?”

그는 나를 데리러 오기 위해 툴루즈에서 파리까지 일곱 시간을 운전했다.

“중간에 모텔에 들러 조금 쉬고 샤워도 했지.”

그의 손은 더욱 대담해졌다. 침묵이 흘렀다. 내 심장박동 소리가 귀에 들리는 듯했다. 진도가 얼마나 빨라야 정말 빠른 걸까. 지난 석 달 동안 우리는 수많은 대화를 나누었고, 수백 통의 편지를 썼으며, 매일 두세 시간씩 전화 통화를 했다. 그리고 지금 나는 그와 함께 있다.

“나를 만난다고 긴장했어?”

이렇게 물어보며 침묵을 깼다. 장 뤽은 고개를 돌려 나를 보고 웃었다.

“내가 왜 긴장해?”

“20년이나 못 봤으니까.”

그는 내 허벅지를 꽉 쥐었다.

“네가 답장을 쓰지 않아서….”

“아니야. 썼어.”

"20년 뒤에."

"내가 장담하는데, 만약 그때 내가 답장을 써서 우리가 다시 만났다면 지금처럼 되지는 않았을 거야."

"그러니까… 나를 뭐라고 불렀지?"

"선수. 네가 해준 옛날얘기만 들어봐도 사실이던걸."

내가 놀렸다.

"오, 샘. 솔직히 말할게."

드디어 폭탄을 터뜨리려고 하는구나. 스무 명의 여자 친구가 있었고, 그들을 전부 사랑했으며, 모두 서른 살 미만이었다, 뭐 그런 얘기 말이다.

"뭘?"

내 입에서 쉰 소리가 흘러나왔다.

"너를 만나러 오는데 첫 데이트 상대를 데리러 가는 남학생처럼 좀 긴장됐어."

"네가?"

나는 절로 미소가 지어졌다.

"응. 하지만 난 남자야. 너를 두려워하면 안 되지. 이런 것까지 숨김없이 다 말하기로 약속해. 우리 사이에 비밀이 없도록. 언제나."

내 마음 깊은 곳에서 장 뤽과 나는 오래오래 함께할 거라는 소리가 들렸다. 이것은 우리의 첫 데이트가 아니었다. 이미 모든 것이 우리에게는 아주 자연스러웠다. 벌써 우리는 서로를 향한 감정을 고백했고, 마지막 통화에서는 사랑한다고 속삭였다. 그때 난 마음의 빗장을 풀고, 보호막을 내리고, 열정에 따르기로 결심했다.

나는 그에게로 몸을 돌렸다. 그의 손이 허벅지 안쪽을 쓰다듬었다. 나는 침을 꿀꺽 삼켰다.

"호텔까지 얼마나 걸려?"

"두 시간. 20년을 기다렸는데 그깟 두 시간을 못 기다리겠어?"

그는 내 원피스 속에서 손을 빼더니 내 손을 꼭 쥐었다.

"어디로 가는 거야? 파리?"

"너는 이미 파리에 있어, 샘. 조금만 기다려봐. 멋진 곳으로 갈 테니."

누가 먼저랄 것도 없이

호텔 방에 들어서자마자 나는 장 뤽을 침대에 넘어뜨렸다. 그의 열정도 만만치 않았다. 우리 옷은 순식간에 바닥으로 흩어졌다. 사랑에 굶주린 나는 정신없이 달려들었다.

그도 마찬가지였다. 처음으로 사랑을 나눌 때 그의 눈은 강렬하게 빛났다. 그의 눈길은 단 한 순간도 나를 떠나지 않았다. 가쁜 숨을 몰아쉬며 우리는 침대에 뻗었다. 나는 그의 품에 폭 안겼다.

"이해가 안 돼."

장 뤽이 말했다.

"뭐가?"

"그러니까, 어떻게 그렇게 오랫동안 너를 가만히 내버려둘 수 있었는지 이해가 안 돼."

나는 그의 품에서 빠져나와 한쪽 팔꿈치로 몸을 지탱하고, 다른 한 손으로 그의 가슴을 쓰다듬었다.

"크리스와 내가 일 년에 예닐곱 번밖에 섹스를 안 했던 건 사실이야."

그는 천장을 응시하면서 숨을 삼켰다.

"말도 안 돼…. 샘, 넌 정말 섹시한 여자야. 붙박이 가구가 아니라고. 어떻게 네게 그런 일이 일어날 수 있는지 이해할 수 없어."

내가 놓친 게 이건가?

"그러게. 그런데 그런 일이 벌어졌지."

"열정이 없는 삶은 살아갈 가치가 없어. 놓친 시간을 보상해야 해."

그는 나를 돌려서 바로 눕힌 다음 짓궂게 웃었다. 나에게 고정된 그의 눈빛은 강렬했다.

발가락이 오그라들고, 다리가 떨리고, 과호흡 증상을 초래하는 오르가슴을 한 시간 반 만에 세 번 느끼면서 나는 장 뤽이 아주 정열적인 애인이라는 것을 알았다.

"우리 지금 어디에 있는 거야?"

꿈꾸듯 내가 물었다.

"샤르트르."

"호텔 이름이 뭐야?"

"베스트 웨스턴."

베스트 웨스턴은 미국에서 장거리 자동차 여행을 하다 지저분한 모텔에 묵기 싫을 때 찾는 만만한 호텔 체인으로 알고 있었는데, 여기는 제법 괜찮았다. 아니, 훌륭했다. 초콜릿, 베이지, 화이트 색상의 실내장식은 아늑하고 우아했다. 떡갈나무로 마감한 벽, 고급스러운 침구, 모퉁이에 놓인 멋진 앤티크 책상, 두툼한 카펫, 예쁜 커튼, 샹들리에까지….

"너를 위해 내가 어떤 계획을 짰는지 기대해."

그는 내 코에 키스하고는 침대에서 일어났다. 그의 몸은 완벽한 조각 같았다. 어깨는 넓고 다부져 보였으며, 등은 완벽한 V 자를 그리고 있었다.

"잠들면 안 돼. 보러 갈 게 있으니까."

"그런데 자고 싶어."

나는 간절하게 말했다.

"스케줄 꼬이면 안 돼. 그러니까 어서 일어나서 샤워해."

이렇게 말한 뒤 장 뤽은 자기 여행 가방에서 작은 봉지 몇 개를 꺼냈다.

"잠자는 아가씨는 선물을 열어볼 수 없지."

"어? 나도 줄 게 있는데."

침대에 똑바로 앉자, 내 몸에서 침대 시트가 흘러내렸다.

그는 선물을 주고, 주고, 또 주었다. 프로방스 지방의 금도금 목걸이와 귀고리 세트, 툴루즈산 바이올렛 향수 한 병, 스코틀랜드 여행 때 구입한 캐시미어 목도리, 우리 엄마에게 줄 무지갯빛이 도는 좋은 향의 마르세유 비누.

이 남자 괜찮네. 정말 괜찮아.

프랑스인들은 섹스뿐만 아니라 그에 따르는 열정, 로맨스 등을 포함한 모든 점에서 세계 최고의 연인이라는 평판을 듣는다. 장 뤽은 확실히 그 명성에 걸맞는 남자였다. 아니, 그 이상이었다.

그런 그에게 나는 겨우 물고기에 관한 책 한 권, 모자 하나, 그와 그의 아이들에게 주려고 말리부에서 산 냄새 고약한 티셔츠 몇 벌을 주었다. 이 선물은 모두 스쿠버다이빙을 좋아하는 장 뤽 때문에 고른 것이었지만, 그의 선물과 비교하면 싸구려 선물만 고른 짠순이 같아 보인다는 거 인정! 떠나기 전 빅토리아 시크릿에서 섹시한 검은색 네글리제와 핫핑크 코르셋을 사긴 했지만, 그를 위한 선물은 아니니까 이건 빼야지.

장 뤽은 정말로 나를 그냥 자게 내버려두지 않았다. 그는 고딕 건축물 가운데 가장 뛰어나다고 알려진 샤르트르 대성당으로 나를 데려갔다. 그는 내 손을 잡고서 공원을 지나 미로처럼 좁다란 길을 앞장서 갔다. 웨지힐 때문에 자꾸 휘청거렸지만, 나는 그와 속도를 맞추려고 애썼다.

돌바닥 길을 헤쳐나간 뒤 식당가를 지나서 우리는 멈췄다. 졸음이 확 달아났다. 샤르트르 대성당의 첨탑이 천국에 닿을 듯한 기상으로 높이 솟아 있었다. 외벽을 떠받치는 석조물은 말할 것도 없고, 성당 곳곳의 조각들이 무척 아름다웠다. 미대에서 배운 용어들이 새록새록 다시 떠올랐다. 그러나 너무 지친 나는 그저 "와우!"라고 중얼거리기만 했다.

성당 안으로 들어서자 성경 내용을 표현한 스테인드글라스의 보석 같은 빛이 우리를 맞이했다. 나는 지혜롭고 위엄 있으며 살짝 모나리자처럼 웃고 있는 푸른 성모마리아에게 마음이 끌렸다. 그 모습이 너무 아름다워 나는 한참 동안 넋을 잃고 스테인드글라스를 바라보았다.

장 뤽이 다시 내 손을 잡아끌었다.

"탑을 보고 싶지 않아?"

남학생 같은 그의 표현을 다시 해석해보면, 내게 탑을 보여주고 싶다는 뜻이리라. 나는 그가 하자는 대로 따랐다. 우리는 표를 사고 끔찍한 등반을 시작했다. 첫 계단을 오르자마자 나는 이 결정을 후회했다. 한 계단, 한 계단, 점점 더 힘들어졌다. 차라리 이 단단한 돌계단에서 굴러떨어지기를 바랄 정도였다.

"꼭대기까지 얼마나 남았어?"

숨 좀 돌리려고 멈춰 서서, 손으로 무릎을 짚고 물었다.

"삼백 개 남았어."

"삼백 개라고?"

나는 그 말을 되풀이했다.

"꼭 정상까지 갈 필요는 없어. 중간에도 전망 좋은 곳이 많거든."

"아니, 아니, 아니야. 우리 아빠는 돈을 소중히 여기라고 가르치셨어. 네가 두 사람 입장료로 14유로나 냈잖아. 올라가."

피곤에 찌든 내 몸은 제발 돌아가자고 성화였지만, 나는 이렇게 말했다.

죽기 딱 직전에 꼭대기에 다다라 비바람에 씻긴 연녹색 지붕을 보고, 짙푸른 하늘과 대조를 이루는 괴물 석상을 보고, 저 아래 노랗고 빨간 지붕의 마을과 밀밭을 둘러보았다. 이곳에는 역사가 살아 숨쉬고 있었다. 진짜 역사가. 내 뒤에 선 장 뤽의 숨결이 내 귀를 간질였다. 나는 그와 몇백 년 동안 알고 지낸 것처럼 느껴졌다. 성당 종이 일곱 번 울렸다. 은은한 그 멜로디가 내 몸과 마음에 울려 퍼졌다. 바로 그때 나는 '7'을 내 행운의 숫자로 삼기로 결심했다. 앞으로 어떤 운명이 우리를 기다리고 있을지 궁금해졌다.

"문이 닫혀 갇히기 전에 나가는 게 좋겠어."

장 뤽이 말했다.

거리에는 음악이 흐르고 있었다. 그 멜로디를 따라갔더니 널찍한 광장이 나왔다. 마치 어마어마한 파티를 연 것처럼 광장의 중앙 무대 주변으로 열두 개의 카페가 있었는데, 카페마다 야외석이 있었다. 테이블은 모두 담배 피우고 술 마시고 웃는 이들로 가득했다. 가수와 드러머, 기타리스트, 두 명의 아코디언 연주자로 구성된 밴드는 다양한 템포의 어지럽고 현란한 곡을 연주했고, 연극하듯 과장되게 움직였다. 그 음악에 최면이 걸린 것처럼 사람들은 무대 앞에서 손뼉을 치고 빙빙 돌며 열광적으로 춤을 추었다.

"집시 음악이야?"

내가 물었다.

"아니. 이 지역 음악이야. 전통 프랑스 음악에 집시 음악이나 탱고 리듬 같은 게 섞인 거지."

"좋다."

피곤한데도 나는 비트에 맞춰 발을 구르지 않을 수 없었다. 그러느라 남은 에너지를 모두 쏟아버려서 장 뤽 쪽으로 휘청거렸다.

"뭐라도 좀 먹자. 그러고 나서 자도록 해."

나는 유혹적으로 보이도록 눈썹을 치키며 말했다.

"나도 바라는 바야."

"넌 욕심이 많은 여자야. 아주, 아주, 아주 욕심 많은 아가씨라고."

내 귀에 뜨겁게 속삭인 장 뤽이 내 등을 쓰다듬었다.

그는 내 어깨에 팔에 두르고 조금 전에 지나쳤던 어느 레스토랑으로 갔다. 파란 체크무늬 커튼을 배치한 실내는 이국적이었다. 구슬 달린 램프, 타일이 깔린 식탁, 쿠션, 소용돌이무늬의 철제 칸막이 등이 모로코를 연상시켰다. 장 뤽은 양고기, 채소 타진, 와인 한 병을 주문했다.

장 뤽은 자기 엄지로 내 엄지를 쓰다듬었다. 잠깐 같이 있었을 뿐인데도 우리는 벌써 우리만의 리듬을 찾았다. 겨우 1분쯤 지난 것 같았을 때, 웨이터가 우리 앞에 무지하게 큰 진흙 냄비와 납작한 빵을 가져다놓았다. 군침 돌게 하는 향이 테이블에 가득 찼다. 계피, 사프란, 생강, 후추 같은 다양한 향신료와 사과, 배, 살구, 올리브, 레몬, 아몬드가 섞인 묘한 향이 내 식욕을 자극했다. 고기는 입에서 사르르 녹았으며 계피, 파프리카, 정향, 카옌 고추를 가미한 토마토소스에 호박, 당근, 양파를 넣은 채소 요리는 정말 맛있었다. 저녁식사는 거의 우리의 관계만큼이나 자극적이었다.

맛난 음식을 흡입한 우리는 '디저트'를 챙기기 위해 호텔로 돌아왔다.

보통 나는 잠을 방해받지 않으려고 파트너와 떨어져 자곤 했다. 그런데 관계에는 보통이라는 게 없어서인지, 나는 풀로 딱 붙여놓은 것처럼 머리를 그의 어깨에 기댔고, 다리를 그의 몸에 둘렀다. 우리는 숨소리마저 맞춘 것 같았다. 몇 시간 자고 일어났을 때 내가 여전히 장 뤽의 품에 폭 안겨 있어서 놀랐다.

장 뤽은 부드러운 손길로 나를 쓰다듬었다.

"샘, 너는 내 정원에서 제일 예쁘고 아름다운 장미야. 몇 시간 동안 네가 자는 모습만 지켜봤어. 이렇게 볼 수 있다니 꿈만 같아."

나를 위한 최고의 남자

이 남자가 너무 좋아 어쩔 줄을 모르겠다.

그래서 죽도록 겁이 났다.

물론 이 여행을 시작했을 때도 장 뤽에게 아주 좋은 감정을 품고 있었지만, 지금처럼 구체적이지는 않았다. 그때는 그저 말만 나눈 남자였다면, 지금 그는 정말이지 진국에 똑똑하고 섹시하며 재미있는 데다 내가 상상했던 것보다 훨씬, 아주 훨씬 나았다.

살구잼을 바른 버터 향이 물씬 풍기는 크루아상으로 가볍게 아침을 먹은 다음, 우리는 샤를 페로의 〈잠자는 숲 속의 미녀〉와 월트 디즈니 로고의 모델로 유명한 위세 성을 방문했다. 진짜 동화 속 이야기처럼 위세 성은 앵드르 강가, 시농 숲 끝자락에서 계단식 정원을 굽어보며 서 있었다.

프랑스에서 살고 싶은 성을 하나만 고르라면 나는 주저 않고 이 성을 택할 것이다. 탑은 말할 것도 없고, 청회색 슬레이트 지붕과 지붕창이 있는 이 성의 모든 요소가 다 마음에 들었다. 과거에 이 성이 요새였다는 사실이 믿어지지 않았다.

장 뤽이 나를 정원으로 안내하며 말했다.

"네 편지 중에 기억나는 게 있어."

"뭔데?"

우리는 적어도 이백 개의 메일을 주고받았는데, 어떤 걸 말하는 걸까?

"그 편지 있잖아. 열정은 낡은 양말짝 같다고 한…."

"아, 기억나. 구멍 난 낡은 양말이라고 했지. 제발 더 이상은 말하지 마."

나는 두 손으로 눈을 가렸다. 장 뤽이 말한 편지는 내가 썼던 절교 편지를 말하는 거였다.

"열정 없는 삶은 태양 없는 하늘, 별 없는 달이나 마찬가지야. 나는 열정 없이는 살 수 없어. 너는 그럴 수 있어?"

"열정 없는 삶을 살려고 의도했던 건 아니야."

그는 내 눈을 한참동안 바라보았다.

"사만다, 너에게 다 주고 싶어. 내가 가진 것 전부. 네가 즐겁게 살았으면 좋겠어. 넌 특별한 사람이니까. 네가 이제껏 가지지 못했던 것을 주고 싶어. 너와 아이를 낳고 싶어."

실제 사람의 입에서 이런 말이 나오다니. 숨을 쉴 수 없었다.

커플 한 쌍이 세 살쯤 되어 보이는 딸의 손을 잡고 우리 곁을 지나갔다. 그들이 공중으로 아이를 번쩍 들어 올리자, 아이의 발끝이 푸른 하늘을 향했다. 아이는 좋아서 깔깔거렸다. 땋은 머리에 파란 리본을 단 아이가 엄마의 어깨너머로 나를 슬쩍 쳐다보았다. 그 아이는 장 뤽과 내가 무슨 얘기를 했는지 다 알고 있으니 한번 잘 생각해보라고 충고하듯 활짝 웃었다.

퍼뜩 정신이 들었다.

"지금? 지금 당장 아이를 갖자고?"

"아니. 일 년 뒤에 너와 결혼하고 싶어. 그다음부터 노력해야지."

공식적인 청혼은 아니었지만, 그가 이 약속을 지키리라 믿어 의심치 않았다. 우리에게 다른 선택은 없었다. 우리는 함께하고 싶을 뿐이었다.

궁지에 몰린 느낌에서 벗어나려고 나는 웃었다.

"꼭 예언자같이 말하네."

"난 현실주의자야."

"하지만 우리는 이제 겨우 다시 만났을 뿐이잖아."

그가 내 말을 끊고 심각한 표정으로 말했다.

"이제야 만났으니 다시는 너를 놓치지 않을 거야. 샘, 너는 내가 아는 여자들 중에서 제일 멋지고 사랑스러워. 너도 우리 관계가 지속되기를 원하는 거 아니야?"

내가 하고 싶었던 질문을 그가 먼저 해버렸다. 장 뤽이 없는 삶은 이제 상상조차 할 수 없었다. 나는 그의 지성, 그의 열정, 그의 모든 점에 푹 빠졌다. 앞으로야 어찌 되건, 지금 이 순간 우리가 함께 있다는 사실이 중요했다. 또 20년을 기다릴 수는 없었다.

나는 위세 성을 힐끗 보며 물었다.

"성에서 결혼할 수 있을까?"

장 뤽은 내 얼굴에 흘러내린 머리칼을 넘겨주었다.

"프랑스에 차고 넘치는 게 하나 있다면 그건 바로 성이야, 공주님."

동화 같은 내 꿈이 모두 이루어지려나 보다. 꼭 구름 위를 떠다니는 기분이었다.

아침 느지막이 아제 르 리도 성까지 훑는 김에 브르타뉴 특유의 중세 마을 디낭에도 들렀다. 그곳의 역사 역시 장 뤽의 마음을 사로잡았다. 그의 눈은 반짝반짝 빛났다. 그러나 내 눈은 점점 감겼다.

그가 거의 3킬로미터나 되는 성벽에 대해 말하는 도중 내 배에서 요란하게 꼬르륵 소리가 났다. 순간 나는 당황스러웠지만 태연한 척했다.

"난 그 소리마저 사랑해. 옆 마을로 가서 뭐 좀 먹자. 시간이 이렇게 된 줄 몰랐네."

말을 마친 장 뤽이 갑자기 웃음을 터뜨렸다.

"어젯밤에도 요란했었지."

나는 내가 낼 수 있는 온갖 종류의 창피한 소음을 다 떠올려보았다. 나는 이를 악물고 그의 사랑스러운 눈길을 피하기 위해 손으로 얼굴을 가렸다. 제발 방귀 같은 게 아니라 이를 간 거면 좋겠는데.

우리가 아무리 만리장성을 쌓은 사이라 해도, 나는 장 뤽에게 좋은 인상만 주고 싶었다.

장 뤽은 동네 빵집을 찾아내서 얇은 크러스트가 켜켜이 쌓인 맛있는 딸기 타르트를 몇 개 샀다. 덕분에 간신히 허기를 면했다.

한 시간 뒤, 우리는 호텔에 체크인을 했다. 그런데 프런트에 있는 여자가 장 뤽에게 추파를 던지며 웃음을 흘렸다. 그에게 홀딱 반한 것 같았다. 그 여자의 얼굴이 붉게 물들 때 나는 내 생각이 맞다고 확신했다.

"저 여자는 당신이 좋은가 봐."

그 여자가 우리 방 열쇠를 주려고 돌아설 때 속삭였다.

"바보 같은 소리 마."

"저 여자가 너한테만 말하잖아. 나는 완전 무시하고."

나는 방으로 들어가자마자 장 뤽을 침대에 눕히며 물었다.

"저 여자랑 나를 맞바꾸고 싶은 마음이 없는 거 확실해?"

그는 나를 돌려 눕히고 꼼짝 못하게 잡았다.

"질투하는 거야?"

"아니, 질투하는 거 아니야."

하지만 맞다. 그 여자가 매력적이거나 젊기 때문은 아니었다. 굳이 이유를 대자면, 그녀는 장 뤽과 모국어로 대화할 수 있기 때문이었다. 나? 나야 하나가 아니라 두 언어로 헛소리나 지껄여댄다.

나는 아직 궁금한 게 있었다. 새로운 관계에는 언제나 일말의 불안감이 따르게 마련이다. 지난 몇 달 동안 우리는 하루에 두세 시간씩 전화 통화를 하느라 하지 않은 얘기가 없었고, 우리의 과거지사를 속속들이 다 밝혔다. 그러니 이왕 다른 여자가 주제로 등장한 김에, 앞으로 내 마음의 평화를 위해 궁금증을 털어놔야겠다.

"왜 아이들 엄마하고는 결혼하지 않았어?"

"그녀가 원치 않았거든. 대화를 해봤지만 그녀가 뜻을 굽히지 않았어. 그 뒤로 우리 관계는 어긋났지."

프랑스에는 결혼하지 않고 동거하는 커플이 많다고 하는데, 그래서 프랑스의 이혼율이 그렇게 낮은 모양이었다. 외국인이 프랑스에 살려면 비자나 영주권이 필요하고, 그 서류 작업을 하려면 프랑스인과 결혼해야만 한다. 우리가 함께 살고 싶다면, 우리는 100퍼센트 결혼해야 한다.

"아이들이 태어났을 때 우리는 서로 노력했어. 정말 많이. 그런데…."

"그녀와 헤어졌지. 그리고 안야를 만났고."

장 뤽은 추억에 잠겨 천장을 올려다보았다.

"안야는 참 어렸는데. 정말 예뻤고…."

나는 갑자기 기분이 이상해졌다. 내 표정을 읽은 장 뤽이 정색하며 말했다.

"허니, 다른 뜻은 없어."

"이봐, 장 뤽. 나도 자존심 있는 여자야. 너의 예전 여자 친구들이 얼마나 예뻤고 얼마나 어렸는지는 알고 싶지 않아. 난 벌써 그 사람들 페이스북에 다 들어가봤다고."

그의 눈이 커졌다.

"내가 편지로 왜 그 사람들 성을 물어봤는지 궁금하지 않았어?"

"이런 귀여운 스파이 같으니라고."

"궁금했거든. 내가 과거를 캐서 불편해?"

그는 깊게 한숨을 쉬었다.

"아니. 너에게 숨기는 건 아무것도 없어."

해묵은 불안은 쉽게 사그라지지 않았다. 나로 하여금 그를 완전히 믿지 못하게 하는 것, 처음부터 제일 묻고 싶었던 질문을 하지 않을 수 없었다.

"나한테서 떠나지 않는 이유가 뭐야?"

그의 눈에서 불꽃이 일었다. 그는 내게서 떨어져 바로 누웠다. 우리 둘 다 한동안 말이 없었다. 장 뤽과의 관계를 망치고 싶지는 않았다. 하지만 고름을 짜지 않고 놔둘 수는 없었다. 이것은 크리스와의 관계에서 힘들게 얻은 교훈이었다.

장 뤽이 일어나 앉았다.

"샘, 전에도 말했지만 너와 함께 있으면 모든 게 달라져. 너를 위해 최고의 남자, 최고로 좋은 사람이 되고 싶어. 나는 인생에서 정말이지 많은 실수를 저질렀지만, 그 대가를 충분히 치렀다고 생각해. 이제 너와 행복하게 살고 싶어."

그는 잠시 말을 멈추고 가쁜 숨을 몰아쉬었다.

"내가 너와 나눈 것, 네가 나와 나눈 것이 신뢰로 쌓여 우리 관계는 더욱 돈독해질 거야. 그러면 어떤 시련이 닥쳐도 잘 견딜 수 있을 거고. 샘, 진심으로 사랑해."

그가 내 어깨를 잡았다.

"나를 믿는다고 약속해줘. 관계란 모름지기 이해와 믿음이 있어야 지속될 수 있어. 우리 둘이서라면 그럴 수 있을 거야."

나는 고개를 끄덕이며 말했다.

"그저 내가 품고 있던 의심이나 의혹을 없애고 싶었을 뿐이지 네 과거를 비난할 생각은 없었어. 이제 뒤돌아보지 않고 앞으로만 나아갈게. 우리는 무엇이든 다 말하기로 서로 약속했잖아. 안 그래?"

"그럼. 우리 사이에는 결코 어떤 비밀도 없을 거야."

그는 나를 숨도 쉬기 힘들 정도로 꽉 껴안았다.

"참, 사만다. 말하고 싶은 게 있어."

나는 긴장했다.

그가 떨리는 목소리로 말했다.

"내게 가장 힘들었던 날은 아이들에게 엄마가 죽었다고 말할 때였어. 아이들은 몇 년 동안 엄마가 아파하는 모습을 지켜봤지만, 죽음을 앞둔 애들 엄마는 애들을 안 보려고 했어. 너무 아파서 예전 모습이 아니었거든. 나는 아이들이 왜 엄마가 자기들을 보려 하지 않았는지, 왜 죽었는지 아직도 이해하기 힘들어한다는 걸 가끔씩 느껴. 내가 그녀의 죽음을 아이들에게 말했을 때 그 얼굴을 네가 봤어야 하는데…."

나는 그의 손을 꽉 잡고 계속 경청했다.

"샘, 어린 두 아이에게 자기 엄마가 죽는 걸 보게 할 수는 없었어."

그는 말을 아꼈다.

"나는 최고의 아빠가 되려고 노력했지. 이제 아이들 엄마는 떠났고, 아이들 생활도 내 생활도 달라졌어. 나타샤와 함께라면 잘될 줄 알았는데 시간이 지날수록 내가 너무 많이 기대했다는 사실을 깨달았어. 내 인생은 다시 생지옥이 되어버렸고. 그런데 당신이 내 인생에 들어오면서 나도 뭔가 다른 걸 가질 수 있다는 걸 알게 된 거야. 더 나은 삶을 말이지."

"나도 마찬가지야. 나는 내 삶을 거의 포기하다시피 했고, 그게 당연하다고 생각했어. 그러다 네 편지를 발견했고, 이렇게 모든 것이 바뀌었어. 모든 게."

이번에는 장 뤽이 내 손을 꽉 잡았다.

"넌 좋은 여자고 마음이 순수한 멋진 여자야. 지금 내 아이들과 앞으로 태어날 우리 아이들의 좋은 엄마가 되어줄 여자라는 걸 느껴. 이 관계를 망친다면 나는 천하의 바보라 불려도 싸. 그러니 나에게 한 가지만 약속해줘."

"뭐든지."

"제발 나를 부족한 남자라 느끼게 하지 말아줘. 그게 내가 아이들 엄마를 떠난 이유였으니까. 네게는 온전한 남자이고 싶어."

"나도 같은 마음이야."

우리는 서로를 품에 안고 미친 듯이, 열정적으로 사랑을 나누었다.

우리의 낮과 밤은 아름답다

점심때쯤 에트르타라는 노르망디의 부촌에 도착했다. 예스러운 바닷가 마을이었다. 우리는 바다 냄새를 맡고 갈매기 울음소리를 들으며 노천 카페에 앉았다. 장 뤽이 바다달팽이 요리를 권했다. 이제는 이런 음식이 낯설지도 않았고, 장 뤽이 어련히 알아서 잘 주문했겠지 싶어 고개를 끄덕였다.

"다음 일정은 뭐야?"

내가 물었다.

"비밀."

장 뤽이 선글라스 너머로 나를 바라보며 장난스레 웃었다.

점심 값을 계산한 장 뤽이 내 손을 잡아끌었다. 우리는 마을을 지나 푸른 언덕에 올랐다. 한 걸음 한 걸음 내디딜수록 경치는 점점 더 놀라워졌다. 곧 하얀 절벽과 영국과 프랑스의 경계가 되는 라망슈의 짙푸른 바다를 굽어볼 수 있었다.

장 뤽이 무척이나 아름다운 아치를 이루는 암반층을 가리키며 말했다.

"모네가 즐겨 그렸던 절벽이야. 지금도 프랑스 인상파를 좋아해?"

"그럼."

나는 감격에 겨운 목소리로 대답했다. 20년 전, 1989년 그때, 장 뤽은 내가 프랑스의 인상파 화가들을 좋아한다고 말한 걸 기억하고는 사크레쾨르 대성당으로 나를 데려가 그 화가들이 그림을 그리던 곳을 보여주었다.

장 뤽이 키스하려고 나를 끌어당겼다. 부드러운 바닷바람이 불어왔다. 절벽 끝에 섰지만 하나도 무섭지 않았다. 나는 장 뤽의 손을 철석같이 믿었다. 사랑하고 사랑받는 두려움은 이제 먼 옛날의 악몽이 되었다. 나는 극복하고 싶었다. 아니, 극복할 수 있을 것 같았다.

우리는 마지막 이틀 밤을 에트르타에서 차로 한 시간 거리에 있는 생발레리앙코에서 보냈다. 빡빡한 여행 일정에서 오는 피로가 마침내 누적되었다. 우리는 짧게 산책한 다음 절벽을 내려다볼 수 있는 멋진 호텔에서 저녁을 먹기로 했다.

이번에도 장 뤽을 믿고 따랐다. 그가 내게 권해준 음식 중에서 실패한 것은 없었다. 사실 다 마음에 들었다. 그래서 해산물 요리인 포토퓌 드 라 메르를 먹어보라고 했을 때도 군말 없이 동의했다.

웨이터가 내 앞에 음식을 내려놓았다. 나는 홍합, 새우, 약간의 오징어 정도를 기대했는데, 대가리와 눈알, 껍질이 다 붙어 있는 생선이 듬뿍 들어간 뜨거운 양배추 수프가 나왔다. 톡 쏘는 냄새가 나는 요란한 색깔의 이 음식을 보니 더운 날의 길거리 생선 가게가 떠올랐다. 그러나 장 뤽의 기분을 상하게 하고 싶지는 않았다. 나는 와인 한 모금과 함께 정체 모를 생선을 한 입 삼켰다.

"어때?"

장 뤽이 물었다.

나는 빵 한 조각을 입에 욱여넣으며 얼굴을 찡그리지 않으려고 노력했다.

"이, 이, 이 새우는 정말 맛있어."

사실 새우는 정말 짜고 껍질이 있어서 먹기 불편했다.

"다른 생선은? 맛있지?"

"으흠, 맛나. 좀 먹어볼래?"

나를 노려보는 저 생선을 제발 먹어주면 안 될까?

그는 생선 한 점만 집어 먹고는 포크로 계속 먹으라는 시늉을 했다. 그러나 그럴 수 없었다. 물 없이는 넘기기 힘들었다. 그런데 문제가 있었다. 테이블에는 하우스 로제 와인으로 가득 찬 잔 두 개밖에 없었다. 물 대신 와인을 벌컥벌컥 마시면 나를 알코올중독자라고 생각하겠지. 나는 최대한 맛있는 표정을 지으며 프랑스어로 말했다.

"허니, 웨이트리스에게 물 두 잔만 갖다달라고 해줄래? 빨대도 같이."

순간 우리 옆자리에 앉은 커플이 놀랐는지 캑캑거렸다. 장 뤽도 섹시하게 웃었다.

"왜 웃어?"

"네가 지금 오럴섹스가 필요하다고 말했어."

"아닌데… 난 빨대가 필요하다고 말한 건데…."

나는 의자에 웅크려 앉아 스스로에게 고쳐 말하듯 중얼거렸다.

장 뤽이 몸을 앞으로 기울이더니 내 그릇에서 분홍색의 미끄덩거리는 것을 한 조각 가져가 입에 넣었다. 나도 모르게 입을 삐죽였다. 그의 눈이 짓궂게 반짝였다.

"내게 거짓말을 했구나. 나한테는 절대 거짓말하지 않겠다고 약속해놓고."

"거짓말 안 했는데?"

"아니, 했어. 저녁식사가 마음에 들지 않잖아. 꼬마가 밥 먹기 싫어서 입을 삐죽이는 것 같았어."

그가 웃었다.

"그럼 처음부터 알고 있었단 말이야? 그런데 아무 말 안 한 거고?"

"네가 먹는 모습을 지켜보는 게 너무 재미났거든. 네 표정이 정말 웃겼어.”

“너를 실망시키고 싶지 않았어.”

내가 말했다.

“넌 절대 날 실망시킬 수 없어, 샘. 너는 내가 지키고 싶은 보물인 걸.”

낮과 밤의 경계가 모호해졌다. 생발레리앙코의 돌 투성이 바닷가에 비치 타월을 깔고 앉아서 와인 한 병, 피망 파테 한 조각, 갓 구운 빵 한 덩어리를 먹고 마시며 마지막 순간을 즐기는 중이었다. 저 멀리에서 한 가족이 밝은 오렌지색 카약을 타고 있었고, 작은 어선에서 어부 두 명이 그물을 던지고 있었다. 바다는 잔잔하고 유리처럼 매끈했다. 하지만 내 감정은 들쑥날쑥했다. 내 배 속에서 행복의 날갯짓을 하던 나비는 사라졌고, 그 자리에 두려움의 검은 구덩이가 생겼다. 내일 아침이면 장 뤽은 나를 샤를드골 공항에 데려다줄 것이다. 그런데 정작 나는 떠날 준비가 돼 있지 않았다.

“앞으로 힘들겠지만 잘 견뎌야 해. 우리는 그럴 수 있어. 앞으로 함께할 삶을 위한 토대를 다졌으니, 이제 쌓아올리기만 하면 돼.”

장 뤽이 말했다. 그러나 내게는 사랑과 아름다운 말 몇 마디 외에는 장 뤽에게 줄 것이 아무것도 없었다.

"내가 뭘 쌓을 수 있을까? 나는 직업도 없고 돈도 없는데. 가진 거라곤 지금 걸치고 있는 옷밖에 없어."

장 뤽이 웃었다. 부드러운 웃음소리가 점점 커졌다. 나는 이맛살을 찌푸렸다.

"뭐가 그렇게 우스워?"

그가 내 옆구리를 찔렀다.

"여태 들어본 것 중에서 가장 슬픈 얘기라서."

"나 지금 심각해."

"나도 그래."

그는 내 이마에 키스했다.

"사랑해, 샘. 전에도 말했고 앞으로도 네가 믿을 때까지 계속 말할 거야. 너와 모든 걸 나누고 싶어. 가진 게 많지 않을지라도. 나는 아주 단순한 사람이고, 아주 단순한 삶을 살고 있어."

'삶'이라는 말이 마음에 들었다. 나는 사회적인 기준에 맞추기 위해 아등바등하며 사는 데 지쳤다. 멋진 차나 커다란 집, 명품 옷 따위는 필요 없었다. 모든 것을 내려놓으면 그런 것들은 전혀 중요하지 않을 것이다. 내게 필요한 것은 사랑으로 가득 찬 삶뿐이다.

우리는 석양이 깎아지른 하얀 절벽을 노란빛과 오렌지빛으로 물들이는 것을 말없이 지켜보았다. 훈훈한 여름 바람이 내 머릿결을 부드럽게 매만졌다. 장 뤽은 내가 바람에 날려가기라도 할까 봐 내게 팔을 두르고 꼭 안아주었다. 바람에서 상쾌하면서도 청량한 바다 냄새, 그리고 새로운 시작에 대한 기대가 느껴졌다.

나는 살짝 몸을 틀고 고개를 돌려 장 뤽의 얼굴을 바라보았다. 노을빛이 비친 그의 눈은 한없이 평화롭고 고요했다. 공기를 가르며 날아가는 갈매기들과 암초 해안에 부딪혀 부서지는 파도를 보면서, 이게 멋진 꿈이라면 깨어나고 싶지 않다고 생각했다. 모든 게 완벽하다고 생각한 바로 그 순간, 등 뒤로 평생 기다려온 고요와 평온이 느껴졌다. 장 뤽의 심장박동이었다.

그는 내가 저지른 모든 잘못과 함께 나를 받아들였다.

나도 그를 받아들였다.

나는 그의 가슴에 등을 기대고, 그의 팔에 폭 안겼다. 한 줄기 눈물이 뺨을 타고 조용히 흘러내렸다. 내일 아침이면 나는 비행기를 타고 있겠지. 헤어지고 싶지 않지만 그래야 하겠지.

내 사랑, 사만다,

홀로 일곱 시간을 운전해서 지금 막 집에 돌아왔어. 비어 있는 옆자리를 보면서 네가 앉아 있었으면, 하는 생각을 얼마나 많이 했는지 몰라. 너의 몸과 살결, 너의 눈과 입, 그리고 너의 웃음과 유머… 그 모든 게 얼마나 그리운지!

너는 너무 다정하고, 착하고, 언제나 나를 놀라게 하는 멋진 여자야. 그런 여자를 만나리라고는 생각지 못했어. 그런데 내 앞에 네가 나타났어. 너의 존재는 도저히 말로 표현할 수 없어. 너와 보낸 지난 열흘은 여전히 꿈만 같아. 다른 말은 필요 없어. 너와 함께하는 삶이 곧 나의 천국이야. 너의 모든 게 아름다워.

너의 사랑,

장 뤽

PART 3

6 캐 럿 자수정보다 빛나는 것

사랑과 이별을 동시에

시간은 더디게만 흘러갔다. 나는 다시 예전의 어정쩡한 상태로 돌아왔다. 장 뤽을 다시 만났다는 것 외에는 내 인생에서 바뀐 건 아무것도 없었다. 나는 아직도 직장을 구하지 못했다. 은행 잔고는 바닥났다. 개 산책시키는 일로 버는 돈은 고객의 집으로 가는 데 필요한 기름값을 빼고 나면 일주일에 겨우 10달러 정도 남았다. 설상가상으로, 동네 공원에서 로키라는 이름의 잭러셀테리어를 산책시킬 때 두 명의 여자에게 모욕을 당하기까지 했다.

"어머나, 너무 귀엽다."

한 여자가 말했다. 진한 화장을 한 그녀의 손톱과 머리는 갓 손질을 마친 상태였다.

"애 몇 살이에요?"

방금 전 여자와 꼭 닮은 다른 여자가 부자연스러운 미소를 지으며 물었다. 표정을 제대로 짓지 못하는 그녀의 눈을 보아하니 보톡스 주사를 맞은 게 분명했다.

나는 어깨를 으쓱했다.

"모르겠어요. 내 개가 아니거든요."

잠시나마 친절했던 그들의 표정이 완전히 무시하는 표정으로 바뀌었다.

"아, 개 산책시키는 사람이군요."

나를 먼지 나는 길에 세워두고서, 그들은 발길을 돌려 한껏 잘난 척을 하며 갔다.

그들 뒤통수에 대고 "이보셔, 나는 그냥 개 산책시키는 사람이 아니야. 나는 전직 아트 디렉터였고, 프랑스로 가기 전까지 시간을 때우고 있을 뿐이라고!" 이렇게 소리치고 싶었다. 그런데 아무 말도 나오지 않았다. 모욕감을 더해주기라도 하는 것처럼, 하필이면 그 순간 로키가 똥을 쌌다. 나는 주머니에서 파란 비닐봉지를 꺼내 똥을 담았다. 땀에 흠뻑 젖은 채 로키를 집에 데려다주고 다음 고객 집으로 갔더니, 10대 여자아이 세 명이 딸기를 먹으며 수영장 옆 줄무늬 차양 밑을 왔다 갔다 하고 있었다.

"아, 개 산책시키는 사람이야. 그냥 무시해도 돼."

만약 장 뤽과의 관계가 잘 풀리지 않으면 어떻게 되는 거지? 부모님 집에 얹혀살면서 개나 끌고 다니는 미친년이 되는 건가? 잔뜩 짜증이 난 채로 집에 가서 내 인생의 한 줄기 빛, 장 뤽에게서 뭐 좋은 소식 없나 이메일을 체크했다.

엄마가 주방으로 들어왔다.

"또 그 프랑스 남자한테 이메일 쓰는 거니? 컴퓨터는 이제 그만 좀 하고 사람들을 더 만나라."

"그러기 싫어. 다 쓰잘 데 없는 짓이야. 나를 진심으로 위하는 사람은 장 뤽뿐이라고."

"그런 소리 마라, 샘. 멋진 휴가를 함께 보냈을지는 모르겠다만, 그렇다고 그를 다 안다고 하기는 어려워."

이번 기회에 엄마가 장 뤽을 인정하게끔 화끈하게 다 털어놓을까? 섹스가 우리 집에서 아주 금기시되는 주제는 아니었다. 내가 무슨 말을 하고 싶은 건지 나도 모르겠다. 그래서 무심결에 "장 뤽은 정말 대단한 섹스 파트너에요"라는 말을 뱉어버렸다.

"뭐, 뭐라고, 섹스 파트너?"

먹던 잉글리시머핀이 목에 걸렸는지 엄마는 캑캑거렸다.

"샘, 나는 엄마야. 이런 얘기 나누기는 껄끄럽구나."

엄마는 입을 앙다물고 나를 흘겨봤다.

"그래 그의 거시기는 얼마나 크디?"

나는 유리 테이블에 커피를 뿜었다.

"엄마, 너무 멀리 갔어. 아주 새로운 경지에 도달하셨네."

우리는 웃음을 멈추지 못했다.

엄마에게 그간의 얘기를 다 털어놓은 나는 장 뤽의 프랑스어 이메일 하나를 구글 번역기로 돌려서 엄마에게 보여주었다. 비교적 짧은 편지를 골랐는데, 언뜻 보기엔 '제대로' 번역된 듯했다.

내 사랑,

오늘 아침을 먹으며 생각했어. '우리에게는 오늘도 있고, 내일도 있다, 너와 함께할 생각을 하니 좋아 죽겠다'가 그 생각의 결론이었지.

나의 귀여운 사랑,

나의 음탕한 계집에게 사랑을 듬뿍 보내며,

장 뤽

엄마는 컴퓨터 모니터를 뚫어져라 바라보았다.

"아니, 어떻게 너를 음탕한 계집이라 부를 수 있는 거냐?"

"뭐가요? 아냐, 아냐, 아니야, 나를 음탕한 계집이라고 부른 게 아니고 '나의 작은 돼지'라고 부른 거야."

여자를 작은 돼지라고 부를 때는 성적인 의미가 담기긴 하지만, 그렇다고 음탕한 계집이라는 뜻은 아니었다. 하지만 엄마는 여전히 납득하기 힘들어하는 것 같았다.

"글쎄다. 그럼 왜 너를 작은 돼지라 부르는 건데?"

"애칭 아니겠어? 꿀꿀."

"그러면 너는 그를 큰 돼지라고 불러도 되는 거냐?"

"그건 엄마가 그 사람한테 직접 물어봐. 방금 받은 이메일을 보니 10월에 방문하고 싶대. 물론 엄마가 오케이 하면."

엄마는 당연한 말을 뭘 물어보냐는 듯 바라보았다.

"내 집이 네 집인데, 뭐! 물어볼 필요도 없지. 나야말로 장 뤽을 직접 만나보고 싶어 죽겠는걸!"

엄마가 흥분하며 말했다.

초저녁에 나는 아이크와 내 방 발코니에 앉아 차가운 샤르도네 와인을 마셨다. 나무와 새들을 바라보니 숨통이 트였다. 자연 속에 있으면 늘 영혼을 위로받는 듯했다.

60센티미터쯤 떨어진 곳에서 벌새 한 마리가 맴돌고 있었다. 몸통은 선명한 밝은 녹색으로 빛났고, 목은 진홍색이었다. 그 작은 새는 날개를 팔락거리며 윙윙 소리를 냈다. 고개를 이쪽저쪽으로 까딱거리는 모습이, 내가 그 새에게 흥미를 느끼듯 그 새도 나에게 관심이 있는 것처럼 보였다. 이 예쁜 생명체를 놀래키지 않으려고 숨을 참았다. 그 새는 곧 내 얼굴 가까이로 날아왔다. 우리는 겨우 15센티미터 떨어져 있었다. 너무나도 열심히 날갯짓을 해서 날개가 보이지 않을 지경이었다. 갑자기 그 새가 빠르게 내게로 달려들었다. 나는 뾰족한 검은 부리에 눈이라도 찔릴까 봐 얼른 피했다. 겁먹은 나를 비웃기라도 하듯 그 새는 내 머리 위에서 한 번 더 윙윙거리다가 나뭇가지로 옮겨 앉았다.

나는 웃었다.

이 벌새는 내게 더 강해지고, 인내하고, 새로운 삶에 감사하라는, 저 높은 곳에 계신 분의 메시지를 전해준 것이리라. 뼛속까지 과학자인 장 뤽에게 조금 전에 일어난 일을 말했더니, 그는 벌새가 얼마나 놀라운 동물인지 설명하기 시작했다.

"벌새는 공학적으로 아주 탁월한 생물이야."

항공우주공학 분야의 과학자들이 수년간 벌새의 비행 패턴을 모방하기 위해 얼마나 노력해왔는지 설명하는 걸 인내심을 가지고 경청하면서, 이 주제에 대한 그의 열정과 흥분에 새삼 놀랐다. 그는 벌새는 지구상에서 뒤로 날 수 있는 유일한 새이며, 기체역학의 진정한 전문가라고 말했다.

"그래, 그래, 아주 재미있네. 그런데 그 새에 대해서는 어떻게 생각해?"

"내 아내처럼, 놀라워."

갑작스레 벼락 치듯 10월이 되었다. 바라는 게 하나 있다면, 먹구름이 다 지나가는 거였다. 제시카가 내 마흔 번째 생일을 축하해주러 집에 왔다. 40대도 30대와 진배없다고 생각하려 애썼다. 자, 축배나 들자.

이날을 기념하기 위해 엄마와 제시카와 나는 아이크를 데리고 보트를 타고 바다로 나갔다. 우리가 지미 버핏의 노래를 들으며 화이트 와인을 마시고 있을 때, 우리 옆에서 적어도 마흔 마리, 아니 쉰 마리나 되는 돌고래 떼가 하얀 물거품을 일으키면서 뛰어 올랐다. 여기저기서 점프하고 뛰노는 돌고래들이 태양의 서커스단과 맞먹을 만한 쇼를 선보였다. 우리 모두 여기저기를 가리키며 비명을 지르고 웃고 떠드느라 정신이 없었다. 돌고래 떼는 나타난 것만큼이나 빠르게 수평선 저쪽으로 사라졌다.

그날은 만족해서 집으로 돌아왔지만, 며칠 뒤 이 감정은 깊은 슬픔으로 변했다. 너무 많은 이별이 기다리고 있어서였다.

나는 뉴욕 집으로 돌아가는 제시카와 작별해야 했다. 내 30대와도 이별해야 했고. 게다가 이제는 나의 충실한 동반자 아이크와 헤어져야 했다. 크리스는 애완동물 전용 항공사가 생겼다는 소식을 듣고는, 이 털북숭이의 양육권을 나눌 수 있는지 물었다. 그리고 나는 그러자고 했다. 아이크는 크리스의 개이기도 했으니까.

아이크를 애완동물 항공사에 데려다주었을 때, 아무리 애써도 이게 아이크를 보는 마지막일 거라는 예감을 떨쳐버릴 수 없었다. 목이 메었지만 울지 않으려고 안간힘을 썼다.

나는 프런트에 있는 직원들에게 치맛바람 센 엄마처럼 까다롭게 아이크의 후두마비에 대해 설명하고 또 설명했다. 아이크가 힘들어하면 목을 쓰다듬고 알레르기 약을 먹여 진정시켜달라고도 부탁했다. 나는 프런트 여직원에게 아이크의 밥과 약이 든 가방, 아이크의 담요, 아이크가 제일 좋아하는 커다란 갈색 원숭이 헝겊 인형을 건네주었다.

"이 인형 이름은 멍키예요."

그녀는 동정 어린 미소를 지으며 나를 바라보았다.

나는 털북숭이 내 절친을 뜨겁게 안았다. 아이크는 내 볼을 타고 흘러내리는 눈물을 핥았다. 여직원은 맛난 과자로 유인해서 아이크를 뒷방으로 데려갔다. 아이크는 계속 꼬리를 흔들어댔다. 그렇게 아이크는 떠났다. 나는 돌아오는 차 안에서 목을 놓아 울었다.

집에 돌아오니 여기저기 아이크를 생각나게 하는 물건이 많았다. 동물 인형, 여분의 개줄, 바닥에 굴러다니는 검은 털 뭉치…. 골든 레트리버 보디는 내가 가는 곳마다 따라다녔다. 마치 "그만 좀 슬퍼해! 내가 있잖아!"라고 말하는 것 같았다. 그러나 아이크를 떠나보낸 건 아이를 떠나보낸 것처럼 힘들었다. 울음을 멈출 수가 없었다. 덩치 큰 보디를 가슴에 꼭 껴안고 한참을 더 울었다. 그러고 나서 트레이시에게 전화했다.

"무슨 일이야?"

"아이크를 비행기에 태워 보냈어."

"저런, 샘! 안됐구나. 그래도 또 보게 될 텐데, 뭘."

"아냐, 트레이시. 다시는 못 볼 것 같은 예감이 들어. 마지막 이별 같았어. 아이크는 건강이 안 좋아. 여기에 계속 데리고 있어야 했는데. 내 곁에."

"샘, 프랑스로 가는 건 어쩌려고…."

"몰라."

"하지만 넌 장 뤽을 사랑하고, 장 뤽도 널 사랑하잖아."

"응."

"얘, 장 뤽이 곧 너를 만나러 온다며. 그러고 나면 한두 달 시험 기간, 그러니까 결혼 예행 연습이 필요하겠지. 프랑스에서의 동거 말야. 너희는 환상에서 벗어나 현실적이 돼야 해. 그가 실제로 어떤 생활을 하는지, 그의 아이들은 어떤지 알아야 한다고. 그리고 아이크 걱정은 하지 마. 넌 아이크를 위해 최선을 다했으니까."

"알아."

전화를 끊고 나서 또 엉엉 울었다.

영영 오지 않을 것만 같던 10월 26일이 되었다. 투생• 휴가 동안 장 뤽의 아이들은 할머니 집으로 갔고, 나의 프랑스 남친은 이리로 왔다. 장 뤽이 입국장을 나오는 순간, 나는 그에게 달려가 품에 안겼다. 아, 이 품이 얼마나 그리웠던지. 그의 미소도 보고 싶었고, 그의 입술이며 그의 손길이 전부 그리웠다. 우리는 길고, 뜨겁고, 열정적인 키스를 나눴다. 누가 "아예 호텔 방을 잡으시지"라고 소리치기 전에 나는 그를 길 건너편에 주차해둔 차로 데려갔다. 그리고 15분 뒤, 요트 정박지에 차를 세웠다.

"부모님 보트야. 부모님 만나기 전에 씻고 싶어 할 거 같아서. 그리고 서로 못 본 지도 두 달이나 됐잖아. 우리 사생활도 좀 있어야

• 모든 성인을 기리는 날.

할 것 같아서."

내 눈썹이 꿈틀꿈틀 움직였다.

그가 반론을 제기하기 전에 나는 얼른 차에서 내려 부두로 걸어갔다. 장 뤽은 여행 가방을 들고 나를 따라왔다. 우리는 보트에 올랐다. 그는 가방에서 빨간 리본으로 묶은 납작한 정사각형의 검은색 박스를 꺼냈다.

"생일 축하해, 내 사랑."

나는 그 박스를 카운터에 던져놓고 그를 침대로 데려갔다.

"내가 원하는 건 바로 당신이야."

두 시간 뒤, 우리는 부모님 집에 도착했다.

현관문 밖에서 나는 조금 전 장 뤽이 목에 걸어 준 목걸이를 손으로 더듬었다. 작은 다이아몬드로 빼곡히 둘러싸인 눈물방울 모양의 아름다운 타히티 흑진주는 설렐만큼 아름다웠다.

"정말 이런 거 안 줘도 되는데."

"내가 아무것도 안 줬으면 계속 선물 타령을 했을 거야."

"네가 여기로 왔잖아. 그걸로 충분해."

그는 놀리듯 눈을 가늘게 뜨고 껄껄 웃었다.

"흠, 내가 여자를 좀 알거든. 그나저나 네 부모님을 뵈려니 좀 불편해."

"왜?"

"내 이혼이 아직 마무리되지 않아서."

이 일 때문에 그는 정말 힘들어했다. 참고 기다리는 것 말고는 우리 두 사람이 할 수 있는 일은 없었다.

"아버님께 결혼식 때 네 손을 잡아달라고 부탁드리면 기분이 훨씬 좋아질 거야. 목걸이 대신 반지를 선물할걸 그랬나 봐."

나는 조용히 그를 바라보았다.

"조금 겁도 나. 내 집은 이 집보다 훨씬 작아. 나는 네게 수영장 딸린 호화로운 집이나 보트를 줄 수도 없어. 나는 단지…."

그가 살짝 떠는 게 느껴졌다. 나는 그의 입술에 가볍게 키스했다.

"장 뤽, 그런 건 내게 중요하지 않아. 중요한 건 바로 너야. 그리고 부모님에게 전부 다 말했어. 두 분 다 이해해. 그리고 너와 아빠는 정말 잘 맞을 거야."

적어도 그건 내 간절한 바람이었다.

반지와 고양이, 그리고 변호사

장 뤽이나 엄마와 달리, 나를 입양한 아빠는 뉴욕 시 외곽의 라이라는 마을에서 귀하게 자랐다. 아빠 가족은 메이플라워호•까지 거슬러 올라가는 유서 깊은 은행가와 법률가 집안이었다. 실제로 아빠 조상 가운데 두 명은 독립선언서의 원서명자로 알려져 있다.

내가 '할미' '하삐'라 불렀던 아빠의 부모님은 전형적인 상류층이었다. 그분들은 아빠가 열한 살이 되자 초트 소년 기숙학교로 보냈는데, 그곳에서 아빠는 공부뿐 아니라 반항도 배웠다.

대학을 선택해야 할 때가 되자 아빠는 할아버지나 증조할아버지처럼 예일로 가서 상류층 자제들의 비밀 사교 모임에 들어가는 대신 일리노이 주 에번스턴에 있는 노스웨스턴 대학에 들어갔다. 예일과 달리 이 대학은 남녀 공학이었다.

이것은 곧 가문의 수치였다.

• 17C 초 영국인 정착인을 최초로 미국에 내려놓았다고 전해지는 여객선.

그러나 장 뤽처럼 우리 아빠도 자수성가했다. 아빠의 첫 직장은 평범했다. 아빠는 작은 아파트에 살았는데 거기서 엄마를 만났으며, 지붕이 하얀 빨간색 낡은 지프를 몰았다. 현명한 아빠는 광고업계에서 승승장구했다. 직장 때문에 여기저기 옮겨 다니다가 더 이상 이사 다니기 싫다는 엄마의 요구에 이곳, 캘리포니아에 정착했다.

나는 철 장식이 달린 에스파냐풍 나무 문을 열었다. 장 뤽이 내 팔을 잡고 속삭였다.

"아버님을 뭐라고 부르지? 성함이 리빙스턴, 맞지?"

나는 웃음을 참았다.

"아무도 그렇게 부르는 사람 없어. 그냥 토니라고 불러."

"토니?"

"나도 리빙스턴이라고 안 불러. 할아버지, 그러니까 리빙스턴 2세는 피터라고 불렀고."

나는 영국 악센트를 과장되게 흉내 내며 말했다.

"어렵군, 샘."

장 뤽이 말했다.

"걱정 마. 내가 널 사랑하는 것만큼이나 우리 부모님도 널 좋아할 거야."

정말 그랬다.

장 뤽이 프랑스에서 준비해온 라벤더 제품과 향초, 그리고 와인 선물 덕분에 장 뤽은 부모님과 금세 친해졌다. 아빠가 다른 사람과 그렇게 잘 어울리는 모습을 본 건 처음이었다. 엄마는 벌처럼 장 뤽 주변을 맴돌면서 웃고, 떠들고, 농담을 했다. 장장 몇 시간을 부모님과 장 뤽이 같이 어울려 대화하는 모습을 보게 되다니, 놀라 자빠질 지경이었다.

아빠는 장 뤽이 듣지 못하게 한쪽 구석으로 나를 데려가 말했다.

"샘, 장 뤽은 너를 돌봐줄 수호천사다."

"맞아요, 아빠. 그런데 호사다마란 말도 있잖아요. 좀 두려워요."

"샘, 다 잘될 거야. 상처는 낫는 법이란다."

"그런데… 장 뤽이 정말 맘에 드세요?"

"말이 통하는 사람 같구나. 나는 네가 언젠가는 꼭 시인의 영혼을 가진 사람과 만날 거라고 생각했단다. 좋은 사람이다. 게다가 정말 똑똑하고. 스물네 명이나 되는 과학자들을 이끄는 팀장인 줄 몰랐어. 아주 대단해."

아빠가 미소 지었다.

"아빠처럼 정말 열심히 일했더라고요."

출신 배경은 다를지 몰라도 아빠와 장 뤽은 공통점이 많았다. 그 둘이 아주 친해져야 한다거나 부모님의 승낙이 필요한 것은 아니었지만, 부모님이 장 뤽을 마음에 들어하니 정말 기분 좋았다. 이제 아빠가 늘 이기는 보드게임으로 재치를 겨루어볼까. 미국 대 프랑스 전으로?

"요즘에는 통 말할 기회가 없었는데, 너도 참 대단해. 네가 무얼

하든 엄마와 나는 네 결정을 응원할 거다."

"크리스마스 때 그 사람 가족을 만나러 갈 거예요, 아빠."

"장 뤽이 그렇게 말하더구나. 결혼 예행 연습인 게지."

우리 모두 그게 그 이상을 뜻한다는 것을 알고 있었다.

내가 뉴욕 스트립 스테이크와 샐러드로 간단한 바비큐 저녁을 준비할 때, 엄마가 뒤로 다가와서 속삭였다.

"사람 참 좋다. 네가 왜 장 뤽에게 폭 빠졌는지 이제 알겠어."

"나한테 무지 잘해."

"너한테 딱이더라. 아빠도 그가 마음에 든대. 하물며 잭도 장 뤽을 좋아하더라. 잭이 아무나 좋아하진 않잖니. 그건 그렇고 말리부에 있는 모든 사람들이 다 장 뤽을 보고 싶어해."

"장 뤽은 구경거리가 아냐."

"왜 이러셔! 재미있을 거야. 장 뤽을 데리고 와인 배럴에 가자."

"엄마, 제발!"

와인 배럴에서 노래방 기계에 맞춰 노래하는 건 피할 수 없는 운명이었다. 장 뤽이 이곳에 머무르는 동안 부디 캘리포니아를 많이 봤으면 좋겠다. 그가 프랑스를 많이 보여줬으니 나도 그에게 미국을 많이 보여주고 싶었다.

이튿날, 장 뤽과 나는 내 오랜 친구 데버러와 하루를 보내기 위해 팜 데저트로 떠났다. 정오쯤 우리는 데버러의 집 앞에 차를 세우고 꽃다발과 와인 한 병을 들고 내렸다.

"여기 호텔이야?"

장 뤽이 물었다.

나는 모로코 스타일의 아름다운 집을 힐끗 보았다. 오백 평. 이 거대한 대지의 조경도 완벽 그 자체였다.

"아니. 그리고 실내를 보기 전에 아직 감탄하긴 일러."

버튼을 누르자 놋쇠를 상감세공한 3미터 높이의 목각 문이 열렸다. 데버러가 우리를 맞이했다. 금발의 데버러는 예쁜 데다 세련되기까지 해서, 수영복 가운만 걸쳤는데도 멋져 보였다.

데버러가 장 뤽의 양 볼에 키스하며 외쳤다.

"만나서 정말 반가워요!"

"나도 반가워요. 초대해줘서 정말 고맙습니다."

그가 말했다.

"어서 들어오세요! 얼른 집 구경한 다음 클럽에 가서 점심 먹어요."

데버러는 장 뤽의 등 뒤에서 입을 벌린 채 엄지를 들어 올리고, 합격이라는 듯 고개를 끄덕였다.

점심을 먹으면서 나는 장 뤽이 능수능란한 사교술로 사람의 마음을 사로잡는 모습을 바라봤다. 별다른 노력을 기울일 필요도 없이 그는 그 자체로 매력적이었다. 계산서가 나오자 그가 집어 들었다. 데버러가 그를 막았다.

"여기는 클럽이에요. 나만 서명할 수 있다고요. 여기서는 당신 돈이 안 먹혀요."

장 뤽은 나를 어리둥절한 눈으로 바라보았고 데버러는 깔깔거리며 웃었다.

우리는 사막의 햇살 아래에서 음악을 들으며 수영을 하고 샴페인을 마시며 오후를 보냈다. 데버러와 나는 샴페인 잔을 들고 야외용 소파에 앉았다.

"세상에나! 빨리 그를 복제해야 해!"

그녀가 말했다.

"그러니까 그가 마음에 든다는 소리지?"

"마음에 드는 정도가 아니라 홀딱 반했다, 얘. 사랑스럽고, 똑똑하고, 섹시하고…. 샘, 네가 이렇게 행복해하는 모습을 보니 정말 좋다. 이 남자를 만난 건 정말 대박이야. 진짜 멋진 남자라고."

데버러가 내 무릎을 잡으며 말했다.

장 뤽이 수영장에서 손을 흔들었다.

"나도 그렇게 생각해."

내가 말했다.

데버러와 나는 잔을 부딪쳤다.

저녁은 그 동네 일식당에 가서 먹었다. 장 뤽은 평소처럼 맵시 있는 검은색 리넨 셔츠에 검은 벨트, 청바지를 말쑥하게 차려입었다. 나는 다시 관찰자로 돌아가 장 뤽과 데버러가 웃고 떠드는 모습을 지켜보았다. 식사를 마칠 무렵, 데버러가 화장실에 가겠다며 양해를 구했다.

"저녁 값은 내가 낼게."

장 뤽이 말했다.

"그러면 지금 웨이터를 불러."

내가 말하자 장 뤽은 웨이터를 불렀다. 그러나 이번에도 데버러가 선수를 쳤다. 장 뤽이 어리둥절한 표정을 지었다. 그 모습마저 매력적이었다.

엿새는 너무 빨리 지나갔다.

장 뤽이 프랑스로 돌아가면 다시 혼자 남게 되지만 공허하기보다는 기분이 아주 좋았다. 곧 프랑스에서 장 뤽과 한 달을, 그러니까 시험 기간을 보낼 수 있으니까.

그런데 누가 누구를 시험한다는 말이지?

그날 밤 우리는 노트북을 가지고 침대에 앉았다. 내 비행기 티켓을 예매할 거라는 추측과 달리, 그는 프랑스 보석 사이트인 모부생에 들어갔다. 그가 모니터를 내 앞으로 돌렸다.

"결혼식 때 커다란 다이아몬드를 사주지 못해. 게다가 다이아몬드는 너무 흔해 빠졌어. 나는 네게 뭔가 다른 것을 주고 싶어. 혹시 여기 마음에 드는 게 있어?"

와우, 장 뤽이 결혼반지에 대해 진지하게 생각하고 있다니. 나는 씩 웃어 보이고는 열심히 디자인을 골랐다.

'당신의 미치광이'라는 이름의 디자인이 눈에 띄었다. 프랑스의 장미라 불리는, 6캐럿짜리 연분홍빛 자수정 둘레에 자잘한 다이아몬드가 박힌 세련된 백금 반지였다. 그야말로 여자라면 누구나 갖고 싶어 할 만큼 아름다웠다. 장 뤽의 예산이 얼마인지 모르겠지만 그 반지 가격은 2천 유로(약 260만 원)였다.

"그게 마음에 들어?"

장 뤽이 물었다.

"반지 이름이 마음에 들어. 당신의 미치광이. 왜냐하면 난 당신한테 미쳤으니까."

장 뤽은 다른 디자인의 반지를 보여주었다. 조그만 다이아몬드가 나비 날개처럼 세팅된 백금 반지였다. 단순하고 우아하면서 매력이 있었다. 가격은 300유로(약 40만 원)가 조금 안 됐다.

"이건 어때?"

"이것도 예쁘네."

나는 프랑스어로 된 그 반지 이름을 큰 소리로 읽었다.

"나는 당신을 사랑합니다."

"너의 프랑스어는 너무 귀여워. 나도 당신을 사랑해."

그는 노트북을 옆으로 밀치고 나에게 달려들었다.

그는 떠나고 없다. 우리는 매일 서로에게 식지 않는 사랑을 고백했고, 대양을 사이에 두고 최선을 다해 서로를 응원했다.

물론 결혼에 대해서도 말했지만 아직은 모르는 게 너무 많았다. 이를테면 그의 이혼은 도대체 언제 마무리될 것인지, 그리고 아이들은 나를 좋아할런지 등등. 아이들이 나를 받아들여주면 더할 나위 없이 좋겠지만, 첫 번째 계모를 겪고 난 뒤라 내 품에 쉽게 안기려 하지 않을 것이다.

내가 절대 해서는 안 되는 일은 장 뤽의 아이들을 야단치는 것이다. 그렇다고 아이들이 잘못된 일을 할 때 그대로 내버려둬야 한다는 뜻은 아니다.

하지만 사악한 계모 역할은 사절이다. 아이들이 나를 믿고 의지할 수 있는 친구처럼 여겨주면 좋을 텐데. 나는 아이들의 신뢰를 얻고 싶었다. 아이들이 나타샤보다도 그녀가 데려간 고양이와 헤어진 슬픔에 더 마음 아파했다는 게 떠올랐다.

그래, 고양이를 찾아야겠어. 지금 당장.

새로운 애완동물을 함께 고르는 게 아이들과의 관계에 도움이 될 것이다. 문득 친구가 자기 페이스북에 올렸던 벵골고양이가 생각났다. 그리고 다시 그 사진을 검색해본 순간 내가 찾아야 할 종이라는 걸 깨달았다.

곧바로 크림색과 캐러멜색이 섞인 작은 점박이 표범을 찾기 시작했다. 구글에서 몇 시간을 보낸 뒤 내가 사는 지역의 몇몇 사육자 연락처를 찾았고, 그 새끼 고양이의 분양가가 최소한 1200달러라는 사실을 알게 되었다. 조금 더 알아보니, 다행히 어미 고양이는 보통 200달러 미만에 입양이 가능했다. 그래, 이 정도는 감당할 수 있어.

장 뤽에게 이 얘기를 하자 엘비르와 의논해보라고 했다. 드디어 여자 대 여자로 말할 거리가 생겼다. 그렇게 우리는 서로 친해질 수 있겠지.

나는 엘비르에게 프랑스어 이메일을 썼다.

애묘가 엘비르는 이미 벵골고양이에 대해 알고 있었다. 장 뤽만 허락한다면 크리스마스 선물로 벵골고양이를 갖고 싶다고 말했다. 엘비르와 나는 여러 번 이메일을 주고받으면서 여러 사육자를 한 명 한 명 검토했다.

몇 주 뒤, 나는 장 뤽의 집에서 두 시간 거리에 있는 보르도 지방의 한 사육자를 찾았다. 수컷 두 마리, 암컷 두 마리, 모두 네 마리의 새끼 고양이가 있었다. 나는 장 뤽에게 그 사육자에게 전화해서 정보를 더 얻은 다음 다시 내게 전화해달라고 했다.

몇 분 뒤 전화벨이 울렸다.

"분양가가 얼마래?"

내가 걱정스러워하며 물었다.

"900유로래."

젠장, 세상에서 제일 비싼 고양이를 찾았나 보다.

"장 뤽, 전에 말했잖아. 200달러만 주면 여기서 조금 나이 든 고양이를 입양할 수 있다고."

"그러게. 그런데 아이들이 새끼 고양이를 원해."

"한 살짜리라 거의 새끼 고양이나 다름없는데…."

"엘비르가 암컷 새끼 고양이를 직접 고르고 싶대. 너와 이야기를 나눈 후에는 다른 종이 눈에 들어오지도 않나 봐."

당연하지. 벵골고양이는 고양이계의 록스타이니까.

"미안해."

"허니, 제발 사과하지 마. 걱정하지도 말고. 나한테 좋은 생각이 있어. 아이들도 벌써 찬성했고."

나는 손톱을 물어뜯으며 그의 해결 방안을 경청했다. 아이들과 장 뤽, 그리고 내가 고양이 분양비를 나누어 내는 것이다. 아이들은 저금한 돈에서 각자 150유로씩 내기로 했고, 장 뤽이 900유로의 절반을 내기로 했다. 그러니까 나는 150유로만 내면 된다.

"좋아, 고마워."

내가 말했다. 그러자 신이 난 장 뤽이 농담을 했다.

"나는 늘 고양이는 공짜라고 생각했어. 길거리 아무 데서나 볼 수 있잖아."

장 뤽의 웃음소리가 나의 침묵과 충돌했다. 그러자 그의 목소리가 심각해졌다.

"저기, 사만다, 어려우면 내가 네 몫까지 낼게. 그렇지만 나는 네가 참여하고 싶어 할 거라 생각해서…."

"당연히 참여해야지. 이 고양이는 내 아이디어였는걸. 잠깐 딴생각을 하고 있었어."

왜 고양이는 말해가지고. 입을 쥐어뜯고 싶었다.

며칠 뒤, 엘비르는 이메일로 고양이 이름을 뭘로 지을지 물어왔다. 최근 엘비르가 스테파니 메이어의 〈트와일라잇〉 시리즈에 흠뻑 빠진 것을 아는 터라 벨라를 제안했다. 모두 마음에 들어했다.

그 벵골고양이는 벨라라는 이름에 걸맞게 예뻤다. 비싸긴 했지만 두 아이들만큼이나 나도 좋았다. 그리고 사춘기 호르몬을 마구 뿜어대는 엘비르와 벽을 허물었다는 게 무엇보다 기뻤다.

이튿날 아침, 장 뤽이 놀라운 소식을 전해주었다. 고양이 얘기가 아니라 나타샤와의 이혼이 드디어 마무리됐다는 소식이었다. 드라마는 끝났다. 우리는 새로운 미래, 무진장 비싼 고양이를 가진 행복한 다문화 가정을 시작하면 된다.

장 뤽의 이혼이 마무리되자, 내 인생을 바로잡아야겠다는 열망이 불끈 치솟았다. 이제 문제점들을 모두 파헤쳐 하나씩 제거해야 한다. 여태껏 피하기만 했지만, 이젠 미식축구 수비수처럼 정면으로 맞서 크게 한 방 먹여야지.

먼저, 파산법 제7장이 나에게 구원이 될 수 있는지 알아보기 위해 파산 전문 변호사를 만나야겠다. 내 빚을 어느 누구에게도 떠넘기고 싶지 않았다. 장 뤽에게도, 부모님에게도, 그 누구에게도. 그다음, 팔 수 있는 건 전부 팔아야겠다. 산타모니카 몬태나 거리의 어느 보석 가게에 '금 삽니다'라는 간판이 걸려 있던데, 당장 그리로 가봐야겠다.

가게는 반짝반짝 빛나는 다이아몬드와 함께 아름다운 보석들로 가득한 멋진 곳이었다. 검은 진열대 위에 놓인 반지들에 눈길이 갔다. 안 돼, 여기에 사러 온 게 아냐. 팔러 온 거지.

가게 주인은 내 결혼반지들을 찬찬히 살펴보았다. 주인은 30대 중반쯤 되어 보이는 젊은 남자로, 대부분의 LA 남자들처럼 펑키한 차림새였다. 그는 반지들을 저울에 달았다.

"반지 두 개에 1500달러 드리겠습니다."

내가 제대로 들은 건지 의심스러웠다. 수비수한테 배를 한 대 얻어 맞은 느낌이었다. 주저앉아서 토하고 아이처럼 울고 싶은 심정이었다.

"네에? 뭐라구요?"

"우선, 이 다이아몬드는 물방울 모양이잖아요. 그런데 요즘은 아무도 물방울 모양의 반지를 찾지 않습니다. 목걸이로 만들지 않는 이상 전혀 쓸모가 없어요. 둘째, 여기 이가 나갔어요."

그는 다이아몬드 꼭지를 가리켰다.

"이렇게 되면 갈아야 하는데, 비용이 몇백 달러나 들뿐더러 크기도 작아지죠. 백금 세팅은 무게로만 가격을 칩니다. 손님은 손가락이 가늘어서….”

그가 말을 멈추었다. 내 눈에서 솟구치는 눈물을 봤나 보다.

“도대체 얼마에 팔 생각이었어요?”

내 입에서 말이 줄줄 나왔다.

“내 전남편은 그 다이아몬드 반지를 만 8천 달러에 샀다고 했어요.”

“그렇게는 절대 안 됩니다.”

보석 가게 주인이 어색하게 웃었다.

“상태가 좋아야 하는데, 이건 별로예요. 소매가요? 3천이나 4천 달러 받으면 다행이죠.”

“4천 달러면 돼요. 4천 달러에 팔게요. 백금 가격은 따로 쳐주시고요.”

“손님, 저는 도매가로 사지 소매가로 사지 않습니다. 그리고 말씀드렸다시피, 아무도 물방울 모양의 다이아몬드를 사지 않아요.”

다리에서 힘이 빠졌다. 보석 가게 주인이 동정 어린 미소를 지으며 말을 이었다.

“정 그렇다면… 저 반지들을 눈여겨보시는 것 같던데, 교환 판매를 하신다면 잘 쳐드릴게요.”

나는 멍해진 머리를 흔들어댔다. 새 결혼반지를 사자고 헌 반지를 팔 수는 없었다. 우리가 결혼 얘기를 했고 모든 게 그렇게 흘러가고는 있지만, 장 뤽은 아직 정식으로 청혼하지도 않았다.

"아뇨. 그건 나쁜 업보가 될 거예요."

"그저 돈일 뿐입니다. 손님 마음 편하시게 제가 손님 반지를 사서 돈을 드리고, 그 돈으로 다른 반지를 사시면 되는 거죠."

지금 농담하니? 나는 그를 노려보며 쏘아붙였다.

"그게 무슨 차이가 있나요?"

"손님 마음대로 하세요. 그 정도면 정말 잘 쳐드리는 겁니다. 잘 생각해보세요."

그는 내게 반지들을 돌려주었다.

"그럴게요."

나는 그곳을 나왔다. 차 시동을 걸려고 열쇠를 꽂는 내 손이 마구 떨렸다. 그 후로 보석 가게를 세 군데나 더 돌았지만 모두 비슷한 가격을 제시했다. 패닉 상태에 빠졌다. 말이 씨가 된다더니, 정말 가진 거라곤 걸치고 있는 옷밖에 없었다.

엄마가 몇 년 전 함께 일한 앤티크 판매 담당자를 만나보라고 해서 나는 그녀에게 전화를 했다. 그녀는 반지뿐 아니라 몇 년 동안 처분하려고 했던 은도금 티세트도 팔 수 있도록 도와주겠다고 했다. 내가 프랑스에서 그 티세트로 티파티를 열 일은 없을 테니까. 나는 꾹 참으며 그녀의 설명을 들었는데, 그녀도 모두 합쳐서 5천 달러 정도에 팔 수 있을 거라고 했다. 본래 가격의 35퍼센트도 안 되는 액수였다. 하지만 별 도리가 없어서 그러겠다고 했다.

이제는 파산 전문 변호사를 찾아야 했다. 중고차를 파는 겉만 번

드르르한 세일즈맨처럼 보이지 않고, 파산에 필요한 모든 소송을 특별 가격 795달러에 해주겠다고 선전하지 않고, 교통사고를 당한 이들에게 소송을 걸자고 꼬드기지 않을 법한 변호사를 찾느라 오랜 시간 웹사이트를 뒤졌다. 그런 끝에 드디어 나는 가족법까지 다루는 섀넌 슈가라는 이름의 변호사를 선임했다.

그녀에게 내 상황을 전부 설명하고 처참한 내 재정 상태를 점검한 다음, 무슨 문제는 없는지 물었다.

"글쎄요. 당신의 재정 상태는 극빈자 수준에 가까워요. 수입도 거의 없고요. 그렇지만 파산 신청이 될 거라고는 장담할 수 없어요."

"알겠어요."

나는 극빈자였구나. 젠장.

"모든 사안에 대해서는 이미 말씀드렸으니 다 아실 테고."

그래, 나는 내 자랑이었던 신용 점수를 망가뜨렸다는 걸 안다. 그래, 채무를 면제받지 않아도 될 기회가 있었다는 것을 안다. 그래, 내 재정 상태가 새 약점이 될 거라는 것도 안다. 그래, 파산 신청은 시작해서 끝날 때까지 3개월쯤 걸린다는 것도 안다. 그래, 내다 판 반지 값으로 변호사 비용을 대고 나면 쥐꼬리만큼만 남는다는 것도 안다. 그래, 이 사안들을 다 알고 있다.

"언제 소송하고 싶으세요?"

섀넌이 물었다.

언제 소송하고 싶냐니, 그건 적절한 표현이 아니었다. 난들 이러고 싶었을까. 제정신이 박힌 사람이라면 어느 누구도 이러고 싶지 않을 것이다. 나는 비꼬고 싶은 마음이 굴뚝같았지만 꾹 참았다.

"앞으로 몇 달 동안 일이 어떻게 되어가는지 지켜보고 싶어요. 상황이 바뀌지 않으면 새해에 곧바로 소송을 시작해야죠."

"그때까지는 신용카드를 쓰지 마세요. 카드 값도 갚지 마시고요."

나는 빚더미 속에서 허우적대고 있었다. 그러니 그럴 수밖에.

다섯 번째 편지
1989년 8월 13일, 파리

내 사랑,

벌써 다섯 번째 편지야. 신이 세상을 창조할 때 일곱 날이 필요했듯, 너와 세계 창조만큼이나 대단한 일을 하려면 일곱 통 이상의 편지를 써야겠지? 나는 지금도 변함없이 너를 생각해. 네가 파리를 떠난 뒤 아무 소식도 듣지 못했어. 왠지 걱정이 돼.

사만다, 네가 잠시 잠깐 내 인생을 스쳐 간 별똥별이라 해도, 나는 우리가 함께했던 시간을 보석처럼 소중히 간직할 거야. 물론 이 별똥별이 사라지지 않기를 바라지.

네가 다시 파리로 돌아오면 좋겠어. 네가 너무 그리워.

이 편지를 부치고 난 후 나는 분명 걱정을 할 거야. 감정을 마구 쏟아놓는 나를 네가 불편해할까 봐. 하지만 내 머리가, 내 가슴이 자꾸만 너에게 말을 걸라고 시켜. 내가 네게 느낀 감정을 너도 느꼈다면 우리는 마음을 터놓아야 해.

기차역에서 기차를 보거든 절대 놓치지 마. 그게 마지막 기차일

지도 모르니까. 나도 내 인생을 걸고 놓치지 않을게.

오늘밤 여기에 네가 있다면 부드럽게 안아줄 텐데. 빨리 답장해 줘. 네 소식이 듣고 싶어.

여전히 당신의,

장 뤽

나의 장미 도시

지난 몇 달 동안 직장을 구하기 위해 할 만큼은 다 해봤다. 구직 사이트란 사이트는 다 뒤졌고, 여기저기 수도 없이 이력서를 보냈다. 구직 담당자도 못살게 굴었지만 무시만 당했다. 프리랜서 일자리는 아예 나지도 않았다. 일자리가 없었다. 이따금 밤새 개를 맡아 주는 일이나 산책시키는 일 말고는….

개 두 마리, 말 한 마리, 셔틀랜드종 조랑말 한 마리를 돌보며 눈알 빠지고 팔다리 없는 낡은 인형들이 있는 손님방에서 자는 동안 이런 생각을 했다. 적어도 이 일을 하면 고양이를 분양받을 때 내야 할 내 몫은 마련할 수 있겠구나. 그래도 걱정되었다. 나타샤와 장 뤽의 결혼 생활은 아이들과 그녀의 관계 때문에 틀어진 것이었다. 아이들이 나를 좋아하지 않으면 어쩌지?

곧 알게 되겠지.

12월 19일이 되었고, 나는 다시 프랑스에 갔다. 장 뤽이 내게로 달려와 힘껏 껴안고 뜨거운 키스를 퍼부었다. 장 뤽 뒤에 서 있던 막상스와 엘비르가 미국에서 온 이상한 사람, 낯선 여자, 그러니까 바로 나를 쳐다보고 있었다.

엘비르는 하늘하늘한 꽃 같았다. 하얀 얼굴과 파란색의 큼직한 고양이 눈, 창백한 피부와 극명하게 대조되는 적갈색 머리칼을 가진 엘비르는 무척 호리호리했다. 막상스는 엘비르와 정반대였다. 키는 작지만 딴딴해 보였고 얼굴은 가무잡잡했으며 눈은 초록빛이 도는 파란색에 머리칼은 모래 빛깔이 도는 갈색이었다. 두 아이 모두 아빠를 닮아서 입술이 예뻤다.

나타샤는 집을 나가면서 끔찍한 괴물 같은 두 아이를 사랑할 사람은 절대 못 찾을 거라고 장담했단다. 그러나, 크리스마스 무렵이라 그런지 모르겠지만, 내게는 아이들이 작은 천사들처럼 보였다. 끔찍한 구석이라곤 전혀 찾아볼 수 없었다.

"직접 보니 훨씬 예쁘구나!"

내가 프랑스어로 이렇게 말하자, 엘비르 얼굴에 환한 미소가 번졌다. 우리는 서로의 볼에 키스했고, 덤으로 나는 그녀를 꽉 껴안아 주었다. 막상스에게는 예쁘다는 말 대신 잘생겼다고 말했다. 엘비르와 막상스는 서로 눈길을 주고받은 다음 나를 바라보았다. 나는 아이들 생각을 알 것도 같았다. 과연 아빠 말만큼 내가 괜찮은 사람인지 헷갈리는 거겠지.

장 뤽이 내 가방을 받아들었다.

"집으로 가도 될까?"

가도 되겠느냐니. 어떤 집인지 보고 싶어 죽겠는데.

"별로 볼품은 없지만 어쩔 수 없어. 집을 얼른 사야 했거든. 아이들 엄마가 죽은 직후여서."

장 뤽이 아이들을 힐끔 바라보며 말했다.

"상관없어."

"손볼 데도 많아."

"내가 도울게."

모든 걸 다 직접 수리하는 남자, 장 뤽이 페인트칠해야 하는 현관 벽과 배관 공사 실패로 샤워실에 난 구멍 따위의 몇몇 '문제점'을 벌써 귀띔해준 뒤라 그리 놀랄 건 없겠지 싶었다.

"샘, 네 부모님 집과는 완전히 딴판이야."

"알아. 벌써 봤어."

그의 눈이 동그래졌다.

"구글 어스로 봤어. 작은 앞마당이 있는 크림색 타운하우스로, 녹색 울타리가 있는 이층집, 맞지?"

"어떻게 그걸…."

"네가 보내준 소포에 주소가 적혀 있었거든. 구글 어스로 찾아봤고."

장 뤽은 내 호기심을 익히 잘 알고 있었다. 그걸 그는 '염탐'이라 했고 나는 '연구'라 했다. 그리고 적어도 나는 스파이 같은 내 행동에 대해 솔직했다.

"이런 깜찍한 스파이가 다 있나. 무척이나 바쁜 아가씨로군."

인터넷상으로 한 번 봤던 곳이라 그런지, 그의 집이 가까워질수록 창밖 풍경이 친숙하게 느껴졌다. 우리 차를 보며 사납게 짖어대는 포메라니안을 데리고 산책하는 여자가 있었다. 나는 친근함의 표시로 손을 들어 올렸다. 그녀는 나를 한번 쓱 바라보더니, 개를 거의 잡아끌다시피 하며 걸음을 재촉했다.

장 뤽이 웃었다.

"여기 사람들은 미국 사람들만큼 친절하지 않아. 뭐랄까, 좀 내성적이라고 해야 하나."

그가 주차장에 차를 대자마자 차에서 뛰어내린 아이들이 녹색 철문이 달린 흰색 타운하우스로 달려갔다. 작은 앞마당에는 잡초가 무성했지만 못 본 척했다.

"이 집을 집답게 꾸미려면 너의 예술적인 감각이 필요해."

장 뤽이 열쇠를 꺼내며 말했다.

"나타샤는 아무것도 안 했어?"

"응, 전부 내가 했어. 집안일도 다 했지. 요리하고, 청소하고, 장 보고, 꾸미고. 전부 다 했어."

"하지만 나타샤는 일하지 않았잖아?"

"계약직으로 한동안 일을 했어. 계약이 끝나자 실업수당을 받았고. 도대체 그 돈을 어디에다 썼는지는 모르겠지만 생활비를 낸 적은 한 번도 없었지. 내가 좀 내라고 하면 소리 지르며 울었어."

"나타샤가 전화한 적은 있어?"

"2주 전에 이혼 판결이 난 뒤로는 통화한 적 없어. 용건이 있으면 이메일로 연락해."

"나타샤가 아이들하고는 연락해?"

"전혀."

나는 못마땅해서 씩씩거렸다.

장 뤽이 문을 열었다. 나는 대형 스크린 TV와 검은 가죽 소파, 바퀴 달린 커피 테이블이 놓인 '남성 취향'의 인테리어를 예상하고 있었다. 그러나 도움이 필요하다는 것은 장 뤽의 엄살이었다. 확실히 여성의 손길이 필요하긴 했지만, 장 뤽의 인테리어 솜씨도 제법 훌륭했다.

거실 한쪽 벽면에는 내추럴 컬러의 갈포 벽지를 발랐고, 다른 벽면에는 연한 베이지색으로 페인트칠을 했다. 다이닝룸 테이블은 의자 네 개가 딸린 아시아 스타일의 짙은 색 원목가구였으며, 한 세트를 이루는 사이드보드 위에는 TV가 있었다. 이케아에서 구입한 초콜릿 브라운색 소파는 네 명이 앉아도 될 만큼 큼직했다. 실내는 좁지만 아늑했다. 러그, 그림, 쿠션, 양초 같은 소품들로 다양한 색감을 더해주면 그만일 것 같았다. 구석에는 조그만 크리스마스트리가 놓여 있었다. 네 가지 색의 전구가 애처로운 가지에 걸려 있었고, 색색의 꽃띠 몇 개도 둘러져 있었다. 그가 애쓴 흔적이었다.

"이 집을 샀을 때는 거의 폐가나 다름없었어. 그때 네가 봤어야 하는데. 정말 엉망이었지. 아이들이 오기 전에 살 곳을 마련해야 했는데, 시간이 2주밖에 없어서 서둘러 찾은 집이야. 고맙게도 동생이 많이 도와줬어."

소나무 캐비닛이 서 있고 바닥에 흑백 체크무늬 타일이 깔린 작은 주방을 살짝 훔쳐보았다. 모든 게 흠잡을 데 없었다. 장 뤽이 차고 문을 열자 우묵하게 들어간 곳에 작은 세탁실이 보였다.

그가 건조기를 가리켰다.

"널 위해 새로 샀어. 메리 크리스마스! 나의 미국 공주님."

"너는 너무 로맨틱해."

내가 말했다.

그는 그 예쁜 입술로 능글맞은 웃음을 지었다.

"샘. 보여줄 게 또 있어."

그가 나를 이층으로 안내할 때 또 어떤 게 나를 기다리고 있을지 궁금했다.

장 뤽은 이층으로 향하는 계단통과 그 입구를 벽돌 모양의 타일로 발랐는데, 층계참에서 작업이 중단된 상태였다. 작업 중인 벽은 석고판 그대로였다. 그는 맨 벽을 가리키며 어깨를 으쓱했다.

"페인트칠을 해야 하는데 그럴 시간이 없었어. 이참에 당신이 페인트 색을 골라주면 좋겠어."

나는 고개를 끄덕였다.

"집을 정말 잘 꾸몄네. 자랑해도 될 정도로."

"고마워. 어쨌든 완벽하진 않지만 며칠만 더 하면 끝마칠 수 있을 거야."

해바라기의 연노란색 벽지를 바른 엘비르의 방은 〈트와일라잇〉 포스터로 도배되어 있었다. 방에는 침대, 책장, 서랍장, 유리로 된 책상이 있었다. 사탕 껍질, 종잇조각, 옷 따위가 널려 있는 바닥은, 한마디로 10대의 난장판이었다. 장 뤽이 머리를 흔들었다.

"치우라고 했지만 말을 듣지 않아."

그는 "엘비르, 이리 와서 네 방 좀 치워!"라고 소리쳤다.

돌아오는 대답은 "2초만"이었다.

2초라…. 엘비르만 했을 때 내가 어땠는지가 떠올라 웃음이 났다. 아이들은 프랑스에 있건 미국에 있건 짐바브웨에 있건 다 똑같다.

나는 검은 머리를 짧게 자른 여자와 함께 환히 웃고 있는, 한참 어릴 적 엘비르의 사진을 집어 들었다. 여자의 파란색 고양이 눈은 엘비르의 눈과 똑같았다. 분홍색과 파란색 색종이가 두 모녀의 몸을 뒤덮고 있었다.

"나타샤는 엘비르에게 그 사진 좀 치워달라고 했는데, 너도 싫어?"

사진 자체가 싫은 것은 아니었다. 뭐라 표현하기 힘든 감정, 질투가 아니라 의식이라고 해야 하나. 아무튼 유령의 얼굴을 보고 있는 듯한 느낌이었다.

"나타샤는 죽은 엄마에 대한 엘비르의 추억과 경쟁하려 했나 보다."

"아니. 나타샤는 내 관심을 놓고 엘비르와 경쟁했어."

그는 나에게 키스하며 고쳐 말했다.

"앞으론 다 잘 될 거야."

장 뤽은 파란색으로 도배한 막상스의 방으로 나를 안내했다. 엘비르의 방과 달리 막상스의 방은 깨끗하게 정돈되어 있었다. 수집하는 트레이딩 카드는 책상 위에 차곡차곡 잘 쌓여 있었다. 옷도 다 치워놓았고, 장난감도 잘 정리돼 있었다. 우리 부모님이 막상스에게 생일 선물로 주라고 장 뤽에게 딸려 보낸 파란 로봇이 눈에 띄자 미소가 지어졌다. 네이비블루 담요 밑으로는 회색 코끼리 코가 툭 튀어나와 있었다.

"저건 두두야. 막상스가 아기일 때부터 갖고 있던 거지."

"응."

또 다른 과거의 조각. 하지만 이제는 염탐 그만하자고 스스로에게 다짐했다. 장 뤽과 아이들에 대해 알아야 할 건 벌써 다 알고 있었다.

"보여줄 게 더 있어."

커다란 창가에 있는 발코니로 나를 이끌면서 장 뤽이 말했다.

"너만의 옷장이 필요할 거라 생각했어. 내가 직접 바닥을 깔고 벽을 세웠지. 네가 할 일은 붙박이 옷장을 고르는 거야."

그가 자랑스레 미소 지었다.

행복에 겨워 심장이 마구 뛰었다.

그다음으로 간 곳은 달랑 침대 하나, 서랍장 하나만 있는 널찍한 침실이었다.

"피곤해 보여. 내가 저녁을 준비하는 동안 좀 쉬어."

그가 내 코에 키스하며 말했다.

나는 단잠에 취해 이튿날이 되어서야 눈을 떴다. 나를 따뜻하게 바라보던 장 뤽이 속삭였다.

"여기서 살 수 있겠어?"

나는 그의 가슴을 쓰다듬으며 답했다.

"벌써 내 집 같은걸."

아침을 먹은 우리는 아이들과 함께 크리스마스 장터로 갔다. 붉은 빛의 벽돌 건물들 때문에 '장미 도시'라는 이름이 붙은 툴루즈는 프랑스 항공우주산업의 중심지였다. 그래서 장 뤽이 여기에 사는 것이다. 하얀 눈에 덮인 장미 도시를 보는 건 아주 드문 일이라는 장 뤽의 얘기에 나는 무지 흥분되었다.

부츠, 반코트, 모자, 목도리로 중무장한 우리는 부모들이 아이들의 플라스틱 썰매를 끌어주는 눈 덮인 공원과 살얼음이 낀 미디 운하를 지나 20분을 달려서 툴루즈의 중심인 시청에 도착했다. 철제

발코니와 목각 문이 달린 아름다운 건물들 사이의 좁다란 길을 오르내린 끝에 우리는 드디어 최종 목적지에 도착했다.

널따란 광장은 옷과 신발부터 향신료, 해산물, 소시지에 이르기까지 없는 것 없이 다 파는 작은 통나무 가게들로 꽉 차 있었다. 거대한 벽돌과 석회석으로 만든 가판대는 아름다운 조각들로 장식한 신고전주의 건물들을 향해 있었다. 크리스마스 장터 주변으로 노천 카페들도 즐비했다.

"장이 끝나면 광장은 텅 비어. 가끔 공연이나 다른 이벤트가 열리기도 하지. 오른쪽 끝에는 극장이 있고. 오페라 좋아해?"

아이들은 빨리 장터로 가고 싶어 신음 소리를 냈다. 나는 웃으며 대답했다.

"좋아해."

"무슨 작품이 제일 좋아?"

"나비 부인."

"언제 다 같이 보러 가자."

"좋지."

아이들이 앞서 달려나갔다. 장 뤽은 내게 팔을 둘렀다. 우리는 아이들이 구경하는 모습을 지켜보며 뒤따라갔다.

우리는 모든 광경, 모든 냄새, 모든 소리를 즐기면서 남녀노소 사이를 한가로이 거닐었다. 코끝에 냉기만 살짝 전해주는 바람이 솔솔 불었다. 막상스와 엘비르는 봉봉 가게로 달려가 사탕을 보며 군

침을 삼켰다. 장 뤽은 아이들에게 각각 몇 유로씩 쥐여주었다. 아이들이 시럽을 듬뿍 묻혀 반짝반짝 빛나는 과일, 그러니까 복숭아, 사과, 딸기를 살까? 아니면 초콜릿을 살까?

"사만다, 향신료를 넣은 와인 마셔볼래? 여기 특산물이거든."

내가 열심히 고개를 끄덕이자 그는 자신감 넘치는 모습으로 1미터쯤 떨어진 좌판으로 걸어갔다. 나는 가게 주인과 웃고 떠드는 그를 바라보았다. 어쩜 저렇게 친화력이 좋을까. 그는 모든 사람을 다 웃게 만들었다.

뱅쇼가 담긴 종이컵에서는 크리스마스의 향기가 났다. 한 모금 마셨더니 목이 따스해졌다. 진짜 맛있다. 입술에 반짝이는 설탕 가루를 묻힌 아이들이 돌아와 다 함께 걸었다.

"크리스마스 장터가 마음에 들어?"

장 뤽이 물었다.

마음에 드냐고? 좋아서 미칠 지경이었다. 나는 갓 구운 빵 냄새와 일 년 중 이맘때 나는 계피와 너트맥 향을 무진장 좋아한다. 어떤 가게 주인들은 산타클로스 모자를 쓰고 프랑스 크리스마스 캐럴을 불러댔다. 축제 분위기였다. 이제는 이런 낯설고 새로운 상황이 처음 도착했을 때만큼 겁나지 않았다.

막상스가 내 소맷자락을 잡아당겼다.

"저기 봐요! 아기 돼지가 있어요!"

정말 조그만 새끼 돼지가 작은 박스 안에서 꽥꽥거리며 뱅글뱅

글 돌고 있었다. 새된 돼지 울음소리에 비둘기 떼가 하늘로 날아올랐다. 가게 주인은 여러 종류의 사탕을 팔고 있었는데, 새끼 돼지는 어린 고객들을 끌려는 상술임에 틀림없었다.

나는 막상스를 내려다보며 웃었다.

"예쁜 아기 돼지 보러 가고 싶니?"

"저건 우리 저녁거리란다."

장 뤽이 말했다.

엘비르의 눈이 커지고 막상스의 웃음소리가 잦아들었다. 나는 장 뤽의 팔을 살짝 꼬집고 아이들에게 윙크했다.

"저녁으로 새끼 돼지를 먹진 않을 거야. 아빠가 농담한 거야!"

막상스는 돼지를 쓰다듬으려고 달려갔다. 장 뤽이 한쪽 팔은 내게, 다른 한쪽 팔은 엘비르에게 두르고 "나의 두 아가씨들"이라고 말했다. 나는 웃었고, 엘비르는 눈송이와 불신의 싹을 떨어내려는 듯 기다란 속눈썹을 깜빡였다.

얇은 이불처럼 지면을 덮은 새하얀 눈송이들이 우리의 발이 닿자마자 사르르 녹았다. 아이들이 눈을 동그랗게 뜨고 장 뤽을 따르는 모습을 보니 마음이 뿌듯했다. 터지기 일보 직전의 물풍선처럼 내 마음이 자부심으로 빵빵해졌다고나 할까. 꼭 동화 속 겨울 왕국 같았다. 나의 동화 나라.

이제 장 뤽의 친구들을 만나러 갈 시간이었다. 장 뤽이 시동을 걸고 클래식 시디를 틀자 아이들은 얼른 자기들 아이팟에 이어폰을 꽂았다.

"크리스티앙과 함께 일한 지 벌써 14년이 됐어. 크리스티앙과 그의 아내 기슬렝하고는 가족처럼 친하게 지내고 있지."

"그 사람들한테 나에 대해 뭐라고 말했어?"

내가 긴장하며 묻자 장 뤽이 웃으며 대답했다.

"샘, 걱정할 거 없어. 내가 널 사랑하는 만큼 그들도 널 좋아할 거야."

내가 지나치게 걱정이 많은 성격이긴 하지만, 솔직히 심하게 불안했다. 나는 최악의 상황을 떠올리며 두 손을 움켜쥐었다. 아이들이 장 뤽의 친구들에게 나를 견디지 못하겠다고 말하면 어쩌지? 내가 미국으로 돌아갈 때까지 참지 못하겠다고 말하면? 내가 빨대 대신에 또 오럴섹스를 부탁하면 어쩌지? 친구들이 내 유머 감각을 이해하지 못하는 꽉 막힌 사람들이면 또 어떡하고? 포토푀 드 라 메르가 나오면 그 맛을 씻어내기 위해 또 와인을 벌컥벌컥 마셔야 하나?

장 뤽이 초인종을 눌렀다. 문이 열렸다.

내 걱정은 쓸데없는 거였다. 전혀.

빛나는 파란 눈의 크리스티앙은 활짝 웃는 얼굴로 우리를 맞았다. 그도 장 뤽처럼 웃음을 전염시켰다. 영어는 몇 마디 못했지만, 나를 참 편안하게 해주었다. 짧은 금발의 기슬렝은 온화하고 유쾌한 얼굴에 오렌지 색깔의 펑키한 안경을 쓰고 있었다. 추측건대, 두 사람 모두 60대 초반 같았다. 어서 들어오라는 손동작으로 그들은 우리를 거실로 안내했다.

우리가 도착한 순간부터 그들은 미소를 멈추지 않았다. 우리는 식전 와인으로 스파클링 와인을 마셨고, 아이들은 마술 트릭 책을 보면서 저희끼리 재미나게 놀았다. 벽난로 앞에 앉아 치즈와 토르테를 먹으면서 우리는 언어의 장벽을 뛰어넘어 서로를 알려고 최선을 다했다. 내가 이해하지 못하면 장 뤽이 통역해주었다. 주방에서 일하는 기슬렝을 돕겠다고 내가 손짓 발짓으로 말하자, 그녀는 바로 거절했다.

저녁식사 때는 진한 풍미의 보르도 와인이 나왔다. 장 뤽은 우리의 1989년도 로맨스와 20년이 흐른 뒤 우리가 다시 만나게 된 사연, 앞으로의 결혼 계획을 말했다. 나는 프랑스어로는 과거와 현재 시제로밖에 말하지 못해 여기저기 계속 틀렸다. 그래도 내가 애쓴다는 걸 아는지 아무도 지적하지 않았다. 우리는 지난 인연, 즉 그와 나타샤, 나와 크리스 사이의 문제점들도 말했다.

우리가 얘기를 마치자 기슬렝이 눈물을 흘렸다.

"너무 힘들었겠지만 이제부터는 좋은 일만 생길 거예요."

기슬렝은 이렇게 말하고 나서 아이들을 향해 고개를 돌렸다.

"그리고 아이들도 행복할 거예요. 아이들한테도 한 조각 행복이 필요하거든요."

아이들이 나를 보고 웃고 있다는 걸 느낀 건 바로 그때였다. 나는 아이들이 목말라하던 한 조각 행복을 위해 고양이를 줄 필요가 없었다. 아이들이 갖고 싶었던 것은 사랑이었다.

저녁으로는 지역 특산물인 오리로 만든 다양한 요리가 나왔다. 전채 요리로 푸아그라가 나와 실컷 먹었다. 태어나서 처음 먹어보는 거였다. 정말 맛있었는데, 버터처럼 취급해서 좀 놀랐다. 그다음 메인 요리로 구운 감자를 곁들인 콩피 드 카나르, 그러니까 오리 다리 요리가 나왔다.

우리를 초대한 크리스티앙 부부는 연신 웃으며 음식이 입맛에 맞는지 물었다.

"환상적이에요!"

정말, 내 입맛에 딱 맞았다.

프랑스에서는 샐러드, 다양한 치즈, 신선한 과일이 없으면 디너 파티라고 할 수 없었다. 코스별로 줄줄이 음식이 나왔다. 디저트로는 둘이 먹다 하나가 죽어도 모를 만큼 맛있는, 설탕에 조린 키위와 딸기로 장식한 초콜릿 타르트를 먹었다.

식사를 마칠 무렵 나는 너무 배가 불렀고, 풍부한 향들 덕분에 어질어질했다. 그래선지 눈을 뜨고 있기조차 힘들 만큼 갑자기 피곤해졌고, 하품을 참느라 엄청 애썼다. 겨우 10시밖에 안 됐지만, 크리스마스 장터를 열심히 구경한 데다 시차까지 겹쳐서 마치 새벽 2시에 깨어 있는 느낌이었다. 장 뤽이 나를 보더니, 크리스티앙 부부에게 내가 바로 전날 밤 도착했기 때문에 얼른 집에 가서 쉬게 하는 게 좋을 것 같다고 설명했다.

"걱정 마! 다 이해하니까!"

크리스티앙 부부가 소리쳤다. 양 볼에 한바탕 굿바이 키스 광풍이 몰아쳤다.

차를 타고 장 뤽의 집으로 돌아오는 내내, 크리스티앙과 기슬렝은 정말 가족 같다고 생각했다. 그 멋진 부부와 겨우 몇 시간 함께했을 뿐인데도, 그들의 따듯함과 친절함 덕분에 프랑스로 건너와 산다는 게 전보다 훨씬 덜 두려웠다.

이건 꿈일 거야

크리스티앙과 기슬렝을 만날 때도 안절부절못했지만, 장 뤽의 여동생들을 만나러 갈 때 긴장한 것에 비하면 그건 아무것도 아니었다. 여동생들이란 모름지기 가족을 지키려 하는 수호자들 아니던가. 내 여동생처럼. 우리는 장 뤽보다 세 살 적은 첫째 여동생 이자벨의 집으로 아침 일찍 출발했다.

조수석에 앉아 또다시 축축해진 두 손을 꽉 움켜쥐었다. 툴루즈에서 마르세유까지는 차로 네 시간쯤 걸리는데, 한 시간쯤 지나자 뒷좌석에 앉은 아이들이 서로 싸우고 찌르고 때리고 소리치기 시작했다. 장 뤽은 아이들에게 당장 그만두지 않으면 새해부터 차 타는 일은 없을 거라고 말했다. 이 협박은 요술처럼 효과가 있었다. 이 말을 안 했으면 그는 갓길에 차를 세워야 했을 것이다.

장 뤽은 미국과 프랑스의 댄스 뮤직을 들려주는 라디오 방송을 틀었다. 엘비르와 나는 레이디 가가의 히트곡 〈포커페이스〉를 따라 불렀다. 장 뤽은 아주 못 견뎌 하더니 끝내 얼굴을 찌푸렸다.

“두 사람 노랫소리가 냄비를 두드리는 것보다 더 시끄러워.”

엘비르와 나는 개의치 않고 계속 노래를 불렀다. 막상스는 헤드폰을 썼고, 장 뤽은 한숨을 푹 내쉬었다.

세 시간 동안 목청껏 노래를 부르고 나니 이자벨의 집에 다 와 있었다. 나는 7년 동안 그녀의 파트너였던 리샤르, 이자벨의 두 아들인 열여덟 살의 막심과 스물세 살의 스티브, 그리고 스티브의 약혼녀인 로라와 인사했다. 그런 다음 장 뤽의 작은 여동생 뮈리엘과 그녀의 남편 알랭, 그리고 열두 살 난 아르노와 열여덟 살의 아나이스를 만났다. 두 마리 커다란 복서 레오와 주주, 그리고 회색 고양이 돌리도 곧 파티에 합류했다. 동물을 제외한 모든 사람들이 내 볼에 키스하고 서로 소개하는 데에만 30분이 넘게 걸렸다.

장 뤽의 두 여동생은 모두 눈이 부시도록 예뻤다. 뮈리엘은 긴 갈색 머리에 꼿꼿한 허리, 날씬하고 탄탄한 몸매의 소유자였다. 검은 머리 미인 이자벨은 글래머였는데, 그렇다고 뚱뚱한 것은 아니었다. 허리 사이즈가 아마 27인치쯤 되지 않을까. 두 자매 모두 뭐라 표현하기 힘든 프랑스인다운 태도를 지니고 있었다. 그 둘은 자연스러우면서도 세련되고 캐주얼하면서도 우아한 스타일로 잘 차려입었는데, 바로 거기에서 나오는 자신감 때문이 아닐까 싶었다.

나도 간단하지만 스타일 있게 검은 부츠, 청바지, 검은 스웨터, 검은 스카프를 하고 와서 그나마 다행이었다. 하지만 나는 어쩔 수 없는 외국인이었다. 게다가 여러 사람이 동시에 떠들어대는 바람에 프랑스어를 아예 알아들을 수가 없어 주눅이 들고 말았다.

이자벨과 뮈리엘은 내게 집을 구경시켜주었다. 먼저 거실에 있는, 웅장한 아기 예수의 탄생 장면을 표현한 테라코타 조각들을 보여주었다. 그중 일부는 프로방스의 인형이라 불리는 이 지역 제품들로, 프로방스의 다양한 인물들, 예를 들면 어부, 채소 노점상, 보헤미안 여자, 양들과 함께 있는 양치기를 밝은 파란색, 반짝이는 노란색, 선명한 녹색과 빨간색으로 칠하며 하나하나 손으로 만든 것이었다. 아름답게 정렬된 건물과 농장, 가게 들 안쪽으로 마을 사람들과 동물들이 서 있었다. 그리고 마리아, 요셉, 그리고 아기 예수가 천사들과 왕들과 더 많은 동물들에게 둘러싸여 있었다. 이자벨은 리샤르와 함께 몇 년째 이 인형들을 모으고 있다고 했다.

"멋져요!"

인정하건대, 장 뤽의 초라한 크리스마스트리를 보고 난 뒤여서, 다른 프랑스 사람들이 크리스마스를 요란하게 즐기는 걸 보고는 깜짝 놀랐다.

이자벨은 양해를 구하고 자리를 떴다가, 잠시 뒤 작은 박스를 가지고 왔다.

"열어봐요. 우리 가족이 환영하는 뜻에서 준비한 작은 선물이에요."

뮈리엘이 활짝 웃으며 말했다.

"시누이들 선물이죠."

박스를 열자 가늘고 매우 고전적인 은팔찌가 나왔다. 팔찌가 아주 예쁘기도 했지만, 이 두 여동생들의 따뜻한 마음과 모든 이들의 친절함에 더 감동받았다. 양 볼 키스 세례와 함께 나는 이 나라, 이 새 가족에게 환영받고 있었다.

"마음에 들어요?"

"너무, 너무, 너무 좋아요! 고마워요."

미국에 한 번도 가본 적 없는 두 여동생은 지금 당장, 가능하면 빨리 여행 계획을 짜고 싶다고 말했다. 장 뤽과 내 결혼식이 딱 알맞은 핑곗거리라나 뭐라나! 게다가 2주, 아니 3주간 머무를 생각이란다. 평생에 한 번뿐인 여행이 될 거라며!

응? 도대체 이게 무슨 소리지?

나는 조용히 장 뤽을 불러냈다.

"네 여동생들이 우리가 캘리포니아에서 결혼할 거라고 하던데, 그게 무슨 말이야?"

"저기… 드디어 미국을 방문할 구실이 생겼다며 다들 얼마나 좋아하는지…."

왠지 계획이 이상하게 돌아가는 것 같았다.

복도 저쪽에 있던 이자벨이 나를 보고 엄지손가락을 치켜들었다. 나는 어색하게 고개를 끄덕이며 웃었다. 신나게 떠들어대는 그들의 목소리는 흥분으로 들떠 있었다. 내 귀에 "라스베이거스!" "그리고 캘리포니아!" "그랜드캐니언!" "UFO가 자주 출몰하는 51구역!"

이라는 소리가 쏙쏙 꽂혔다. 나는 한숨을 내쉬었다.

“흠… 저 사람들 꿈을 깰 수가 없네.”

“허니, 네가 여기서 결혼하고 싶으면 그렇게 하자. 걔들 때문에 네 마음을 바꾸지는 마.”

그는 고개짓으로 여동생들을 가리켰다. 그들은 여전히 신나게 웃고 있었다.

“어쩌겠어, 저렇게들 좋아하는데. 나 대신 내 동생이 성에서 결혼하면 돼.”

나는 가방에서 아이터치를 꺼내 달력을 열었다.

“너는 언제가 좋은지….”

말을 꺼내기가 무섭게 장 뤽이 말했다.

“사무실이 7월 말에 2주 동안 쉬어. 거기에다 며칠 더 휴가를 쓸 계획이야.”

잠깐만. 장 뤽이 아직 청혼도 하지 않았는데 결혼식에 대해 상의하다니.

“하지만 아직 나한테 청혼도 하지 않았잖아….”

뮈리엘이 내가 한마디 더 하기 전에 장 뤽을 불렀다. 나는 ‘저녁식사’와 ‘도와줘’라는 단어만 겨우 알아들었다. 그 외에 무슨 말이 오갔는지 궁금해서 장 뤽을 쳐다보자, 그는 손가락 하나를 세우며 소스 맛을 담당해야 한다고 말했다.

저녁식사 내내 열한 쌍의 눈동자가 나만 바라보았다. 이자벨이

"아기는 가질 건가요?"라고 물었다. 왠지 모르겠지만 나는 그녀가 '아기'라는 단어 앞에 '끔찍한'이라는 형용사를 쓸 거라 기대했는데 그러지 않았다. 그녀는 좌불안석인 나를 지켜보며 얼굴 가득 웃음을 머금었다.

"얘기를 해봤는데…."

나는 방울토마토를 포크로 찌르며 말했다. 그러다 방울토마토가 터져버려 노란 씨들이 줄줄 흘러나왔다.

"지금은 때가 아닌 것 같아요."

대화가 조금 불편해졌다. 나는 와인을 마셨다. 불행하게도, 모든 시선이 여전히 내게 꽂혀 있었다. 어리벙벙한 표정의 리샤르가 내게 몸을 구부려 잔을 채워주었다.

"언제? 언제 애를 갖고 싶은데요?"

뮈리엘이 물었다.

"결혼한 다음에요. 우리는 7월을 기다리고 있어요."

내 프랑스어 실력을 최대한으로 발휘해 말했다. 그런데 두 여동생과 리샤르, 알랭, 스티브, 막심, 그리고 장 뤽이 폭소를 터뜨렸다. 이자벨은 배꼽을 잡았다. 뮈리엘은 아예 나를 쳐다보지도 못했다.

심장이 쿵쿵 뛰어서 나는 장 뤽을 돌아봤다.

"왜? 뭐가 그렇게 웃긴 건데?"

"허니, 네가 방금 막 오르가슴을 느끼길 기다리고 있다고 말했어."

"아니, 아니, 아니, 난 그렇게 말하지 않았어. 7월까지는 안 된다고 한 거야. 7월까지는!"

나는 혼란스러움에 눈이 휘둥그레졌다. 사람들 웃음소리는 더 커졌다. 이젠 눈물까지 흘리고 있었다. 웃다 지쳤는지 헉헉대고 피식대다가 코를 훌쩍였다. 나는 얼굴을 찌푸렸다.

장 뤽이 내 손을 꼭 잡았다.

"샘, 긴장할 필요 없어. 우리 모두가 널 좋아해."

주위를 돌아보았다. 열한 쌍의 눈동자가 장 뤽의 말에 동의한다는 듯 따뜻하게 빛났다.

이튿날 아침, 비가 오려는지 먹구름이 잔뜩 끼고 바람이 강하게 불었다. 이런 날씨에도 불구하고 우리는 지중해 끝자락에 있는 장 뤽의 고향 라시오타로 향했다. 고속도로를 20분쯤 달려 모퉁이를 돌자 라시오타의 옆 마을, 바닷가 휴양지로 유명한 카시스가 눈에 들어왔다. 궂은 날씨 덕택에 멋진 풍경의 색감이 더더욱 선명해져서 아주 멋졌다. 녹색을 배경으로 노란색, 연어색, 주황색 건물들이 서 있는 이 마을은 칼랑크라 불리는 아늑한 만에 둘러싸여 있었다.

"아아아아, 고향의 냄새!"

장 뤽이 창문을 내리면서 말했다.

바다 내음과 축축한 흙 냄새를 풍기는 공기가 매우 신선했다. 우리는 발밑으로 바다가 펼쳐지는 아슬아슬한 바위 계곡과 절벽 길을 달려 라시오타로 향했다. 무서우면서도 아름다운 지중해에 거센 파도가 흰 포말을 일으켰다.

"이런 곳에서 자라서 참 좋았겠다."

"그럼."

장 뤽은 고개를 끄덕이며 절벽을 가리켰다.

"여기가 유럽의 꼭대기야. 고향을 떠날 필요가 없었는데. 유럽 전역에서 소녀들이 오니까…."

그는 혼자 실실 웃었다.

"차에 아이들도 있거든."

장 뤽은 눈웃음을 지었고 나는 어이가 없어 눈알을 굴렸다.

라시오타는 아담하면서 멋진 이웃 마을 카시스보다 훨씬 더 넓고 바위도 많았지만, 그래도 아름다웠다. 마을을 차로 지나치면서 우리는 관광객을 상대로 하는 수많은 식당과 가게를 보았다. 라시오타는 세계 최초로 영화를 상영한, 세계에서 가장 오래된 에덴 극장이 있는 곳으로도 유명했다.

"부모님을 뵈러 가기 전에 시간이 좀 있으니 잠깐 카페에 들렀다 갑시다."

장 뤽이 말했다. 이 말은 우리가 정확한 시각에 도착해야지 일찍 도착하면 안 된다는 뜻이었다.

바닷가 공터에 차를 세워두고 자갈길을 걷다가 찻집을 찾았다.

우리는 일본의 영향을 받은 게 분명한 다양한 찻주전자를 늘어놓은 진열대 옆, 좌석이 네 개인 테이블에 앉았다. 아이들은 소다 두 잔과 쿠키를 주문했고, 장 뤽과 나는 차를 골랐다. 주문하자마자 장 뤽은 자기 지갑을 펼쳤다. 현금이 하나도 없었다. 그러나 내가 돈을 건네기도 전에 장 뤽은 아이들과 나를 남겨두고 벌떡 일어섰다.

"찻값을 낼 생각일랑 하지도 마, 샘. 금방 돌아올게."

"어디 가는 거야, 아빠?"

엘비르가 물었다. 나는 손을 들어 엄지를 검지와 중지에 대고 비볐다. 국제적으로 통용되는 손동작, 돈이라는 뜻이었다. 엘비르는 알겠다며 고개를 끄덕였다.

갑자기 밖에서 요란한 음악 소리와 웃음소리가 들렸다. 아이들이 나를 쳐다봤다. 나는 고개를 끄덕였다. 우리는 거대한 크리스마스트리와 장난감 병정, 눈송이로 분장한 채 죽마를 타는 사람들을 보러 밖으로 나갔다. 산타클로스 모자를 쓴 남자들은 호른, 드럼, 트롬본 같은 악기들을 연주했고, 엘프 의상을 입은 여자들은 춤을 추었다. 나는 그 광경을 비디오카메라에 담느라 바빴다.

웃음소리와 걸어다니는 크리스마스트리로 가득 찬 광장 분위기는 축제 그 이상이었다. 밝은 노란색 공과 반짝이는 장식, 커다란 빨간 리본이 주렁주렁 달린 통통한 크리스마스트리가 막상스에게 달려왔다. 한쪽 입꼬리만 올린 막상스의 미소는 "이따위에는 관심 없어"라고 말하는 게 분명했지만, 눈웃음은 오히려 그 반대의 말을 했다. 그 뒤를 이어 흰색과 빨간색 줄무늬 바지를 입은 장난감 병정 하나가 겅중겅중 다가와 손을 허리에 얹고 엘비르를 내려다보았다. 그는 달리처럼 돌돌 만 검은 콧수염과는 대조적으로 얼굴을 새하얗게 칠했다. 그의 빨간 옷과 어릿광대 모자에는 커다란 공들이 달려 있었다. 그가 엘비르의 적갈색 머리를 부드럽게 빗어 올리며 눈을 우스꽝스럽게 크게 떴다. 엘비르는 웃음부터 터뜨렸다. 죽마를 탄 그 남자는 손가락을 바르르 떨면서 엘비르를 뒤쫓는 시늉을 했다.

장 뤽이 내 뒤로 걸어왔다.

"여기서 뭐해?"

"남프랑스의 크리스마스는 항상 이렇게 신나?"

나는 하도 웃어서 볼까지 욱신거렸다.

"당연하지!"

장 뤽이 따뜻하게 웃으며 답했다.

장 뤽의 부모님이 사는 아파트는 많이 낡아 보였고, 내 기대와 달리 프랑스다운 매력이라곤 찾아볼 수 없는 박스형 건물이었다. 장 뤽이 급하게 골랐다는 집이 훨씬 더 프랑스적이고 아름다웠다.

"아버지는 조선소에서 근무하셨어. 그런데 부동산에 투자하는 걸 참 싫어하셨지. 일은 열심히 하셨지만, 버는 족족 다 움켜쥐고 계셨어. 지금은 라시오타 부동산 가격이 천정부지로 치솟은 바람에 여기 원주민들은 집을 사고 싶어도 살 수가 없어. 부유한 파리 사람들이나 살 수 있지."

그가 설명했다.

나는 별일 아니라는듯 어깨를 으쓱했다.

"다른 사람들은 몰라도 나는 상관하지 않아. 부모님 뵐 생각에 두근거리기만 하는걸."

우리를 앞지른 아이들의 발소리가 복도에 울려 퍼졌다.

"엘리베이터는 없어?"

1989년 장 뤽의 파리 아파트를 떠올리며 내가 물었다.

"응."

"욕실은?"

장 뤽도 옛날 생각이 나는지 웃으며 말했다.

"당연히 있지. 지금은 중세가 아니니까."

한 번에 한 칸씩, 우리는 4층까지 걸어 올라갔다. 꼭대기에 도착하자 숨이 찼다. 복도 전등이 깜빡였다.

장 뤽의 동생 미셸이 문을 활짝 열어주었고, 우리는 햇살이 환하게 비치는 방 세 개짜리 아파트에 들어섰다. 미셸은 내 볼에 키스하며 "봉주르"라고 인사하고는 슬금슬금 자기 방으로 들어가 문을 닫았다. 그러자 장 뤽의 어머니가 성난 프랑스어로 뭐라고 소리쳤다.

장 뤽이 속삭였다.

"어머니가 미셸의 행동에 당황하셨나 봐."

나는 어머니를 향해 손을 흔들었다.

"아녜요, 괜찮아요."

장 뤽이 미셸은 수줍음을 잘 탄다고 미리 귀띔해주었기 때문에 나는 전혀 기분이 상하지 않았다.

장 뤽의 아버지 앙드레는 흰 솜털 머리와 갈색 눈동자, 장난스러운 미소를 지니고 있었다. 일흔여섯이라는 나이에도 불구하고 멋지고 건강했으며 활기가 넘쳐 보였다. 장 뤽의 어머니 마르셀은 장 뤽이 말한 것처럼 녹색 눈이 아름다운 매우 아담한 여인이었다. 장 뤽의 묘한 눈동자 색은 부모님의 눈동자 색이 고루 섞인 것이었다.

어머니는 예상보다 더 힘차게 나를 껴안아주며 내 얼굴을 잡고 뺨에 키스했다. "우리 집에 온 걸 환영해요"라고 말하고 나서도 몇 번 더 키스해주었다. 벌써 반은 프랑스인이 된 기분이었다. 키스는 이제 충분히 마스터했으니 회화 실력만 키우면 될 텐데.

나는 숨 돌릴 틈도 없이 다음 일정을 소화해야 했다. 장 뤽의 불알친구인 질과 그의 아내 나탈리가 클로드·다니엘 부부와 함께 우리를 저녁식사에 초대했다. 하지만 나는 장 뤽이 들려준 질 이야기 때문에 좀 두려웠다. 질은 대단히 짓궂은 친구였다. 왠지 골치 아픈 일을 겪을 것만 같았다.

"전에 질과 얘기를 나눴는데, 아주 재미난 이야기를 해주더군."

나는 듣는 둥 마는 둥 했지만 그는 빙그레 웃으며 계속 말했다.

"내가 나타샤와 결혼하던 날, 질은 내 가족 몇몇과 함께 그 결혼이 얼마나 갈지 내기를 했대. 반은 6개월도 못 간다에 걸었고, 나머지 반은 1년에 걸었대."

나는 그의 가족과 친구들이 우리 등 뒤에서 무슨 말을 할지 궁금했다. 벌써 무슨 내기를 한 건 아닐까?

장 뤽이 엄지손가락으로 내 손등을 쓰다듬었다. 불안해 보였다. 나한테 말하지 못한 게 있나? 아니면 딴생각을 하나? 나는 그를 향해 몸을 돌려 앉았다.

"왜 그래?"

그가 목청을 가다듬었다.

"나타샤와의 이혼이 순조로웠던 이유는, 결혼하기 전 서류에 서명을 받아놓았기 때문이야."

"이혼할 때 재산 분할에 대한 혼전합의서 같은 거?"

그가 고개를 끄덕였다.

"나는 결혼을 하면 나타샤가 변할 거라고 생각했어. 결혼이 주는 안정감이라는 게 있잖아. 그러나 그녀는 좋아지지 않았어. 오히려 더 나빠졌지."

"나는 당신이 원하는 거에 뭐든 서명할게."

"이 점이 바로 우리한테 그런 합의서가 필요 없다고 생각하는 이유야. 우리는 결혼하면 잘 살 거야."

"그래서, 우리가 결혼을 하긴 하는 거야?"

"물론이지."

장 뤽이 말했다.

"하지만…."

"자, 다 왔어."

장 뤽이 말했다.

우리는 크고 모던하며 풀장까지 갖춘 질의 집 앞에 차를 세웠다. 현관문이 열리고 질이 나왔다. 큰 눈의 질은 영화 〈샤이닝〉에 나오는 잭 니컬슨 같았다. 나는 한 발짝 뒤로 물러섰지만, 질은 내 어깨를 잡아끌어 볼에다 키스했다. 그러고는 나를 들어 올려 빙글빙글 돌린 다음 내려놓았다.

"헬로우, 샘! 어서 와요! 어서 들어가 샴페인을 듭시다! 오늘 밤, 당신들의 결혼을 앞당겨 축하해야죠!"

거실로 안내하면서 질은 장 뤽의 엉덩이를 한 대 쳤다. 나는 킥킥거리며 그 뒤를 따라갔다. 멋지게 차려입은 나탈리가 곁눈질을 하며 주방에서 나왔다. 우리는 티 나지 않게 서로를 훑어보았다. 내가 본 대부분의 프랑스 여자들처럼 나탈리도 마스카라, 파운데이션, 볼터치, 립글로스만 살짝 발랐다. 그녀의 연회색 스웨이드 부츠가 눈에 확 들어왔다. 아주 멋졌다.

그녀가 내 볼에 키스했다.

"안녕, 사만다. 만나서 반가워요."

그런 다음 클로드와 스물다섯 살 난 그의 아내 다니엘을 소개받았다. 우리는 모던한 갈색 소파에 앉았다. 나탈리가 식전 와인과 매콤한 치즈 조각을 내왔다. 질은 셔츠 주머니에서 카메라를 꺼냈다.

"우리 모두 그 이유를 알고 싶어요. 왜 미국 남자들 다 놔두고, 프랑스 남자들 다 놔두고, 왜 전 세계 남자들 다 놔두고 장 뤽을 택한 겁니까?"

거실은 웃음소리로 떠나갈 듯했다. 질은 미친 듯이 웃어대면서도 계속 내 사진을 찍었다. 잠자코 앉아 있던 나는 어색해 죽을 판이었고, 장 뤽은 혀를 찼다. 나탈리와 다니엘은 어깨를 으쓱했다. 30년 넘게 알고 지내온 친구들이 만나면 으레 벌어지는 일이겠거니 하고 이해했다.

"말해봐요. 이유가 뭔가요?"

"장 뤽 같은 사람은 처음 봐요. 그래서 그를 사랑해요."

질의 웃음소리가 메아리쳤다. 그는 팔을 휘휘 내젓더니 "샘, 우리는 당신이 이 순간만큼은 진지하기를 바랍니다. 왜 장 뤽과 결혼하려고 하나요?"라고 다시 물었다.

나는 샴페인을 한 모금 삼켰다. 까짓것 얘기가 흘러가는 대로, 나를 놀림감 삼아 이 상황에 대처해보지, 뭐. 나는 왼손을 내보이며 말했다.

"결혼이요? 장 뤽은 아직 내게 청혼하지도 않았어요. 허전한 내 손가락에 반지가 없다고요. 보이죠? 사탕 반지건 플라스틱 반지건 전혀 상관없는데."

빙고.

질과 클로드는 큰 충격을 받았다는 듯이 말을 멈추고 두 손으로 입을 틀어막았다. 다니엘과 나탈리는 킥킥거렸다. 장 뤽은 한숨을 내쉬었고.

"제길, 장 뤽!"

질이 한 손으로는 카메라를 잡고 다른 한 손으로는 바닥을 가리켰다.

"얼른 이리 내려와서 한쪽 무릎만 꿇고 당장 청혼해!"

여자들은 기대감에 두 손을 맞잡았다. 클로드가 장 뤽을 소파에서 끌어냈다. 그렇게 해서 장 뤽은 갑자기 내 앞에 한쪽 무릎을 꿇게 됐다. 그의 친구들이 "어서 해! 어서 해! 어서 해!" 합창을 했다. 질은 계속 사진을 찍느라 바빴다.

이윽고 장 뤽이 내 손을 잡고 말했다.

"사만다, 내 아내가 되어주겠어?"

나는 대답하려고 입을 벌렸지만, 거실을 가득 채운 탄성에 밀려 아무 말도 하지 못했다. 질은 파파라치처럼 사진을 찍어대면서 말했다.

"너무 약하잖아. 다시 한 번!"

장 뤽이 한숨을 내쉬었다.

"사만다, 내 사랑, 당신은 나에게 이 세상에 하나뿐인 여자입니다. 찬란한 나의 빛, 내 정원에서 가장 아름다운 장미. 당신과 결혼하는 영광을 누려도 될까요?"

"썩 훌륭하지는 않지만… 그 정도면 쓸 만해."

질은 이렇게 말하고 나서 내 어깨를 쿡 찔렀다.

"대답 안 할 거예요? 나 쳐다보지 마세요. 난 이미 임자 있는 몸이니까."

나는 장 뤽의 눈을 바라보았다. 그리고 천천히 입을 열었다.

"네, 결혼하겠어요."

이번에는 질과 클로드, 다니엘, 나탈리가 "키스해! 키스해! 키스해! 키스해!"라고 합창을 했다. 그래서 우리는 키스했다.

"결혼식은 어디서 할 거야?"

나탈리가 물었다.

장 뤽과 나는 동시에 대답했다.

"캘리포니아에서."

크리스마스 선물

우리는 질과 나탈리의 집에서 또 오리고기를 배불리 먹은 다음, 이자벨과 리샤르의 집으로 돌아와 침대에 앉았다. 콩피 드 카나르를 조금만 더 먹으면 저절로 꽥꽥 소리가 나올 것만 같았다. 침대에 앉은 채 부츠를 벗어던지는데, 장 뤽이 가방에서 동그란 박스를 꺼내는 게 보였다. 박스에는 모부생이란 이름이 새겨져 있었다. 그가 뚜껑을 열었다. 자잘한 다이아몬드로 둘러싸인 커다란, 정말 커다란 정사각형의 연분홍빛 자수정이 박힌 백금 반지가 빛을 뿜어냈다. 나는 숨이 막혔다. 바로 당신의 미치광이, 그 반지였다.

"오늘 밤에 청혼할 생각은 아니었는데 어쩌다 보니 상황이 이렇게 돼버렸네. 또 내일은 크리스마스이브여서…. 언제건 무슨 상관이겠어? 네가 벌써 예스라고 했는데."

장 뤽은 그 반지를 내 왼손 손가락에 조심스레 끼워주었다.

나는 아무 말도 할 수 없었다. 그 반지를 들여다보고 있자니 울컥했다.

"반지가 플라스틱이어도 상관없다는 건 농담 아니었는데…."

장 뤽을 올려다보는 내 눈에서 눈물이 쏟아져 뺨을 타고 줄줄 흘러내렸다. 나는 그의 목에 팔을 두르고 키스했다. 그의 손이 내 등을 어루만졌다.

"반지가 있건 없건, 널 정말 많이 사랑해. 그런데 이 반지는 정말로 특별해."

"맞아. 특별해."

나는 내 손가락에서 빛나는 핑크빛 사탕을 웃으며 바라보았다. 우리는 결혼을 향한 절차를 착착 밟고 있었다.

"우리 아빠한테 결혼을 허락해달라고 공식적으로 말해줘. 아빠가 많이 좋아하실 거야."

"지금 당장 아버님께 전화하자고."

"더 좋은 생각이 있어. 우리 라이브로 해. 제시카와 할머니도 집에 와 있으니까 이 소식을 알리기에 딱 좋은 타이밍이야."

나는 내 노트북을 꺼내 모니터가 켜질 때까지 초조하게 기다렸다가 스카이프에 접속했다. 부모님 컴퓨터는 접속 중인 것으로 떴고, 신호가 한 번 가자마자 엄마가 응답했다.

"안녕, 샘!"

"엄마, 비디오를 켜고 아빠랑 제시카를 불러줘."

엄마가 소리쳤다.

"토니, 제시카! 얼른 이리 와! 샘이 프랑스에서 전화했어!"

할머니의 떨리는 목소리가 멀리서 들려왔다.

"안녕, 샘! 보고 싶구나."

비디오 스크린이 뜨고, 엄마의 웃는 얼굴이 화면에 꽉 찼다.

할머니는 엄마 뒤에 있었다.

"안녕, 할머니. 나도 보고 싶어요!"

나는 장 뤽이 화면에 나오도록 고개를 옆으로 기울였다.

"할머니, 이 사람이 장 뤽이에요."

"처음 뵙겠습니다, 도티. 말씀 많이 들었어요."

"만나서 반가워요, 장 뤽."

할머니는 이렇게 말하면서 혼란스러운 표정을 지었다.

"아직 만난 건 아닌가? 아무튼 나는 하루빨리 직접 보고 싶군요."

온 가족이 컴퓨터 모니터에 둘러앉아 이 얘기 저 얘기를 나누었다. 나는 카메라에다 내 왼손을 가져다 댔다. 엄마와 할머니, 제시카가 동시에 소리를 질렀다.

"어머나, 세상에!"

"축하한다!"

"와아아!"

여자들의 감탄이 한바탕 휩쓸고 지나간 뒤 나는 장 뤽의 옆구리를 찔렀다. 그가 허리를 쭉 펴자 머리가 화면 밖으로 나갔다. 나는 모니터를 조정해서 그가 남자 대 남자로 아빠와 대면할 수 있게 했다.

"안녕하십니까, 토니. 따님과의 결혼을 허락해주십시오."

아빠 눈이 반짝이는 것을 보니 장 뤽의 이 요청이 무척 마음에 들었나 보다. 내가 시킨 티가 났는데도 말이다.

"당연히…."

아빠가 이렇게 운을 떼기 무섭게 말이 잘렸다. 여자들이 "제발 샘을 데려가!"라고 소리 쳤기 때문이다.

스카이프를 끊기 전 엄마는 프로방스의 크리스마스는 어떤지 물었다. 그래서 나는 노트북을 들고 아래층으로 내려가 엄마에게 크리스마스트리와 인형들을 보여주었다. 그 김에 내 여동생과 엄마, 할머니를 이자벨, 리샤르, 막심, 스티브, 그리고 스티브의 약혼녀 로라에게 소개했다. 그들은 활짝 웃으며 서로에게 손을 흔들었다.

곧 모니터가 어두워진 뒤, 나는 트레이시의 휴대폰으로 전화를 걸었다.

"어이, 메리 크리스마스!"

그녀가 말했다.

"그래, 너도! 참, 정식으로 했어."

"뭘?"

"장 뤽과 약혼했다구!"

"와, 축하해! 정말 좋다, 얘! 그런데 너… 프랑스에서 결혼할 거지?"

나는 한숨을 푹 내쉬고 결혼 장소가 캘리포니아로 결정된 사연을 읊었다.

포에버21에서 산 라벤더 빛깔의 반짝이가 달린 회색 스웨터를 좋아했지만, 이제 나는 스물한 살도 아니고 더 이상 맞지도 않아서 엘비르에게 주었다. 엘비르는 살짝 웃으며 고맙다고 말한 뒤 금세 그 스웨터로 갈아입고 와, 욕실에서 화장하는 내 모습을 지켜보았다.

엘비르가 고개를 한쪽으로 갸웃했다.

나는 절로 웃음이 나왔다. 음, 알겠다. 엘비르의 인생에는 여자 어른이 필요한 거야. 그래, 그거였어. 오, 하느님! 바로 지금이 유대감을 쌓을 수 있는 절호의 기회군요.

"화장 좀 살짝 해볼래?"

엘비르가 열심히 고개를 끄덕였다.

나는 자연스러운 색상을 골랐다. 갈색 아이라인 약간, 크림색 아이섀도 살짝, 볼터치 조금, 그리고 마스카라. 내가 립글로스를 건네주자 엘비르는 그걸 바르는 것으로 화장을 마무리했다. 엘비르의 살짝 튀어나온 아래턱마저도 예뻐 보였다.

함께 아래층으로 내려갔다. 막심과 스티브가 엘비르를 보자마자 짓궂은 야유를 보냈다.

"그만해!"

부끄러워 얼굴이 빨개진 엘비르가 막심을 때렸다.

"너의 어린 딸은 지금 한창 자라는 중이야."

나는 소파에 앉은 장 뤽 옆으로 가서 말했다. 그는 끄응, 신음 소리를 냈다.

"엘비르가 커서 제발 나처럼 되지 않았으면 좋겠어."

"무슨 말이야?"

장 뤽이 물었다.

"우리 가족은 나를 얼른 치우지 못해 난리잖아."

그때 "여러분, 다들 식사하러 오세요"라는 소리가 들렸다.

크리스마스이브의 저녁 식사였다. 장 뤽은 내 팔을 잡고 다이닝룸으로 데려가면서 속삭였다.

"너를 잡았으니 절대 놓치지 않을 거야."

"잘됐네."

내가 말했다.

"난 반품이 안 되거든."

뮈리엘의 남편 알랭이 메인 코스인 멧돼지 요리를 내왔다. 몇몇은 감사 기도를 드렸다. 내 생각은 딴 곳에 가 있었다. 어떻게 하면 걸쭉한 회색 소스를 뿌린 이 야생 사냥감을 다른 사람의 기분을 상하지 않게 하면서 안 먹을 수 있을까. 이 식탁에 앉은 사람들, 곧 내 가족이 될 열두 명의 프랑스인들은 주야장천 대화가 끊이지 않았는데, 나는 이 생동감 넘치는 빠른 대화에 낄 수 없었다. 다시 말하지만, 나는 한마디도 알아들을 수 없었다.

장 뤽이 멧돼지고기 한 조각을 내 접시 위에 올려놓았다. 머리가 어지럽고 속이 뒤틀렸다. 포크로 연골 부분을 찌를 때, 속으로 욕지기가 나서 괴로웠다. 장 뤽이 걸쭉한 소스 한 숟가락을 고기 위에 뿌려주었다. 나는 침을 꿀꺽 삼켰다.

"나 이거 못 먹을 것 같아."

"맛있을 거야. 알랭이 직접 잡은 거니까."

이 말은 전혀 도움이 되지 않았다.

"그런데 이 회색 소스는 뭐야?"

"아, 이거 진짜 맛있는 소스야. 피로 만들었거든!"

피… 피라고? 울고 싶었다. 내 접시 위에 놓인 불쌍한 돼지처럼 나도 통구이가 된 기분이었다. 나는 좌절감에 소리 지르고 싶은 걸 애써 참고 있는데, 다른 사람들은 모두 웃고 떠들고 있었다. 그들이 웃으면 웃을수록 기분이 묘해졌다. 불안감이 내 머리를 잠식했다. 이 생활, 이 세계는 여전히 나의 생활, 나의 세계와 너무 달랐다.

나는 반지를 보았다. 그러자 정신이 들었다. 새로운 생활? 새로운 언어? 새로운 나라? 그리고 나를 껌 한 통과 바꿀지도 모르는 두 아이들? 음, 껌 한 통은 너무했다. 뭐, 고양이 정도?

"허니, 왜 그래?"

장 뤽이 물었다.

"이거 못 먹겠어."

내가 속삭였다. 그러자 장 뤽이 따뜻하게 말했다.

"안 먹어도 돼, 달링."

장 뤽은 내 접시 위의 고깃덩어리를 가져다 자기 접시 위에 놓았다. 겁먹은 아이의 상처에 입맞춤해주는 것 같은 이 단순한 행동에 나는 한결 기분이 좋아졌다.

그동안 나는 내 인생 전체가 뒤바뀔 것에 대한 두려움을 그에게 다 말했다. 장 뤽은 내 두려움을 이해했다. 그래서 그와 함께라면 어떤 힘든 상황이라도 극복할 수 있을 것 같았다. 결국 그의 옛 편지들 때문에 내 인생을 바꿀 결심을 했는데 뭐가 두렵겠는가? 새로운 것을 시도하는 일? 어차피 지금 모든 것이 다 나에게는 새로운데, 뭐. 이런 생각 끝에 나는 용기를 내어, 피로 만든 소스가 묻은 멧돼지고기 한 조각을 먹어봤다. 그리 나쁘지 않았다.

그날 밤 나는 크리스마스이브의 아이들처럼 들떠서 잠자리에 들었다. 나의 진정한 크리스마스 선물은 이 아름다운 약혼반지도, 거칠고 열정적인 섹스도, 곧 우리가 데리러 갈 눈 돌아가게 비싼 고양이도, 빨래 건조기도 아니었다.

바로 장 뤽과 두 아이들이었다.

"너에게는 모든 게 몹시 낯설다는 거 잘 알아. 그래서 더 고마워."

장 뤽이 내 목덜미에 키스하며 말했다.

"내 인생을 너와 함께하게 돼서 정말 행복해. 우린 함께 잘 헤쳐나갈 거야."

엄마는 장 뤽과 나, 아이들에게 각각의 이니셜을 새긴 녹색과 빨간색 벨벳 크리스마스 양말을 사주었다. 나는 아이들 양말에다 사탕, 티셔츠, 게임기뿐 아니라 엘비르 양말에는 립글로스를, 막상스 양말에는 일회용 타투 같은 재미난 것들을 잔뜩 채워넣었다. 아이들은 양말 속에서 선물이 계속 나오자 좋아서 어쩔 줄 몰라 했다.

장 뤽에게 줄 크리스마스 선물은 티셔츠나 플라스틱통에 든 막대사탕 모양의 초콜릿보다는 좀 더 고급스러운 것이었다. 장 뤽은 내가 준 새 시계를 차기 위해 얼른 낡은 시계를 풀었다.

"이 시계 얼마나 줬어?"

"비밀이야."

"샘…."

"장 뤽, 이건 몇 달 전 나한테 현금이 좀 있을 때 사둔 거야."

"너무 비싼 거야."

아니다. 그가 내게 사준 것에는 견줄 수조차 없었다.

"네가 스쿠버다이빙을 좋아하는 걸 알거든. 그래서 방수 기능이 있는 새 시계가 필요할 거라 생각했어."

나는 파산의 구렁텅이에 빠져 모든 걸 날리기 전, 그러니까 프랑스 여행에서 돌아오자마자, 수심 500미터까지 작동하는 스위스 아미 다이빙 시계를 샀다. 온라인에서 이 시계를 발견한 순간 장 뤽에게 사줘야겠다고 마음먹었다. 게다가 단종된 모델이라 세일 중이었다.

"아무튼 이건 세일 상품이었고, 나처럼 반품이 안 되는 거야."

"샘, 그래도 너무 비싼 시계야."

"이미 늦었어."

우리는 한동안 자신의 선물을 감상했다. 그러고 나서 장 뤽과 나는 아이들을 자동차로 30분 거리에 있는 외할머니 집에 데려다주었다. 아이들은 그곳에서 일주일간 머무를 예정이었다.

우리는 울타리가 쳐진 작은 벽돌집 앞에 차를 세웠다. 길 건너 빈터에서는 암탉과 수탉이 뛰어다니고 있었다. 검은색 얼룩 고양이가 다가오자 아이들은 얼른 우리 볼에 키스한 다음 가방을 들고 차에서 내렸다. 그러고는 현관문 밖에 가방을 내동댕이친 채 고양이에게로 달려갔다.

"아이들 외할머니한테 인사하고 올까?"

"아니야. 그 양반은 나를 싫어해. 딸이 죽은 게 내 탓이라고 여기거든."

"그게 왜 당신 잘못이야? 프레데리크는 암에 걸린 거잖아."

"그분이 그렇게 생각하는 걸 바꿀 도리가 없어."

짙은 회색 바지에 흰색 스웨터를 입은 백발의 여성이 집 밖으로 나왔다. 나는 손을 흔들었지만 그녀는 우리 쪽으로 눈길도 주지 않았다. 그녀는 아이들을 집 안으로 데려가면서도 한 번도 우리 쪽을 바라보거나 아는 척을 하지 않았다.

나는 침을 꿀꺽 삼켰다. 이것도 극복해야 할 난관이구나. 이 문제를 해결할 방법을 꼭 찾아봐야지.

장 뤽과 나는 그 주의 남은 시간을 프로방스 중심지에 있는 이자벨의 집에 머물렀다. 장 뤽은 다시 내 전용 가이드가 되어주었다. 우리는 마르세유, 엑상프로방스, 생레미드프로방스, 레보드프로방스의 고대 유적지와 성당, 요새를 방문했다.

새로운 생활을 기대하면서 나는 12월 31일을 눈이 빠지게 기다렸다. 질이 장 뤽과 나를 알프스에 있는 자기 별장으로 초대했기 때문이다. 모르긴 몰라도 "프로방스에서 크리스마스를 보낸 다음 알프스에서 스키를 타며 새해를 맞았지"라고 말하면 정말 멋져 보이긴 할 거다.

드디어 그날이 밝았다. 운전석에 앉은 장 뤽이 물었다.

"허니, 스키 탈 줄 알아?"

맨 처음 스키를 탄 건 트레이시 덕분이었다. 그전까지는 산에 올라간 적도 없었고, 얼음덩어리로 만든 위스콘신 남부의 인공 스키 코스도 본 적이 없었다. 트레이시는 스키 타는 법을 딱 2초만 가르쳐주고는 바로 리프트로 나를 데려갔는데, 뭣도 해보기도 전에 나는 리프트에 치여 넘어졌다. 내릴 때도 넘어졌다. 트레이시는 나를 언덕 꼭대기로 데려가서 "자, 내려가봐"라고 말했다. 그래서 하는 수 없이 내려갔다. "비켜요! 난 스키 탈 줄 몰라요!"라고 소리치면서. 일직선으로 내려오다 가볍게 점프하면서 다리가 벌어졌는데, 웬 불쌍한 남자와 부딪치는 바람에 겨우 멈췄다. 정상에서 트레이시는 거대한 눈보라밖에 못 봤다고 했다. 휙 나가떨어졌는데도 다행히 나는 다치지 않았다.

"스키 타는 거 좋아해. 그런데 야트막한 언덕부터 천천히 시작하고 싶어. 타본 지 워낙 오래돼서."

나는 트레이시와 한 번 더 스키를 타러 갔는데, 그때는 진짜로 무릎을 다쳐서 들것에 실려 산을 내려와야 했다. 그런 형편인데 다시 스키를 타도 되는 걸까? 차라리 별장에서 느긋하게 뜨거운 와인을 마시고 있는 편이 나을지도 모르겠다.

"스키복이 없는데 어떡하지?"

응급실에 가지 않으려 애쓰면서 내가 물었다.

"괜찮아. 나탈리와 나탈리 딸들이 네 것까지 준비했대."

"잘됐네."

눈앞의 풍경은 어느덧 산악지대로 바뀌었다. 하늘을 향해 치솟은 뾰족뾰족한 봉우리들은 헉 소리가 절로 나올 만큼 아름다웠다.

갑자기 눈이 세차게 퍼부었다. 눈보라까지는 아니었지만 눈앞이 제대로 보이지 않았다. 장 뤽은 평소처럼 침착하게 운전에 집중했다. 핸들을 잡은 장 뤽의 손마디에 힘이 들어갔다. 버스 한 대가 갓길에 세워져 있었다. 난간도 없었다. 까딱 잘못하면 우리는 산 밑으로 떨어지기 십상이었다. 안전한 곳에 닿을 때까지 나는 눈을 질끈 감았다. 그리고 기도했다.

오른쪽 언덕으로 스무 채 남짓한 나무 별장이 보이기 시작했다. 우리는 속도를 줄이고 좁은 길로 들어가 차를 세웠다. 차에서 내리기 전에 나는 엘비르의 겨울 부츠를 신었다.

"어떤 게 질의 별장이야?"

장 뤽이 어깨를 으쓱했다. 그는 재킷 주머니에서 휴대폰을 꺼내 번호를 누르고는 프랑스어로 빠르게 말했다. 그런 다음 경사가 가파른 작은 길 쪽으로 갔다.

"바로 저 뒤쪽이래. 질과는 10분 뒤 스낵바에서 만나자고 했어. 나탈리가 별장을 보여줄 거래."

한 발 한 발 조심스레 내디디며 맞은편으로 건너가자 연기 냄새가 진하게 풍겼다. 벽난로에서 마시멜로를 굽는 모양이었다. 나탈리가 김이 오르는 커피 잔을 들고 활짝 웃으며 현관에서 우리를 기다리고 있었다.

우리는 작은 거실과 부엌이 딸린 별장으로 들어갔다. 욕실은 커튼 뒤에 있었다. 질의 10대 딸들이 침대 몇 개와 화장실이 있는, 뻥 뚫린 아래층에서 자기로 했다. 나탈리가 작은 발코니가 딸린 이층 방을 가리키며 말했다.

"두 사람 방은 저 위쪽이에요. 자, 그럼 5분 뒤에 출발할게요."

나탈리는 내게 검은색 스키 바지, 흰색 스키 점퍼, 장갑, 모자, 두툼한 울 양말, 그리고 스키 고글을 주었다. 보아하니 난 여기에서도 꼼짝없이 스키를 타게 생겼다. 다리가 부러지더라도 말이다.

스낵바 문을 열고 들어서자 안에 있던 모든 사람들이 소리쳤다.

"아하, 그 사만다와 장 뤽이구먼."

파스티스를 5센티미터쯤 채운 잔 하나가 내 손에 쥐어졌다. 나는 키스와 포옹 세례를 받았다.

"축하해요!"

나는 이 사람들이 누군지 전혀 몰랐다. 그런데도 벌써 이들이 좋아졌다.

장 뤽이 내 귀에 속삭였다.

"질이 그러는데, 여기 있는 사람들 대부분이 와인 양조업자래. 몇 년째 계속 여기에 온다는군."

"와인 양조업자? 내가 좋아할 수밖에 없겠네."

하도 웃어서 볼이 얼얼했다.

파스티스 한 모금을 넘기자 따뜻하면서도 열렬한 환영에 마음이 뜨거워진 것만큼이나 목도 뜨거워졌다. 그런데 이제 스키를 타러 가야 한다.

불행히도 장 뤽은 "스키 타는 거 좋아해"를 "스키 탈 줄 알아"로 받아들였다. 결국 나는 제법 높은 곳에서 넘어져 머리를 찧고, 무릎을 다쳤다. 그러나 겨우 이 정도로 질과 나탈리, 와인 양조업자들과 밤늦도록 춤추는 걸 마다할 내가 아니었다.

자정이 되자 장 뤽이 잽싸게 내 입술에 키스했다. 프랑스에서는 새해가 되면 그 장소에 있는 모든 사람과 키스해야 한단다. 양조업자들은 프랑스 남부 스타일의 볼 키스를 선보였다. 오른쪽, 왼쪽, 오른쪽. 아니면 왼쪽, 오른쪽, 왼쪽, 이렇게. 우리가 막 약혼했다는 소문이 퍼지자 다들 우리에게 키스하고 싶어 했다. 장 뤽과 나는 새벽 3시가 되어서야 파티에서 빠져나와 간신히 우리만의 신년 축하를 나눴다.

이튿날 아침, 우리는 감사와 작별의 인사를 나눈 뒤, 외할머니 집에 있는 아이들을 데리러 일찌감치 출발했다. 아이들의 외삼촌 티에리, 그의 아내 크리스티나, 그리고 엘비르와 동갑인 토마, 막상스와 동갑인 마틸드 네 사람이 집 밖에서 우리를 맞아주어 깜짝 놀랐다. 장 뤽과 나는 차에서 내려 양 볼 키스 임무를 완수했다.

장 뤽은 한때 절친이었던 티에리를 통해 그의 여동생이었던 프레데리크와 만났다. 장 뤽이 자기 여동생과 헤어지자 그들의 우정에도 자연스레 금이 갔다. 그러나 적어도 티에리는 장 뤽에 대한 감정을 내비치려 하지 않았다. 이 남자들은 서로 머리숱이 줄어든다며 놀려댔다. 마지막으로 화기애애하게 웃으며 새해 인사를 나누고 헤어졌는데, 차에 올라타는 아이들의 표정이 심각했다.

막상스가 프랑스어로 뭐라고 재빨리 말하자 장 뤽의 눈빛도 어두워졌다.

"막상스가 뭐라고 했어?"

내가 물었다.

"외할머니와 삼촌이 당신과 나에 대해 놀렸다는군. 우리 집 현관에 회전문을 달아야겠다고. 어떤 여자가 들어오고 어떤 여자가 나가는지 지켜볼 수 있게 말이야."

"언젠가는 그분들도 알아주실 거야. 네가 아이들을 사랑한다는 걸. 그리고 이거 알아? 나도 아이들을 사랑해."

나는 그의 손을 꽉 잡았다.

"나는 떠나지 않을 거야. 그리고 회전문도 없앨 거고. 이제 우리는 진짜 가족이 될 거야."

사랑 하나면 다 끝날 줄 알았는데

LA에 있는 프랑스 영사는 행정상 우리가 프랑스에서 법적인 부부가 되면 프랑스 가족과 친구들이 말리부의 결혼식에 오기가 한결 쉬워질 거라고 했다. 프랑스에서 법적으로 인정하는 결혼은 시청에서 하는 것이다. 흔히들 교회에서 따로 결혼식을 올리지만 법적인 효력은 없다. 시청에서 결혼하려면 먼저 시청에 결혼 서류를 제출해야 한다. 그러면 시청에서 마을 전체가 다 볼 수 있게끔 혼인 공시라는 것을 유리창에 붙여놓는다. 이를테면 이 결혼을 반대할 앙심을 품은 전처나 전남편에 대비하도록 말이다. 중세를 떠올리게 하지만, 어쨌든 법이 그렇다. 서류 준비는 복잡했고 끝이 보이지 않았다.

우리는 제출해야 할 서류 목록을 받기 위해 파리에 도착하자마자 곧장 툴루즈 시청으로 향했다. 시청 호적계의 딱딱한 의자에 앉아서 우리 차례가 올 때까지 한참 기다렸다. 얼마나 기다렸을까. 갈색 머리에 눈동자 색이 짙은 통통한 여성이 집게손가락을 까딱까딱하면서 사무실로 들어오라고 했다. 우리가 들어서자 그녀는 책상에 앉은 채 의자에 앉으라는 몸짓을 했다. 장 뤽이 여기에 온 목적을 설명하는 동안 그녀는 호기심 어린 눈으로 그를 바라보더니, 알겠다는 듯 갈색 눈을 깜빡였다. 그녀는 폴더에서 주황색 종이 한 장을 꺼내 우리 앞에 놓으며 물었다.

"궁금한 점 있습니까?"

그러나 그녀의 눈은 입이 말하지 않은 것을 말하고 있었다. 당신은 뭐가 필요한지 이미 알 텐데요. 작년에도 여기 오지 않았나요? 우리가 나오려고 일어서자, 이 여자는 내 큼지막한 사탕 색깔의 반지를 슬쩍 보더니 장 뤽을 노려보았다.

장 뤽이 준비할 서류들은 간단했다. 출생증명서, 이혼판결서, 신분증명서, 거주증명서. 그런데 내 것은 좀 더 복잡했다. 장 뤽이 준비해야 하는 서류들도 다 준비해야 하는 데다가 공증 번역까지 해야 하고, 미재혼증명서와 관습증명서까지 제출해야 했다. 미재혼증명서는 내가 이혼한 뒤 재혼하지 않았다는 것을 증명하는 서류이고, 관습증명서는 미국 법에 따라 내가 결혼할 법적 자유가 있으며 이혼 후 재혼하지 않았음을 증명하는 법적 견해서다.

"아무래도 양쪽 서류를 준비할 변호사를 고용해야겠어."

장 뤽이 말했다.

"왜?"

"뭔가 복잡해질 것 같아서."

뭐, 시청에서 마뜩잖은 눈으로 장 뤽을 바라본 그 여자 때문이라면 찬성하겠다.

“참, 크리스한테는 우리 얘기했어?”

장 뤽이 물었다.

“아니, 아직. 나타샤한테는 말했어?”

“내 이메일과 전화를 받지 않아. 그녀는 상관하지 않을 거야. 그런데 당신은 크리스하고 아직도 이메일을 주고받지? 이제 그만두는 게 어때?”

“하지만 크리스와 내 관계는 좀 달라. 우리는 거의 12년을 함께했고….”

“샘, 지금 당신은 나와 함께 있어.”

“알았어. 크리스한테 말할게.”

대답은 이렇게 했지만, 전남편에게 나 행복하다고, 그래, 정말 행복하다고 어떻게 말해야 할지 참 난감했다.

장 뤽이 출근하고 아이들이 학교에 가 있는 동안 미국으로 돌아갔을 때 할 만한 프리랜서 디자인 일자리가 있는지 찾아봤다. 그러나 별 소득이 없었다. 코앞으로 닥친 결혼에 필요한 서류들을 모두 갖출 최선의 방법을 모색하기도 했다. 프랑스 영사관 웹사이트에 변호사 목록과 그들의 활동 지역이 실려 있었지만, 미국과 프랑스 두 나라에서 모두 활동하는 변호사를 찾기란 쉽지 않았다. 장 뤽과 나는 그의 서류를 함께 준비하면서, 내 서류는 미국으로 돌아가 따로 준비하는 게 낫겠다는 결론을 내렸다.

일주일이면 충분하지 않을까?

장 뤽은 내게 그와 아이들의 일상생활을 엿볼 수 있게 해주겠다고 약속했다. 때마침 휴가가 끝나서, 딱 내가 알고 싶었던 일상생활이 시작되었다. 장 뤽은 내게 오랜 시간 홀아비로 지내며 터득한 간단한 프랑스 요리를 가르쳐주었다. 우리는 호흡이 척척 잘 맞았다. 그가 크러스트와 라르동, 크렘 프레슈, 에르브 드 프로방스라는 이름의 작은 햄 조각과 디종 머스터드로 키시 만드는 방법을 꼼꼼히 알려주면 나는 그에게 와인을 건네며 고개를 끄덕였다. 무엇보다 그도 나만큼이나 요리하는 걸 좋아한다는 사실이 참 기뻤다.

한번은 장 뤽이 늦게까지 일하느라 나 혼자 저녁을 준비하고 있었는데, 엘비르와 막상스가 주방에 들어왔다.

"오늘 저녁으로 뭐 먹어요?"

아이들이 조금 걱정스러운 표정으로 물었다.

듣자 하니 나타샤가 마요네즈가 잔뜩 들어간 러시아 음식을 만들었는데, 아이들이 안 먹겠다고 하자 이게 또 나타샤를 열 받게 했다. 그녀는 울면서 자기 방으로 들어가 문을 쾅 닫고는 이튿날 아침까지 나오지 않았다고 한다. 그 뒤 나타샤는 아이들과 장 뤽에게 다시는 요리를 해주지 않았다.

"오늘 저녁으로는 '마그레 뒤 코나르magret du conard'를 먹을 거야."

나는 활짝 웃으며 말했다.

"코나르?"

막상스가 따라 했다.

"그래. 오리 가슴살 말이야. 이 요리 좋아하니?"

내 말에 아이들이 미친 듯이 웃어대기 시작했다. 엘비르가 꼬나르는 프랑스어로 '멍청이'라는 뜻이고 오리는 카나르canard라고 설명해줄 때까지 나는 아이들이 웃는 이유를 몰랐다. 이런 실수가 처음에는 창피하고 민망했지만, 좋은 점도 있었다. 막상스와 엘비르가 처음으로 나와 함께 실컷 웃었으니까.

밥과 프랑스 껍질콩을 곁들인 오리 요리를 놓고 나는 소파 쪽을 힐끔 보았다. 이 집을 집답게 만들려면 내 손길이 필요하겠는걸. 우선 색깔이 화려한 쿠션과 모포가 필요해. 거실 바닥에는 러그가 있어야겠고. 벽에다 그림도 좀 걸면 좋겠네. 내 안의 디자이너 본능이 고새를 못 참고 꿈틀댔다. 모든 게 다 실용적일 필요는 없지. 나는 미국에서 가져와야 할 물건 목록과 받고 싶은 결혼 선물 목록을 머릿속에 새겼다. 이를테면 접시와 어울리는 식기 세트, 탄탄한 냄비와 프라이팬, 서빙 그릇 같은 것들 말이다.

고맙게도 장 뤽은 내 의견에 찬성했다. 그는 집을 밝게 꾸미고 싶어 했지만 일이 워낙 바빠서 시간이 없었다. 나는 작은 것부터 시작하기로 하고, 시내로 나가 유리 촛대 두 개와 목각 쟁반처럼 세일 중인 장식 소품들을 골랐다.

집안일에 관해 이야기해보자면, 우선 빨래가 끝이 없었다. 방을 치우라고 하면 모든 걸 빨래통에 집어넣는 10대 초반의 딸 때문이다. 나도 저 나이 때는 그랬던 게 떠올랐다. 그래서 빨래 건조기를 사준 장 뤽이 정말 고마웠다.

금요일 밤에는 기본 식료품을 사러 슈퍼마켓에 갔고, 토요일 아침에는 싱싱한 과일과 채소를 사러 동네 시장에 갔다. 일요일에는 다 함께 청소를 했다. 정말이지, 내가 너무나 싫어하는 청소기 돌리기와 걸레질을 하는 남자를 바라보는 것보다 더 섹시한 일은 없으리라. 나는 주로 먼지 떨기와 정리를 맡았다.

아이들이 장 뤽의 말을 듣지 않거나 여느 아이들처럼 말대답을 할 때는 드라마가 펼쳐졌다. 그때마다 나는 그들의 말을 알아듣지 못하는 척했다. 내가 이들 생활에 좀 더 적응할 때까지는 거리를 두고 싶었다.

공고해져가는 이 프랑스-미국 가족에게 빠진 게 하나 있었다. 바로 우리의 새끼 고양이.

그래서 우리는 차를 타고 노래를 부르며 두 시간을 달려 보르도까지 가서 벨라를 데려왔다. 우리는 모두 벨라를 보자마자 사랑에 빠졌다. 아주아주 보드라운 털을 가진 벨라는 정말 예뻤다. 벨라는 요란한 엔진처럼 가르릉거렸다. 매끈하고 탄탄한 배에는 표범처럼 점박이 무늬가 있었고, 다리에는 호랑이 줄무늬가 있었다. 얼굴의 무늬는 항상 미소 짓는 듯한 인상을 주었다. 녹색과 노란색이 아름답게 섞인 왕방울만 한 눈은 똘똘하고도 신비스러워 보였다.

아이들은 흥분의 도가니에 빠졌다. 나도 마찬가지였다. 비록 세상에서 가장 비싼 고양이였지만, 이 고양이 덕택에 아이들과 내가 친해졌다는 사실은 값을 매길 수 없는 차원의 일이었다. 우리는 이제 정말 단란한 한 가족이 되어가고 있었다. 나는 믿을 수 없을 만큼 행복했다.

시간은 너무나 빨리 흘러갔다. 아이들과 이제 막 정이 들고 친해지려 하는데 떠날 때가 된 것이다. 공항에서 나는 장 뤽과 마주 보고 있었다. 그는 나와 조금이라도 더 오래 있고 싶다며 탑승 수속 줄에 섰다.

"하루빨리 그 사람한테 우리 얘기를 해야 해. 여전히 네 눈에서 죄의식이 느껴져."

장 뤽이 말하는 그 사람이란 바로 크리스다.

공항으로 떠나기 전에 크리스한테서 온 여러 통의 메시지를 열어본 게 실수였다. 그는 아이크의 건강이 얼마나 급격히 나빠지고 있는지 알려주었다. 그의 메시지들은 근심으로 꽉 차 있었다. 아이크를 더는 못 볼 것 같았던 내 직감이 맞았다.

"지금은 적절한 때가 아니야."

이미 상처받은 크리스에게 더 큰 상처를 주는 짓은 하고 싶지 않았다. 그러나 장 뤽과의 갈등도 피하고 싶었다.

"약속할게. 곧 그렇게 하겠다고."

"언제 얘기할 건데?"

“지금 당장은 안 돼. 아이크가….”

“아이크가 어떤 상태인지 알아. 하지만 그가 당신과의 관계를 유지하려고 아이크를 이용하고 있다는 생각도 들어.”

브리티시항공 데스크에 있는 여자가 내 이름을 불렀다. 탑승 수속을 하는 동안 장 뤽이 내 손을 꼭 쥐었다. 함께 있을 시간이 몇 분밖에 없었다. 즐거웠던 내 마음에 슬픔이 내려앉았다.

“샘, 네가 올바른 판단을 하리라 믿어. 여기 내 곁에는 네가 있어야 해. 꼭!”

장 뤽이 내 귀에 속삭였다.

“내가 할 수 있는 건 다 할게. 가능한 한 빨리.”

나는 내 문제들을 하나하나 해결할 수 있도록 현실을 조목조목 따져봤다. 먼저, 결혼식. 결혼을 승인받기 위해 프랑스 정부에 제출해야 할 결혼 서류 가운데 가장 중요한 출생증명서는 공증된 신분증명서와 14달러짜리 가계수표 한 장과 함께 보내면 된다. 간단했다. 해야 할 일 목록에서 하나 지우고.

이젠 파산 변호사를 고용할 차례. 내 부채를 없애준다면서 그녀는 2천 달러가 조금 넘는 액수를 청구했다. 사건을 정식으로 의뢰하기 전에 나는 내 상황과 프랑스로 이주할 계획을 말했다. 그녀는 아무것도 문제 될 게 없을 거라고 장담했다. 며칠 뒤, 내 심리가 2월 말로 정해졌다는 소식을 들었다.

하루는 통화 끝에 장 뤽이 말했다.

"샘, 파산 신청이 받아들여지지 않으면 내가 여기서 도울게. 함께 갚을 수 있을 거야. 파리 외곽에 있는 스튜디오가 팔릴 때까지 월부금을 낼게. 어쨌든 빚은 갚아야 하니까."

아니, 어떻게 그래. 그의 제안은 고마웠지만 그럴 수는 없었다. 내 자존심이 허락하지를 않았다.

"그건 네 비상금이잖아. 너의 유일한 투자이기도 하고. 내 돈 문제는 내가 알아서 할게."

장 뤽은 단 한 번도 빚을 진 적이 없다. 내가 갚아야 할 카드빚 금액을 처음으로 말했을 때, 그는 어떻게 그 많은 돈을 빚질 수가 있는지 의아해했다.

"나는 지금 너에게 투자하는 거야."

장 뤽은 정말 대단한 남자다. 어떤 위기가 닥쳐도 그는 내 곁을 지켜줄 것이다.

"크리스한테는 아직 말 안 했어?"

장 뤽의 목소리가 심각했다.

"그는 목록 맨 마지막에 있어. 하지만 곧 할게."

"네가 자랑스러워."

장 뤽이 말했다.

"자랑스럽다고?"

"씩씩하게 지내는 게 말야."

나는 내가 그리 씩씩한 것 같지 않았다. 엄청난 스트레스 때문에 내가 과연 제정신인지 슬슬 걱정되기 시작하던 참이었다. 내 인생을 제자리로 돌려놓는 데 필요한 일을 다 할 수 있을지 걱정됐다. 해야 할 일 목록에는 읽기 어렵게 휘갈겨 쓴 글씨만 가득했다. 내가 뭘 해야 하나 생각하면 할수록 목록은 점점 길어졌다.

나는 다정한 목소리가 듣고 싶어 트레이시에게 전화를 걸었다.

"내가 프랑스로 떠나기 전에 나 보러 오지 않을래?"

내가 물었다.

"프랑스에 언제 가?"

"글쎄… 4월쯤? 아니, 3월에 다시 가게 되지 않을까 싶은데."

"전화 끊자마자 당장 비행기 티켓 알아볼게. 네가 프랑스로 떠난다는 게 믿기지를 않는다. 미쳤어."

나는 침을 꼴깍 삼켰다. 그래, 이건 정말 미친 짓이야. 이제 겨우 현실에 눈뜨기 시작했다. 엄살이 아니라, 다른 나라에 가서 산다는 것은 정말 쉽지 않은 일이다. 어떤 어려움이 닥칠까? 목록을 작성하던 여세를 몰아서, 나는 프랑스에 가서 사는 것의 장단점을 죽 적어보기로 했다.

★ 단점

1. 가족, 친구들과 멀리 떨어져 지내야 한다.

2. 나는 프랑스어를 썩 잘하지 못한다.

3. 나는 결혼과 동시에 부모가 된다.

★ 장점

1. 나는 작년 한 해 부모님과 같이 살았고, 비행기 한 번 타면 프랑스에 간다. 언제든 오고 싶을 때 집에 돌아올 수 있다.

2. 새 친구를 사귈 수 있다. 그리고 미국에 있는 내 친구들은 모두 프랑스로 날 보러 오기를 고대하고 있다. 특히 내 여동생.

3. 프랑스에 가서 살다 보면 내 프랑스어도 확실히 나아지겠지.

4. 장 뤽의 아이들과 나는 제법 잘 지낸다. 아이들 마음에 내가 들어갈 자리가 분명 있을 거다.

5. 새로운 나라에 가서 사는 것은 모험이다.

6. 장 뤽이 없는 삶을 상상할 수 없다. 나는 그를 사랑한다.

모든 장점들이 단점들을 덮어버렸고, 크리스마스이브 때 사랑을 위해 노력하기로 했던 게 기억났다. 이게 미친 짓이라면, 까짓것, 미쳐버리지, 뭐. 스트레스야 어찌어찌 감당한다 해도 내가 해야 할 일 목록에 있는 항목들은 저절로 없어지지 않는다. 진창 같은 내 삶을 바로잡을 수 있는 사람은 단 한 명, 나, 바로 나밖에 없다.

내 은행 잔고는 마이너스가 되기 일보 직전이었다. 나는 정말 돈이 필요했다. 스테이시에게 전화해서 밤새 개 돌보는 일도 하겠다고 말했지만, 사실 키라라는 이름의 허스키를 산책시키는 일밖에 할 수 없었다. 곧 차를 돌려줘야 하는데, 그나마 키라가 우리 이웃집 개였기 때문이다.

스테이시와 통화를 끝낸 뒤 구직 담당자에게 전화 메시지를 남겼다. 추가로 이메일까지 보냈다. 나는 지역 구직란에서 찾은 프리랜서 일자리에도 이력서를 보냈다. 은행에도 전화해 내 비참한 상황을 이야기했고, 파산 신청이 곧 받아들여질 것 같으며 차는 포기할 거라고 알려주었다. 그러고 나서 오후 내내 세금을 계산했다. 퇴직연금을 빼서 쓴 탓에, 내 수익은 플러스에서 마이너스 300달러로 떨어졌다. 입맛도 떨어졌다. 피곤해진 나는 침대에 털썩 주저앉았다.

막 낮잠이 들려는 찰나, 전화가 왔다. 내 반지들을 팔아주겠다던 앤티크 판매 담당자였다.

"좋은 소식과 나쁜 소식이 있는데, 어느 것부터 말할까요?"

나는 좋은 소식이 간절했다.

"좋은 소식이요."

"음, 티 세트를 팔았어요."

"잘됐네요. 그러면 나쁜 소식은요?"

등을 펴고 앉자 잠이 싹 달아났다.

"보석 담당자와 얘기를 했는데, 당신 반지들을 사겠답니다. 그런데 당신이 원하는 가격과 차이가 많이 나요. 하지만 그녀는 그 정도면 잘 쳐주는 거라고 하더군요."

제시한 가격은 실망스러웠지만 이 동네 어느 누구도 2천 달러 이상 쳐주지 않았다는 것이 떠올라 더 이상 욕심 부리지 않기로 했다. 나는 머릿속으로 주판알을 굴렸다.

"그렇게 할게요."

"내일 수표를 부치겠습니다."

나는 계곡의 나뭇잎이 흔들릴 만큼 깊고 깊은 안도의 한숨을 내쉬었다.

자동차와 건강보험이 있을 때 얼른 정기검진을 하려고 의사와 약속을 잡았다. 유방암 검사를 하면서 의사는 내 오른쪽 가슴에서 멍울이 몇 개 만져진다고 걱정했다. 나는 추가로 유방조영술과 초음파검사를 받기로 했다. 혹을 발견한 열여섯 살 때처럼 덜컥 겁이 나서 가슴을 부여잡고 계속 이리 찌르고 저리 찔러보았다. 지금 난 열여섯 살도 아닌데.

2주 뒤, 문신을 한 우락부락한 남자 두 명이 내 차를 가지러 왔다. 나는 눈도 마주치지 않았다. 차 열쇠만 건네주고 말 한마디 하지 않았다. 몇 시간 뒤에는 공증된 이혼판결서 사본을 받았다. 그런데 LA

출생증명서 발급 사무실에서 내 출생 기록이 없다는 편지도 받았다. 내가 새아버지에게 입양됐기 때문에 내 기록은 새크라멘토에 있다고 했다. 캘리포니아 보건부 웹사이트에 들어가보니 출생증명서를 받으려면 18주가 걸릴 거라고 쓰여 있었다. 6개월 내에 발급받고 인증받은 출생증명서가 없으면 장 뤽과 결혼하지 못하는데 어쩌나.

화가 났다.

망할 놈의 척. 내 생물학적 아버지가 내 인생을 또 꼬이게 하고 있었다. 그 남자만 없었으면 내 출생증명서는 2주 안에 발급됐을 것이다.

이제 차가 없기 때문에 키라를 산책시키려면 골짜기 길을 1.6킬로미터나 헉헉거리며 뛰어 올라가야 했다. 키라의 주인이자 변호사인 바버라가 집에 있으면 좋겠는데. 엄마와 연배가 비슷한 바버라는 나를 하찮은 일꾼이 아닌 친구로 대해주었다. 때문에 내가 제일 좋아하는 개 주인이었다. 숨을 헐떡이며 현관문을 열자, 거실 컴퓨터 앞에 앉아 있는 그녀가 보였다. 나는 반가운 마음에 턱을 덜덜 떨면서, 내 모든 딜레마를 그녀에게 솔직히 털어놓았다.

"선거철이야, 사만다. 캘리포니아 보건부에 편지를 쓰면 돼. 그게 먹히지 않으면 그다음엔 상원 의원이나 주지사 같은 거물들에게 써야지. 사실 이렇게 망설일 시간도 없어. 당장 해. 이들 사무실은 자기 선거구 주민을 돕자고 있는 거란다. 그러니 해보렴. 네 사랑을 지키기 위해 싸워야지. 내가 응원하마."

바바라는 주먹을 불끈 쥐었다.

나는 캘리포니아 주의 모든 공무원들에게 도움을 구하는 편지를 썼다. 그리고 이 소식을 장 뤅에게 전했다.

“허니, 너무 그렇게 화내지 마. 당분간은 있는 서류들로 일을 진행하도록 하자. 너의 옛 출생증명서와 이혼판결서를 스캔해서 나한테 보내줘. 그러면 네가 원본을 기다리는 동안 나는 그것들을 번역하고 있을게. 그리고 지금 이혼판결서는 갖고 있으니 관습증명서와 미재혼증명서를 작성할 변호사를 고용해. 스트레스 받지 말고. 다 잘될 거야.”

안 되면 어쩌려고?

프랑스가 날 허락한다면

'숨을 들이쉬고, 내쉬고. 나는 할 수 있다. 나는 용감무쌍한 투사다'가 내 주문이 되었다. 밸런타인데이에 장 뤽이 보낸 오렌지색과 핫핑크색 장미 서른여덟 송이가 새로운 힘을 북돋워주었다. 더욱이 그날 보낸 장 뤽의 이메일은 더 큰 격려가 되었다.

나의 사랑,

오늘 아침 이 메일을 보면서 너를 향한 내 모든 사랑을 느낄 수 있길. 처음 우리가 만났을 때 너는 10대였고, 나는 어린 남자였어. 그러나 그때 우리는 이미 사랑의 한 페이지를 완성했지. 하지만 안타깝게도 우리만의 역사책은 펼치자마자 닫혀버렸어.
그렇게 20년이 흐른 어느 날, 그 책은 다시 펼쳐졌고, 우리는 사랑의 언어로 빈 페이지들을 채우고, 또 채우기 시작했어. 그때부터 매 분, 매 시간, 매일 내가 쓰고, 네가 쓰고, 우리가 함께 쓰고 있지. 내가 느낀 너의 마음을 소중한 보물처럼 지킬 거야. 너를 향한 사랑을 말하고 노래할 때 내 언어는 단 한 자도 허투루 쓰이지 않아. 처음으로 우리가 함께하는 첫 번째 밸런타인데이인 오늘도 나는 우리의 책을 펼쳐놓고 사랑을 쓰고 있어. 나는 몸과 마음을 다 바쳐 네게 충실할 거야. 우리의 맹세에도, 우리의 약속에도 충실할 거고.

사랑해. 해피 밸런타인데이. 걱정 마. 다 잘될 거야. 우리는 함께하게 될 거야.

당신의 남자,

장 뤽

그래, 우리는 함께할 수 있어. 내게 사랑이 있는데 못 할 게 뭐가 있겠어. 그 사랑을 지키기 위해 온 힘을 다해 싸울 거야. 어떤 어려움이 닥쳐도, 장 뤽과 나는 함께하게 될 거야.

목록에서 처리해야 할 다음 항목은 몹시 골치 아픈 재정 문제였다. 엄마가 파산 심리를 하는 곳까지 태워다주었다. 내가 변호사 사무실을 찾아 헤매는 동안 엄마는 주차 공간을 찾아 헤맸다. 속이 울렁거렸다. 손바닥에 땀이 찼다.

내 변호사는 110번 방에서 나를 기다리고 있었다. 섀넌이 다급하게 내게 물었다.

“신분증이랑 사회보장카드는 가져왔죠?”

심장이 쿵, 떨어졌다.

"사회보장카드요?"

그걸 좀 잘 챙기라고 미리 이메일을 보내줬으면 좋았을 텐데.

"잠깐만요, 잠깐 나갔다 올게요."

사랑의 수호신이 이런 실수는 좀 안 덮어주려나.

나는 복도로 뛰어나오면서 미친 듯이 엄마에게 전화했다.

"엄마, 집에 가서 내 사회보장카드 좀 갖다줘. 하얀 책상 작은 서랍에 있어. 그게 필요하대."

나는 과호흡 상태에 빠지기 직전이었다.

"샘, 알았다. 진정해, 샘. 내가 갖다줄게."

참담한 심정으로 110번 방으로 돌아가자 섀넌이 종이 한 장을 건넸다. 내 사회보장번호가 적혀 있는 예전 실업수당 영수증이었다.

"이게 통하기를 바라야죠. 혹시 모르잖아요?"

그녀는 스테인리스로 된 문을 가리키며 따라오라고 했다.

한 남자가 기다란 철제 책상에 앉아 있었고, 그 옆에는 타이핑을 하는 여자가 있었다. 방 양쪽으로 책상 두 개가 서로 마주 보게 놓여 있는 꼴이 마치 대문자 I 같았다. 쉰 개 정도의 의자가 줄 맞춰 놓여 있었고, 나처럼 두려워하는 표정을 한 사람들이 군데군데 앉아 있었다.

나는 아랫입술을 깨물었다. 섀넌은 나를 빈자리로 안내한 뒤 앉으라고 손짓했다.

"당신 이름을 부르면 문 가까이에 있는 테이블로 가서 앉아요. 나는 당신 맞은편에 앉을게요. 질문에 솔직하게만 대답하면 다 잘될 거예요."

그녀가 속삭였다. 나는 알겠다며 고개를 끄덕였다.

나는 손목시계를 봤다. 오전 11시 30분. 내 심리 시간이었다. 내 이름이 불리는데 엄마는 아직 감감무소식이었다. 어떻게 사회보장카드를 까먹을 수 있지?

심리 판사가 녹음기에 대고 내 이름과 사례 번호를 댄 다음 파산법 제7장 심리에 들어간다고 말했다. 그는 안경알 너머로 나를 쳐다보더니 신분증을 요구했다. 나는 그에게 일리노이 주 운전면허증과 실업수당 영수증을 건넸다. 섀넌이 끼어들었다.

"사회보장카드를 가져오지 않았습니다. 그 대신 실업수당 영수증이 있습니다."

심리 판사는 고개를 끄덕였다.

"정부가 발부한 서류 기록은 사회보장의 증거가 됩니다."

심리 판사 옆에 앉은 여자가 키보드를 두드렸다. 나는 선서를 하면서 안도의 한숨을 내쉬었다. 심리 판사는 내 서류를 이리저리 훑어보았다.

"이 과정에 당신 차도 포함시켰습니까?"

"네, 지난주에 자발적으로 차를 포기했습니다."

"그러면 차를 제외한 당신의 총 부채는 2만 달러입니까?"

"네."

"여기에 당신은 개를 산책시킨다고 적혀 있군요. 그리고 일주일에 대략 100달러를 벌고요."

나는 마지못해 그렇다고 대답했다.

"어디에 삽니까?"

"지금은 부모님 집에서 삽니다."

나는 점점 기가 죽었다.

"최근에 이혼했습니까?"

"네."

나는 애써 등을 곧게 폈다.

"당신은 전남편에게서 아무 도움도 받지 않습니까?"

"네."

"그러면 전남편은 이 부채를 갚는 데 도움을 줄 수 없습니까?"

나는 웃음이 터지려는 것을 억지로 참았다. 크리스의 카드 빚은 나보다 더 많았다.

"네."

심리 판사는 얼굴을 찡그리며 서류 한 장을 보았다.

"당신은 실업수당으로 한 달에 1400달러쯤 받습니다. 이 돈을 얼마만에 다 씁니까?"

"한 달 안에 다 씁니다."

심리 판사는 서류를 쭉 훑어보더니 못마땅한 듯 머리를 흔들고는 혀를 끌끌 찼다. 그는 내 변호사 쪽을 노려보았다.

"당신은 이런 엉성한 재정 상태 설명서로 매달 현금이 풍족한 사람을 이 자리에 세웁니까? 당신이 작성한 서류는 전혀 쓸모가 없습니다."

새넌은 놀라서 입을 다물지 못했다.

"자산조사서를 첨부했습니다."

"자산조사서가 있건 없건, 이런 엉성한 재정 상태 설명서에 당신은 방세, 공과금, 병원비, 기타 등등을 전혀 넣지 않았습니다."

파산법 제7장에 해당되려면 '자산조사'라고 하는, 각종 청구서를 해결할 만큼 충분한 실제 소득이 없다는 것을 증명하는 서류를 제출해야 한다. 보아하니 섀넌이 준비한 자료는 턱없이 부실한 듯했다. 걱정이 물밀듯이 밀려왔다. 내 임시 의료보험이 내가 앞으로 받아야 할 유방조영술, 초음파검사, 조직검사 비용의 극히 일부만 내준다는 사실을 알고는 더더욱 그랬다. 나는 손을 겨드랑이에 꼈다.

"하지만 자산조사서를 냈습니다. 제가 보여드릴…."

섀넌이 말했지만 심리 판사가 말꼬리를 잘랐다. 그 방에 있던 사람들이 모두 우리를, 나와 내가 고용한 변호사를 번갈아가며 쳐다보았다. 나는 소리라도 지르고 싶었다.

"심리를 연기할 테니 당신은 당신 의뢰인의 재정 상태 설명서를 다시 정리해오십시오. 추가로, 지출내역서도 필요합니다. 다 갖춰서 다시 제출할 때는 여기에 올 필요가 없습니다. 오늘부터 한 달 안에 모든 서류를 제출하도록 하세요."

그는 종이에 뭔가를 적었다.

헤어지기 전, 섀넌이 내 등을 토닥여주었다.

"걱정 마세요. 해결할 수 있어요."

나는 억지로 웃으며 이를 악물고 천천히 단호하게 말했다.

"오전 중으로 지출내역서와 최근 진료비와 앞으로 받아야 할 검사 비용을 포함해서 다른 견적서들까지 준비할게요."

그러고는 내 몸에서 그녀의 손을 뗐다. 섀넌은 서둘러 문을 열고 복도로 나갔다.

밖으로 나가 엄마를 부르는데 화가 나서 손이 떨리고, 좌절감에 온몸이 부들부들 떨렸다. 10분 뒤, 나는 엄마 차에 올라탔다.

"별 소득도 없었는데 엄마를 다시 집까지 다녀오게 해서 미안."

"다 잘될 거야, 샘. 심리 판사는 네 최선의 이익을 위해 애쓰는 것 같더라. 그리고 좋은 소식이 있어."

좋은 소식? 뭐, 복권에라도 당첨됐나?

엄마는 편지 두 통을 건네주었다. 아널드 슈왈제네거 주지사 사무실에서 한 통, 파블리 상원의원 사무실에서 한 통이 왔는데, 두 편지 모두 내가 출생증명서를 받는 데 협조하겠다는 내용이었다.

"고맙습니다. 정말 고맙습니다."

실망하고 분노했던 내 마음은 어느새 내가 '완전 행복'이라 부르는 상태가 되었다. 적어도 장 뤽이 전화해서 폭탄을 터뜨리기 전까지는.

"허니, 나쁜 소식이 있어. 모든 서류에 미국 정부의 인증이 필요하대."

나도 모르게 야유가 나왔다.

"그 서류들은 벌써 정부가 다 인증한 건데?"

"아포스티유가 없잖아."

나도 아포스티유가 뭔지는 안다. 진위 확인. 그리고 그것이 반드시 필요하지는 않다는 것도. 하지만 이제 모든 서류를 그것을 발부한 주의 서기에게 보내, 이미 인증받은 그 서류들이 진짜 원본임을 또 인증하는 도장을 따로 받아야 한다. 나는 눈을 질끈 감았다.

"아직 출생증명서도 못 받았는데, 어떻게 출생증명서에 아포스티유를 받아? 시간을 맞추지 못하면 어떡하지? 혼인신고를 못하면 결혼식도 할 수 없을 텐데. 일이 어떻게 되어가는지 지켜보면서 친구와 가족들 초대를 미뤄야 하는 건 아닐까?"

"그럴 순 없어. 온 가족이 벌써 비행기 티켓을 예매했거든. 일생일대의 여행이라는데."

장 뤽은 여기까지 말하고서 목청을 가다듬었다.

"그리고 또 다른 문제가 있어."

"또 무슨 문제?"

"변호사를 고용해 작성한 서류들을 시청에서 받지 않겠대. 아무래도 마르세유 영사관에서 서식을 가져와야 할 것 같아."

좌절감에 뜨거운 눈물이 뺨을 타고 흘러내렸다. 숨이 막혔다.

"이건 악몽이야!"

"허니, 화 났구나."

"당연히 화가 나지! 장애물을 하나 넘어서면 또 다른 장애물이 나오고, 또 나오고. 단 한 가지라도 쉽게 해결되는 게 있었으면 좋겠어. 이건 말도 안 돼. … 나타샤랑 결혼할 때도 이렇게 힘들었어?"

"… 아니."

그런데 왜 장 뤽과 나한테는 이렇게 문제가 생기는 거지? 나는 침대에 벌렁 나자빠졌다. 내가 할 수 있는 일은 딱 하나, 다 잘되기를 비는 것밖에 없었다.

"서류를 다시 보내주면 내가 알아서 할게."

머리라도 식힐 겸 구글로 나타샤를 찾아보았다. 그리고 그녀가 2월에 재혼했다는 사실을 알았다. 나는 턱시도를 입은 비쩍 마른 남자 옆에 나타샤가 거대한 슈크림빵 같은 웨딩드레스를 입고 서 있는 사진도 찾았다. 그녀는 이번에도 프랑스 남자와 결혼했다. 나는 링크를 걸어 장 뤽에게 이메일로 보냈다. 장 뤽에게서 짧은 답장이 왔다.

> 잘됐네. 그녀가 행복해 보여. 나의 귀여운 스파이 덕분에 이제 그녀의 아파트 월세를 내주지 않아도 되겠군.

며칠 뒤, 크리스가 아이크의 죽음이 임박했다는 전갈을 보내왔다. 폐렴이 나아질 가능성이 없어 보이고, 장기도 기능을 상실하고 있다고 했다. 나는 크리스에게 컴퓨터에 스카이프를 설치해달라고 부탁해서 겨우 아이크와 마지막 작별인사를 할 수 있었다.

아이크의 눈은 거슴츠레하고 슬퍼 보였다. 아이크는 바닥에 누워서 헐떡였다. 나는 아이크가 얼마나 사랑스럽고 얼마나 자랑스러운 개인지 말해주었다. 그러고 나자 울음이 터졌다.

"이 고통이 끝나야 할 텐데. 이건 내가 알던 아이크가 아냐. 꼬리를 흔들지도 못하잖아."

"그래, 샘. 이건 너무 가혹해."

크리스도 간신히 말했다.

"당신한테 아픈 개를 떠넘기려던 건 아니었어."

"알아."

"우린 아이크를 위해 최선을 다했어."

"그래. 그리고 샘, 제발 우리 결혼 생활이 나쁘지만은 않았다고 말해줘. 좋은 적도 있었지? 그렇지?"

"그럼, 좋은 적도 있었지."

"서로에게 더 잘했어야 했는데. … 전화 끊어야겠어. 나는 도저히…."

"이해해."

그는 애써 눈물을 참으며 스카이프를 종료했다.

그 다음 날, 크리스가 가슴이 철렁 내려앉는 이메일을 보냈다. 아이크가 움직이지도 못하고 계속 몸을 떤다는 것이었다. 내 동의를 얻은 크리스는 아이크의 안락사 날짜를 잡았다. 아이크는 더 이상 살기 힘들었다. 가슴이 찢어질 듯 아팠다.

크리스와 나는 자식 같았던 우리 털북숭이를 잃은 슬픔을 나누었다. 어떤 면에서 아이크는 전남편과의 마지막 연결고리였다. 더 큰 상처를 주기 전에 크리스에게 장 뤽과의 결혼 계획에 대해 말해야 했다.

"나 만나는 사람이 있어."

내가 말했다.

"어."

"우린 결혼할 거야."

그가 숨을 들이마셨다.

"뭐라고?"

"그리고 프랑스로 갈 거야."

한동안 서로 아무 말이 없었다.

"그래, 좋은 사람 만났기를 바라. 그리고 잘 살아야 해."

그의 목소리가 잠겼다.

"샘, 내가 그 남자였으면 좋겠다. 당신 인생에 불을 켜주는 사람. 불을 끄는 사람 말고. 그 남자가 누군지는 몰라도 정말 운 좋은 사람이야."

그는 그동안의 자기 잘못을 사과했다. 나도 내 잘못을 사과했다.

우리 둘 다 서로에게 미안해했다.

이렇게 우리는 좋게 헤어졌다. 아니, 서로의 행복을 진심으로 빌어주었다는 게 맞는 표현이리라.

이제 가뿐한 마음으로 결혼할 수 있겠다. 프랑스 정부가 허락만 한다면.

5월 7일, 툴루즈 시청

다 잘되겠거니 여기고 일을 진행할 수밖에 없었다. 그래서 나는 가족과 친구들을 초대한 7월 결혼식 준비에 전념했다. 장 뤽 쪽에서는 당연히 막상스와 엘비르를 포함해 두 여동생, 뮈리엘의 남편 알랭, 스티브와 그의 약혼녀 로라, 막심과 아르노, 크리스티앙과 기슬렌과 그들의 딸 안, 클로드와 다니엘, 질과 나탈리 등 모두 열아홉 명이 말리부로 온다. 장 뤽의 부모님과 남동생은 어머니의 건강 때문에 참석하지 못한다며 먼저 축하해주었다. 이자벨의 파트너 리샤르는 회사에서 휴가를 받지 못했다. 뮈리엘의 딸 아나이스도 지난해 여름을 캘리포니아에서 보냈기 때문에 프랑스에 남기로 했다.

나는 장 뤽의 손님 수에 맞춰 손님을 부르려고 했는데, 엄마가 자꾸 나도 모르는 사람들을 추가했다. 다른 도시에 사는 친척들이 오겠다고 하면 더 늘어날 것이다. 내가 초대한 친한 친구 열두 명 중에서는 여덟 명이 오겠다고 했다. 엄마가 손님을 추가할수록 비용이 늘어났기 때문에, 우리 부모님이 결혼식 비용의 일부를 부담하기로 했다.

장 뤽은 우리 부모님 집에서 열릴 결혼식 전날 만찬과 결혼식 비용으로 쓰라며 3천 유로를 보내왔다. 천만다행이었다.

평소 개 놀이터로 이용되는 부모님의 뒷마당은 하얀 들장미와 프렌치 라벤더에 둘러싸인 멋들어진 곳이다. 깊은 골짜기가 내려다보이고 하얀 캘리포니아 재스민이 활짝 피어난 나무 정자에서 장 뤽과 나는 맞절을 할 것이다. 나보다 더 신난 엄마와 함께 정원을 거닐면서 내 생각을 얘기했다.

"엄마, '바닷가 정원'이라는 주제로 연두색, 파란색, 흰색을 쓰면 어떨까? 전체적으로는 샤르트뢰즈 덴드로비움 난으로 꾸미고, 큼직한 심비듐 꽃을 세 송이씩 싸서 꽃병에 꽂고, 플로팅 양초를 테이블 위에 놓는 거야. 도매상에서 견적을 받았는데, 꽃꽂이를 우리가 직접 하면 경비를 크게 줄일 수 있겠더라고. 결혼식 후에도 쓸 수 있는 꽃병 열두 개만 염가 판매점에서 사면 돼. 엄마 생각은 어때?"

"음, 꽃병 바닥에 수중 LED 조명을 놓자. 밤에 정말 예쁠 거야. 초도 많이 준비하고. 아주아주 많이."

내가 고개를 끄덕이자 엄마는 "이거 정말 신난다!"며 소리 질렀다. 나는 흥분하며 말을 이었다.

"이베이에서 필리핀산 불가사리를 다양한 사이즈로 이백 개쯤 주문했어. 40달러에 티베트산 은부적도 칠백 개 주문했고. 다 우리 결혼식과 연관된 상징들이야. 프랑스의 백합 문장, 정원을 상징하는 잠자리, 자물쇠와 열쇠가 달린 하트, 우리 사랑을 대변하는 두 개의 열린 하트, 바다를 뜻하는 불가사리와 조개. 나는 불가사리에 반짝이를 칠하고 은부적을 일곱 개씩 달 거야. 그걸 좌석 안내표로 쓰려고."

엄마는 뭔가를 궁리하는 듯 입술을 오므렸다.

"아주 좋다, 얘. 그것들은 내 흰색 나무 쟁반에다 올려놓자. 모래도 좀 채워놓고."

"청첩장도 만들어야겠어. 온라인에서 20달러짜리 백지 카드를 봐뒀거든. 그걸로 집에서 프린트하면 돼. 작은 리본이랑 불가사리 부적을 달면 참 예쁠 거야."

우리는 뒤쪽 테라스로 걸어갔다.

"결혼식 끝나고 여기서 칵테일파티를 하면 되겠다. 장 뤽과 의논해봤는데, 술 종류를 줄여서 예산을 줄이기로 했어. 그러니까 샹그리아 좀 만들고, 파스티스, 위스키, 만찬에 내놓는 것과 같은 화이트 와인이랑 레드 와인을 준비하려고."

"보드카는? 데킬라도 준비해야 하지 않을까?"

나는 얼굴을 찡그렸다.

"엄마, 이건 파티가 아니라 결혼식이야. 사람들이 완전 떡이 돼서 골짜기 길을 운전하게 할 수는 없잖아. 게다가 보드카는 이혼으로 가는 지름길이라고."

음이 있으면 양이 있는 것처럼 자연은 조화를 추구한다. 나쁜 일이 생기면 좋은 일도 생기게 마련. 이제 나는 업보를 열심히 믿게 됐다.

드디어 내 출생증명서가 도착했다. 이렇게 일찍 받게 된 것이 슈왈제네거 주지사 덕분인지 파블리 상원의원 덕분인지는 모르겠지만, 아무튼 두 사람 모두에게 고맙다는 내용의 이메일을 보냈다. 그리고 파산 심리를 위해 누락된 서류를 제출했으며 심리 판사가 수정된 서류를 통과시켰다는 소식을 들었다. 이제 채무에서 자유로워졌고, 앞으로 한두 달 안에 부채가 없다는 공고문을 우편으로 받을 것이다.

게다가 자궁경부암 조직 검사뿐 아니라 한 번 더 한 자궁암 검사 결과도 정상으로 나왔다. 가슴에 있는 멍울도 고등학교 때와 같은 섬유선종이라 크게 문제될 게 없단다. 건강 문제와 돈 문제가 해결됐으니, 이제 아무 걱정 없이 일을 진행하면 되겠다. 가슴을 펴고 당당하게 내 출생증명서에 아포스티유나 빨리 받아야지. 중간에 우편물이 분실되지 않기를 바라면서.

집에 가서 장 뤽에게 전화했다.

"허니, 난 이제 진짜 자유부인이야. 빚에서도 자유, 암에서도 자유! 출생증명서도 받았겠다, 이제 난 오롯이 당신 거야. 결혼식만 올리면 돼!"

잠시 뒤 장 뤽은 내 비행기 티켓을 사서 일정표와 함께 보내주었다. 장 뤽의 생일 이틀 전에 툴루즈에 도착하는 일정이었다. 빅토리아로 시작해서 시크릿으로 끝나는 야한 속옷과 함께 그에게 줄 기막힌 선물을 준비해야겠다. 평생 기억에 남을 만한 아주 특별한 선물을.

여윳돈은 얼마 없었지만, 350달러 조금 넘는 가격으로 우리 결혼반지 한 쌍을 샀다. 장 뤽의 반지는 깔끔한 백금 반지로 골랐고 내 반지는 자잘한 다이아몬드가 X 자 모양으로 박힌 백금 반지로 골랐다.

이렇게 돈을 쓰고 나니 내 앞으로 475달러가 남았다. 내 재정 상태와는 무관하게 챙겨야 할 게 너무 많았다.

나는 손목시계를 보며 외쳤다.

"엄마, 트레이시 데리러 공항 가야 할 시간이야!"

곧 내 곁으로 절친이 온다니 온 세상을 다 가진 듯했다.

공항에서 부모님 집으로 돌아오자마자 트레이시와 나는 1989년 유럽 여행 앨범을 열심히 들여다보았다. 그러고 나서 장 뤽과 파트리크의 편지, 트레이시의 예전 일기를 보며 발랄한 여고생들처럼 추억에 젖어 깔깔댔다.

"네가 장 뤽과 결혼한다는 게 믿기지 않는다."

"나도 내가 프랑스로 가서 산다는 게 믿어지지 않아."

"내가 놀러 갈 멋진 곳이 생겼다는 것도 믿을 수가 없어."

"그러니까!"

웃으며 앨범을 한 장 넘기자 파트리크 사진이 나왔다.

"이 사람 어떻게 지내는지도 궁금해. 너는?"

내가 물었다.

"가끔은. 그런데 마이클과 난 정말 행복해."

마이클은 지난 8년 동안 트레이시의 파트너였다. 우리는 그를 고등학교 때 알게 됐는데, 그는 항상 트레이시만 바라보았다. 우리는 그를 '트레이시 전용 비상 전화'라고 불렀다. 트레이시는 자기 차가 고장 나면 마이클에게 전화했다. 이별하고 힘들 때도 마이클에게 전화했다. 한결같은 그의 인내심이 드디어 보상을 받아, 그토록 바라던 여자를 얻게 된 것이다.

나는 노트북을 열었다.

"너는 어떨지 몰라도 나는 궁금해. 장 뤽과 파트리크는 우리와 만나고 나서 연락이 끊겼대. 근데 파트리크 성이 뭐였더라? 아마 페이스북은 할 텐데."

트레이시가 성을 알려줘서 찾아보니 페이스북이 있었다. 트레이시와 나는 눈이 저절로 커졌다. 여전히 영화배우처럼 잘생긴 그는 거의 옛날 그대로였다. 그는 아름다운 프랑스 여인과 결혼해 행복하게 살고 있었고, 예쁜 두 아이도 있었다.

"파트리크에게 쪽지를 보낼까 하는데, 괜찮지? 결국 내가 장 뤽에게 답장 썼다는 걸 그에게 알려주고 싶어."

"무슨 상관이야? 어서 써. 파트리크가 뭐라고 할지 나도 궁금하다, 얘."

트레이시가 보는 가운데, 장 뤽과 결혼하게 됐다는 소식을 전하면서 파트리크에게 친구 신청을 했다. 파트리크는 곧 프랑스어로 답장을 보내왔다.

> 축하해. 정말 놀라워. 한 번 친 벼락이 20년이 지나서까지 그 여파를 남기다니. 장 뤽과 파리에 오게 되면 한번 보자. 두 사람 모두 만나고 싶어. 그리고 트레이시에게도 안부 전해줘.

"와, 반응 한번 전광석화처럼 빠르네."

트레이시가 말했다.

"봤지? 이게 인터넷의 힘이야. 파트리크한테 네가 여기 있다고 알려줄까? 지금 나랑 있다고."

"아니. 나중에 파트리크를 다시 만나게 되면 안부나 전해줘."

전화기가 울렸다. 국제전화였다.

"여보세요… 알았어, 잠깐만. 장 뤽이야. 너랑 통화하고 싶대."

트레이시는 한 시간이 넘도록 전화기를 내게 넘겨주지 않았다. 나는 겨우 5분쯤 통화할 수 있었는데, 데버러의 집에서 1박 2일을 보내기 위해 트레이시, 엄마와 함께 몇 분 뒤 팜 데저트로 출발할 거라고 알려주기엔 충분한 시간이었다.

"예비 신부를 위한 파티야?"

그가 물었다.

"아니. 그보다는 내 옛 생활에 안녕을 고하고 프랑스에서 펼쳐질 새로운 삶을 응원하는 자리랄까?"

장 뤽이 기분 좋게 웃었다.

"알겠어. 전화하지 않을게."

"해도 돼."

"아니야, 샘. 친구들과 좋은 시간 보내. 샴페인도 마시고. 네가 얼른 여기로 돌아오기를 기다리고 있을게."

그래서 나는 2주 뒤, 다시 프랑스로 돌아왔다.

툴루즈에 도착하자마자 나는 마르세유에 있는 미국 총영사관에 전화했다. 전화를 받은 남자의 깊고 단호한 목소리는 〈스타워즈〉의 다스베이더를 떠올리게 했다. 나는 관습증명서와 미재혼증명서를 발급받기 위해 변호사를 고용했지만 계속해서 일이 잘 풀리지 않았다고 설명하며, 영사관에서 그 서류들을 받아야겠다고 말했다. 그가 웃었다. 놀리거나 무시하려는 게 아니라 따듯하게.

"하하하하, 프랑스 서류 작업이라는 게 그래요! 재미는 있지만 해도 해도 끝이 없는…. 안 그렇습니까? 그런데 언제 이리로 오시겠어요?"

"내일 1시 어떤가요?"

"좋습니다. 내일 봅시다."

나는 당연히 또 장애물이 있을 거라고 예상했다. 그러나 장 뤽이 마르세유 미국 총영사관까지 네 시간을 운전하는 동안 길 한 번 막히지 않았다.

내가 다스베이더 목소리의 주인공을 만나는 동안 장 뤽은 커피

숍에 가 있기로 했다. 영사는 키가 크고 피부가 검은 건장한 남자로, 다정한 눈길과 쾌활한 웃음의 소유자였다. 나는 필요한 서류를 작성하고 수수료를 냈다. 영사는 내가 그토록 받고 싶었던 증명서들을 건네며 말했다.

"시청에서 또 문제가 생기면 저한테 전화하세요."

나는 거의 기절할 것 같았다. 이번에는, 이번만큼은, 모두 내 편이었다! 나는 그를 구세주라 부르고 싶었다. 영사에게 열심히 고맙다고 인사했다.

그 이튿날, 인증받고 번역하고 아포스티유까지 받은 모든 서류를 들고서 장 뤽과 시청으로 갔다. 예전의 그 여자가 툴루즈의 요건에 맞지 않는다며 내 서류 중 하나를 트집 잡았지만, 장 뤽이 단칼에 잘랐다.

"우리는 툴루즈가 요구하는 서류를 다 갖추었습니다. 벌써 다 검토했어요. 그리고 마르세유 주재 미국 영사와도 얘기했습니다. 저는 정말 시청과 복잡하게 얽히고 싶지 않습니다."

그러자 무사통과!

그녀는 달력을 펼치더니 날짜를 골랐다.

"5월 7일, 괜찮은가요?"

오, 예! 5월 7일이라니! 1년 전, 내 미래에 대해 여전히 불안해하던 무렵, 러브 블로그에 첫 번째 포스팅을 한 날이 바로 5월 7일이었다. 우연도 이런 우연이 다 있을까!

시청 결혼식을 기다리는 동안 장 뤽은 나를 툴루즈 가톨릭 문화원에서 개설한 한 달짜리 집중 프랑스어 반에 등록시켰다. 일주일에 닷새, 하루 네 시간씩 진행하는 수업이었다. 프랑스 문화를 조금 더 이해하고 어처구니없는 실수를 줄이기 위해서일 뿐만 아니라, 부족한 내 프랑스어 능력을 비웃으며 '역겨운' '바보' '그냥 못생긴 게 아니라 정말로 못생긴'과 같은 단어만 가르쳐주는 아이들과 의사소통을 더 잘하기 위해서이기도 했다.

레벨 테스트를 마친 나는 놀랍게도 기초반에서 두 단계나 높은 반에 배정받았다. 나는 그 반에서 열 명의 학생들과 스무 살쯤 차이가 날 정도로 가장 나이가 많았으며 유일한 미국인이었다. 나는 에티오피아에서 온 예쁜 아가씨, 아르헨티나에서 온 상냥한 남자, 같은 반 일본 아가씨들에게 계속 추파를 던지는 폴이라는 이름의 재미난 베트남 사나이와 한 반이었다.

내 프랑스어 실력은 점점 좋아졌다. 막상스, 엘비르와 훨씬 편하게 얘기하려고 그 겁나는 동사 활용과 어휘를 정신없이 공부했기 때문이다.

시청 유리창에 혼인 공시가 붙었지만, 장 뤽과 내 결혼에 반대하는 사람은 아무도 없었다. 일주일만 지나면 우리는 법적인 부부가 될 것이다. 이제 우리는 5월 7일에 시청으로 가기만 하면 된다.

그 특별한 날은 금세 돌아왔다.

1시 40분, 시청 결혼식을 위해 아껴둔 옷만 입으면 준비는 끝난다. 나는 옷장에서 층이 지고 어깨끈이 없으며, 벨트에 장미 모양 리본이 달린 무릎 길이의 단순한 크림색 드레스를 꺼냈다. 웨딩드레스 가게에서 '진짜' 웨딩드레스를 살 때 이 드레스를 50달러에 끼워 주었다. 내가 그걸 마다할 리 없지.

그런데 불행히도 지퍼가 갈비뼈 시작되는 곳에서 올라가지를 않았다.

결혼식 전에 신랑은 신부를 볼 수 없다는 미신 따위는 집어치우라고 해. 어차피 장 뤽이 운전하는 차를 타고 시청에 가야 하는데, 뭐. 나는 소리쳤다.

"장 뤽, 도와줘!"

그가 깜짝 놀라 방으로 뛰어 들어왔다. 그리고 깔깔대며 말했다.

"으악, 허니! 이제 페이스트리는 그만 먹어야겠어. 아무래도 살이 좀…."

"그런 얘기는 듣기 싫어. 얼른 지퍼나 올려줘!"

나는 등을 돌렸다.

"아무래도 다른 옷을 입어야 할 것 같아. 20분 안에 출발해야 하는데…."

"이 옷밖에 없어."

그에게로 얼굴을 돌리고 말하는 내 목소리가 떨렸다.

"입을 수 있어. 그래야 해."

"그럼 일단 벗어봐. 머리 위로 입어보자고."

그래서 우리는 그렇게 해봤다. 장 뤽은 드레스를 내 머리 위로 입혔다 벗겼다, 벗겼다 입혔다를 반복했다. 정원에서 딴 싱싱한 장미로 장식한 틀어 올린 머리가 다 헝클어지고 말았다. 장미 꽃잎이 바닥에 떨어졌다.

"아, 안 돼! 내 머리!"

그가 웃으며 말했다.

"샘, 제발 다른 옷을 입어. 이건 안 되겠어. 우린 지금 출발해야 해. 이러다간 발가벗고 결혼식을 올리게 생겼어."

나는 침대에 앉았다. 프랑스 여자들은 살도 잘 찌지 않던데 어째서 프랑스에 사는 미국 여자는 금세 돼지가 되어버리는 걸까. 결국 장 뤽이 간신히 지퍼를 올려서 드레스를 입기는 했지만, 지퍼가 등짝 한가운데에서 벌어졌다.

나는 입술을 쭉 내밀었다.

"당신 정말 나랑 결혼하고 싶어? 지금이 마음을 바꿀 수 있는 마지막 기회라고."

"넌 반품이 안 된다고 했던 것 같은데."

장 뤽이 내 턱을 쓰다듬었다.

"이리 와, 샘. 입술 그만 삐쭉대고. 이제 출발해야 해."

"이게 다 행복 살이란 말이야"라고 중얼거리다가 좋은 해결책 하나가 떠올랐다. 나는 포에버21에서 산, 검은 장미 모양 리본이 달린 검은색 짧은 재킷을 꺼냈다. 생각처럼 드레스가 맞지 않으니 이렇게라도 해서 지퍼가 벌어졌다는 사실을 숨겨야 했다. 그런 다음 급히 화장실로 가서 머리를 손질하고, 뭉개진 꽃들을 다듬고, 립스틱을 다시 발랐다.

"허니, 출발해야 돼! 2분 안에 출발해야 시간에 맞출 수 있어!"

장 뤽이 울부짖었다.

나는 반지를 가방에 던져넣고 장 뤽과 함께 차로 달려갔다. 아이들은 학교에 있었다. 아이들에게는 7월 결혼식 한 번으로 충분했다.

장 뤽은 시청에서 세 블록 떨어진 곳부터 가속 페달을 힘껏 밟았다. 그 바람에 내 머리가 뒤로 젖혀지면서 머리에 꽂은 꽃이 또 뭉개졌다. 그는 이 결혼의 증인인 크리스티앙과 기슬렝이 기다리고 있는 현관 입구에 나를 내려주고는 주차장으로 쌩 가버렸다. 활짝 웃으며 나를 반겨준 기슬렝이 장미, 백합, 프리지아와 우아한 녹색 잎으로 꾸민 아름다운 부케를 건네주었다. 생각지도 못한 그녀의 친절한 선물은 행정상의 평범한 날을 특별한 날로 만들어주었다.

오늘은 툴루즈의 시장 대리가 결혼식을 주관했다. 그는 회색 양복을 입고 빨간색, 파란색, 흰색 띠를 두르고 있었다. 우리는 커다란 나무 테이블에 자리를 잡았다. 프랑스 민법이 낭독될 때 크리스티앙은 계속 사진을 찍었고 기슬렝은 내 옆에 앉아 있었다. 5분 뒤, 장 뤽과 나는 결혼 책자에 서명했고, 크리스티앙과 기슬렝도 서명했다.

"반지는요?"

시장 대리가 물었다.

아, 반지! 결혼식이 진행되는 동안 내가 유일하게 알아들은 말이었다. 나는 장 뤽의 손가락에 백금 반지를 끼워주었다. 나는 약혼반지를 빼서 테이블에 놓았다. 장 뤽은 조심스레 내 손을 잡더니 왼손 약지에 결혼반지를 끼워주었다. 나는 기쁜 나머지 두 번이나 손을 치켜들었다. 모두가 웃었다.

이제 됐다! 시장 대리는 장 뤽에게 얇은 빨간색 가족관계증명서 수첩을 주고는 툴루즈의 축하 선물로 꽃다발도 주었다.

"축하합니다. 베랑 씨와 베랑 부인!"

"축하해요!"

크리스티앙와 기슬렝도 소리쳤다.

스트레스 속에서 몇 달을 보냈는데 겨우 이렇게, 이렇게 금세 끝나는 거야? 온몸으로 안도하며 나는 장 뤽을 바라보았다.

"방금 내가 무슨 서명을 한 거야?"

"이제 넌 내 거야. 자, 키스해줘 베랑 부인."

장 뤽이 나를 바싹 끌어당겼다.

여섯 번째 편지
1989년 8월 16일, 파리

나의 사랑스러운 샘,

오늘 밤, 내 감정을 전달하기 위해 이 세상에서 가장 달콤한 말을 쓰고 싶어. 나는 지금 바흐의 아름다운 클래식 음악을 듣고 있어. 고운 선율이 아무런 장애물 없이 내 마음에 와 닿는 것처럼 시공간을 초월해 내가 네게 가닿을 수 있다면 얼마나 좋을까.

네게 쓰는 한 글자 한 글자는 내가 숨 쉬는 공기만큼 신선해. 너를 생각할 때마다 내 가슴 깊은 곳에서 사랑의 감정이 불타올라. 공기는 생명의 토대야. 불도 마찬가지고. 네가 있기에 내가 존재하고 있다는 생각이 들어. 별이 반짝이는 건지, 네 생각에 잠긴 내 눈빛이 별에 반사되는 건지 때때로 궁금해. 네가 하늘의 별을 볼 때, 나도 같은 시간에 같은 별을 보고 있을 거야.

사랑을 담아,
장 뤽

가장 밝은 우주정거장

6개월 내에 총 3개월 이상 프랑스에 체류할 수 없는 여행 제한 규정 때문에 나는 부메랑처럼 프랑스와 캘리포니아를 왔다 갔다 하면서 많은 시간을 보냈다.

하지만 이제는 프랑스에서 머무를 수 있다. LA 주재 프랑스 영사관에서 준 프랑스 시민 배우자용 장기 체류 비자가 있으니까.

프랑스에 다녀온 지 한 달이 지나니까 남편과 아이들이 몹시 보고 싶어졌다. 정신줄을 놓지 않도록 신경을 다른 데 쏟으려고 '개구리와 공주님 : 프랑스에서의 삶, 사랑, 생활'이라는 블로그를 만들었다. 블로그를 통해 다른 해외 교포들을 알게 되었고, 나의 이런저런 새 생활을 그들과 나눌 수 있었다.

나는 첫 번째 포스트 "백마 탄 왕자님은 어디 있나요?"를 페이스북에 링크했다. 백마 탄 왕자는 연못에 숨어 사는, 무지 찾기 힘든 생명체가 아니다. 찾아보면 다 있다. 장 뤽이 바로 그 증거다.

화창한 6월 말, 드디어 장 뤽과 아이들이 캘리포니아에 도착했다.

다행히 장 뤽은 휴가를 싹싹 끌어모아서 40일 넘게 쉴 수 있었다. 우리 부모님은 갑자기 할아버지 할머니가 되어 신난 것 같았다. 우리는 보트도 타고, 해변에도 가고, 자전거도 타고, 바비큐와 석쇠에 구운 햄버거, 핫도그 같은 전형적인 미국 스타일의 음식도 먹었다.

또다시 시간이 흘러, 이 미친 사랑의 종착역인 결혼식이 하루 앞으로 다가왔다.

엄마와 나는 수영장에서 아이들이 노는 모습을 지켜보며 느긋하게 누워 있었다.

"아이들이 날 뭐라고 부르는 게 좋을까? 메메 어때? 난 그게 좋던데."

엄마가 말했다.

"메메는 아이들이 자기 할머니 부를 때 쓰는 말이야."

"그럼 키키는?"

"그건 성기를 일컫는 속어야."

엄마 눈이 동그래졌다.

막상스는 폭탄처럼 수영장에 뛰어들어 엘비르에게 물을 튀겼다.

"우리랑 수영장에서 놀아요, 샘! 얼른 들어와요!"

나는 일어나면서 "그냥 앤이라고 부르는 건 어때?"라고 말하며 물속으로 뛰어들었다. 나는 물 위로 올라와 씩 웃고는, 막상스와 엘비르에게 물을 끼얹으며 따라다녔다.

결혼식 전날 만찬에 마흔 명쯤 올 거라 예상했는데, 일흔 명이나

왔다. 그들이 '미국과 프랑스식 바비큐'를 먹으러 정원에 들이닥치기 전까지 두 시간밖에 남지 않았다. 장 뤽이 창고에서 테이블을 꺼내놓으면, 엘비르와 내가 파란색과 흰색 체크무늬 테이블보를 깔고, 그 위를 프랑스와 미국 국기를 꽂은 파란색 오지그릇과 활짝 핀 해바라기로 장식했다.

오늘 밤을 위한 준비는 거의 다 마쳤다. 지난주에 엘비르와 내가 딱 붙어서 불가사리 선물과 장식을 만드는 동안 막상스는 이런 계집애 같은 일은 하기 싫다며 수영하거나 개들과 놀면서 지냈고, 장 뤽은 크리스마스 조명을 전부 달았으며, 나는 남은 불가사리를 정자와 나무에 매달았다. 바닷가의 정원이라는 주제에 잘 어울렸다.

엄마 친구 중에 다이앤 로트니라는 뮤지션이 있는데, 결혼식과 칵테일파티의 만찬 연주를 맡은 마르코 다음에 자기 밴드와 공연을 해주겠단다. 그게 결혼 선물이었다. 그러잖아도 춤을 추려면 아이팟과 외부 스피커로는 부족하겠다 싶었는데, 이런 선물을 받게 되다니. 이 골짜기를 다 흔들어놔야지. 게다가 엄마 친구이자 전문 볼룸댄서인 우리의 결혼식 사회자는 결혼 선물로 장 뤽과 내게 개인 레슨을 해주었다. 나는 내 남자가 그렇게 춤을 잘 추는지 몰랐다.

할머니와 바비 이모할머니도 선물 포장과 불가사리 장식을 도와주었다. 스타일리스트였던 할머니는 내일 장 뤽과 내가 결혼식을 올릴 정자 장식을 포함해 모든 꽃꽂이를 맡아주겠다고 했다.

트레이시와 마이클도 일찍 와서 도와주었다. 나는 절친을 가까이 두고 싶어서 그들을 이 길 끝에 사는 새 친구 롭과 이다이나의 집에서 지내게 했다.

이제 즐기는 일만 남았다. 나머지는 출장 뷔페에서 다 알아서 할 거다. 사진사도 오기로 했고. 고맙게도 잘 맞는 웨딩드레스를 포함해 모든 게 계획대로 착착 진행되었다. 사실, 드레스가 좀 끼긴 했지만 그래도 지퍼는 올라갔다.

장 뤽과 나는 엄마의 집안일을 도와주는 레이나 아줌마와 그녀의 딸 이베트에게 결혼식 전날 만찬 때 도와달라고 부탁했다. 결혼식 때는 우리 가족의 일원으로 초대했고.

학교에 다니면서 출장 뷔페에서 아르바이트를 하는 이베트는 고맙게도 스낵으로 먹을 수 있는 맛있는 샐러드와 작은 피자를 만들어 왔다. 1인당 8달러의 예산으로 미국과 프랑스식 바비큐 요리를 맞추느라 출장 뷔페의 요리 가짓수를 줄였는데 다행이었다.

이베트가 뷔페 테이블을 차리고 레이나 아줌마가 신선한 레모네이드를 만드는 동안, 나는 포크와 나이프, 스푼을 빨강색과 파랑색 냅킨에 싸서 흰색 리본으로 묶어 바구니에 담았다. 이 결혼식은 진정한 협동의 산물이었다.

장 뤽의 프랑스 손님들이 도착했다. 나는 그들과 따뜻한 볼 키스를 나눈 뒤, 주변을 돌아봤다.

나의 우아한 할머니와 바비 이모할머니.

나의 절친 트레이시와 마이클.

나의 이웃 롭과 이다이나.

이모들과 이모부들.

대학 때 절친 로리와 그녀의 남편 조너선.

내가 가장 좋아하는 개 주인 바버라와 나의 오너 스테이시.

옛 친구들, 새 친구들, 친척들.

파티는 눈 깜짝할 사이에 무르익었다. 프랑스 음악이 깔렸다. 사람들은 먹고 춤추었다. 웃음소리가 골짜기에 울려 퍼졌다. 뷔페 테이블에는 형형색색의 샐러드와 음료수가 쫙 깔렸다. 이베트가 주문을 받아 핫도그와 햄버거를 굽는 동안, 곁다리 음식들과 함께 먹음직스럽게 구운 콩, 옥수수, 바비큐 치킨이 따끈하게 제공되었다. 막상스는 어느 것부터 먹어야 할지 고민했다. 한마디로 막상스의 천국이었다.

나는 접시를 들고 로리와 트레이시 옆에 가서 앉았다. 오늘 사진을 찍어주기로 한 엄마 친구 스티븐은 전문가용 카메라를 들고 수영장 옆에 서 있었다. 질은 이리저리 뛰어다니면서 사람들에게 분홍색 인쇄물을 나눠주고 있었다. 그는 집 안으로 뛰어 들어가기 전에 "준비됐습니까?"라고 외쳤다.

하객들은 뭔가를 준비하고 있었다. 나는 아랫입술을 깨물며 장뤽을 쳐다봤지만, 그는 체념한 듯 고개를 저었다. 짓궂은 장난이 펼쳐지리라는 걸 짐작한 듯했다. 가볍게 웃어넘길 수 있는 정도라면 좋겠는데. 제발 그러기를.

스티븐이 두 손을 흔들며 말했다.

"사만다와 장 뤽! 여기 있는 사람들이 내일 7시에 있을 뭔가를 축하하며 당신들에게 바칠 노래가 있다고 합니다. 여러분, 다들 준비 됐습니까?"

"네!"

다 같이 힘차게 대답했다.

장 뤽은 끙, 하고 신음 소리를 냈다.

"음악을 틀어주세요."

스티븐이 말했다.

음악이 나오자 막상스와 엘비르를 포함한 장 뤽의 가족과 친구들이 하나, 둘, 셋을 외친 뒤 장 뤽을 놀려대는 노래를 부르기 시작했다. 음정은 잘 맞지 않았지만 이들은 고향 마을 라시오타의 민요 가락에 맞춰 장 뤽이 선생님을 짝사랑했던 일, 여자 때문에 러시아어와 영어를 비롯해 외국어를 섭렵하게 된 일 등을 프랑스어로 놀려댔다. 그래도 마지막 구절은 매우 감동적이었는데, 아이들과 함께 장 뤽과 나는 그 후로 오래오래 행복하게 잘 살 거라는 내용이었다.

우리는 박수 치고, 소리 지르고, 환호했다.

곁눈질로 보니 작은 벌새 한 마리가 나뭇가지에 앉아 있었다. 내가 그쪽으로 고개를 돌리자, 벌새는 몇 번 지저귀고는 날아가버렸다. 마치 자기 할 일은 다 마쳤다는 듯이.

결혼식 당일에는 할 일이 별로 많지 않았다. 나는 할머니에게 내가 구상했던 꽃꽂이와 집 주변 어디에 꽃이 더 필요한지만 알려주었다. 결혼 용품을 전부 모아놓은 엄마의 요가 방은 꽃향기로 가득했다. 당연히 나는 꽃집 주인에게 부케를 맡겼다. 내가 부케를 만들면 어떤 꼴이 될지 너무나 잘 알아서였다.

엘비르는 아이보리색 장미와 프리지아, 녹색 심비듐 난으로 만든, 내 부케와 똑같지만 조금 더 작은 부케를 들 것이다. 엄마, 제시카, 트레이시, 할머니, 장 뤽의 여동생들은 모두 심비듐 난과 장미로 만든 코르사주를 손목에 달 것이다. 남자들, 그러니까 아빠와 장 뤽, 막상스를 위해서는 난으로 만든 부토니에르를 준비했다. 덴드로비움 난 열다섯 줄기는 출장 뷔페 직원들이 사용할 주방 조리대에 올려두었다. '케이크 위나 테이블, 어울릴 만한 곳 아무 데나 놔주세요! 고맙습니다. 신부가'라는 쪽지와 함께.

장 뤽은 내 지시대로 창고에 있던 나머지 테이블도 다 꺼내놓았다. 의자들을 마이클과 장 뤽이 정원으로 옮겨놓으면, 트레이시와 제시카와 내가 불가사리를 매단 선물 포장을 의자 위에 놓았다. 건전지로 작동하는 촛불이 들어간 허리케인 램프를 선반에 놓는 건 2분밖에 안 걸렸다. 이제 샹그리아만 만들면 된다.

아침 10시에 바쁜 일들은 다 끝마쳤다. 아빠와 함께 케이크를 찾으러 가던 장 뤽이 진심을 다해 말했다.

"저는 다시는 샘을 놓치지 않을 겁니다."

"제발 그래주게나."

아빠가 껄껄 웃으며 말했다.

아무 할 일 없이 편안하게, 나는 트레이시와 아이들과 함께 수영장 옆에 앉았다. 테이블보를 아직 깔지 않았으니 막상스와 엘비르에게 수영장에서 마음껏 놀라고 했다. 나는 트레이시에게 우리처럼 빨리 마이클과의 관계를 매듭지으라고 말했다.

마이클이 트레이시 뒤로 와서 살포시 그녀를 안았다. 트레이시가 그의 손을 잡고 웃으며 나에게 말했다.

"샘, 뭐 필요한 거 더 있어? 없으면 우리는 산타모니카 좀 구경하고 오려고."

"없어. 도와줘서 고마워."

"정말 멋지게 준비했어, 샘."

트레이시가 나를 안아주었다.

나도 그녀를 꼭 껴안았다.

"고마워. 너랑 마이클이 여기 와줘서 정말 좋아."

"죽을 때까지 잊지 못할 거야. 믿기지 않아. 내가 이 엄청난 스토리의 일부라는 게."

그녀가 웃었다. 나도 마찬가지란다, 트레이시.

그들이 떠난 후, 나는 내 신경을 분산시키기 위해 개들을 산책시키기로 했다. 한 바퀴 돌고 나서 개 끈을 집어넣으려고 창고에 갔을 때 아빠와 장 뤽이 탄 차가 들어왔다. 장 뤽은 뒷좌석에서 손가락을 빨고 있었다. 설마….

세상에! 케이크!

차 유리창 쪽으로 달려가서 안을 들여다보니, 장 뤽의 손과 코에 하얀 크림이 잔뜩 묻어 있었다. 내가 폭발할 것 같았는지 그가 바짝 긴장한 채 두 눈을 크게 떴다.

"코너를 돌 때 케이크가 미끄러졌어. 잘 잡으려고 했는데…."

"미안하구나, 샘. 그래도 맛은 좋을 거야, 안 그래?"

아빠가 말했다.

내가 히스테릭하게 마구 웃어대자 두 남자가 걱정스러운 표정을 지었다. 아무도 내 눈과 마주치려 하지 않았다.

나는 케이크가 얼마나 망가졌는지 살펴보았다. 그리 엉망은 아니었다. 크림이 조금 뭉개졌고, 장 뤽의 손자국 몇 개가 나 있을 뿐이었다. 내 웃음은 더 격렬해졌다. 이까짓 것쯤이야. 겨우 케이크가 조금 망가진 것뿐인데, 뭐. 내 인생은 이것보다 더 심하게 망가졌었잖아. 안 그래? 나는 두 남자를 가만히 쳐다보다 입을 열었다.

"출장 뷔페 사람들이 방금 도착했어. 그 사람들이 손봐줄 수 있을 거야."

그제야 두 남자가 안도의 한숨을 내쉬었다.

셰프 한 명이 눈 깜짝할 새에 마술을 부렸다. 추가로 덴드로비움 난을 주문한 것이 신의 한 수였다. 그는 삼단 케이크의 각 단 바닥에 꽃을 둘렀고, 심비듐 몇 송이로 많이 망가진 부분을 덮었다. 셰프의 수술은 대성공이었다.

"고마워요. 당신은 진짜 케이크 구세주네요."

내가 말했다.

"별말씀을요. 늘 겪는 일이랍니다."

셰프는 작은 녹색 개구리를 쥔 공주 도자기 인형을 케이크 맨 위에 꽂았다. 완벽했다. 그는 나와 장 뤽을 가리켰다.

"아, 당신이 미국 공주고 저분이 프랑스 개구리군요."

내가 웃으며 고개를 끄덕였다.

4시다. 이제 여자들이 준비할 차례였다. 제시카, 엄마, 엘비르, 나는 샴페인 한 병을 들고서 신부 방으로 삼은 부모님 방으로 허둥지둥 들어갔다. 엘비르가 내 샴페인 잔을 빼앗아 한 모금 마셨다. 웃는 모습을 보니 성인 여자들 무리에 낀 것이 무척 좋은 모양이었다.

내 아이보리색 드레스가 장롱에 걸려 있었다. 매기 소테로의 이 드레스는 웨딩드레스라기보다 이브닝드레스에 더 가까웠으며, 등 쪽이 포인트였다. 나는 머리를 살짝 부풀려 올린 다음, 아름다운 불가사리와 진주 장식이 달린 핀을 꽂았다.

엘비르는 가슴 선에 은색 반짝이가 달린 짙은 남색의 실크 시폰 드레스를 입었는데 정말 예뻤다. 자잘한 모조 다이아몬드가 허리선에 정교하게 박혀 있는 어깨끈 없는 청록색 실크 시폰 드레스도 엄마와 참 잘 어울렸다. 제시카는 크리스털 구슬이 달린 섹시한 홀터넥의 파란색 저지 드레스를 입었다. 바닷가 옆 정원에서의 결혼식 콘셉트에 걸맞게 다들 푸른 계열로 통일했다.

그 유명한 사진작가 앤설 애덤스의 동창 딸인 내 친구 팜이 문을 노크하고 들어왔다. 여자들이 준비하는 동안 섹시한 내 사진을 찍겠다고 했다. 나는 그녀의 잔에도 샴페인을 따랐다. 나는 반나체가 되어 팔로 가슴을 가린 채 하얀 안락의자에 느긋하게 앉았다. 엘비르는 눈을 크게 뜨고 한마디도 하지 않았다.

"앞으로도 계속 섹시하기를 바라면서 건배!"

팜이 잔을 들어 올리면서 말했다.

6시 55분에 나는 제시카를 뒤 베란다로 보내 모두들 정원 의자에 앉히고 막상스와 아빠를 데려오라고 했다. 이제 시간 싸움이었다. 내 머릿속은 온갖 상념들로 넘쳐났다.

'7'은 내 행운의 숫자다.

장 뤽과 나는 '7'살 차이가 난다.

그는 내게 아름다운 편지를 '7'통 썼다.

나는 러브 블로그에 포스팅을 '7'개 했다.

우리의 시청 결혼식은 5월 7일이었는데, 내가 러브 블로그에 첫 번째 포스팅을 한 지 꼭 일 년 뒤였다. 우리는 지금부터 정확히 21년 전, 7월의 거의 끝자락인 1989년 7월 24일에 처음 만났다. 운명적으로 우리는 함께할 수밖에 없는 것 같다고 저 의심 많은 로켓 과학자에게 말해볼까?

드디어 사랑스러운 막상스가 파란색 스니커즈에 파란색 반바지, 잘 다려진 흰색 셔츠를 입고 전형적인 캘리포니아 캐주얼 스타일로 나타났다. 청록색 리넨 바지에 아이보리색 셔츠를 입은 우리 아빠도 지난밤의 피로가 가시지 않은 얼굴로 나타났다.

우리는 현관을 나가서 정원으로 향한 문으로 들어갔다.

난과 불가사리 장식으로 멋지게 꾸민 정자를 확인한 다음, 나는 기타리스트와 눈을 맞추고 고개를 끄덕였다. 곧 바흐의 〈G선상의 아리아〉가 정원 가득 울려 퍼졌다. 엄마와 동생이 입장했고, 그 뒤를 따라 막상스와 엘비르가 들어갔다. 주례를 맡은 그레그가 정자 아래 서 있었고, 그 왼쪽에 장 뤽이 있었다.

나는 아빠의 손목시계를 보았다. 7시 7분. 좋아, 좋아.

아빠는 나를 장 뤽에게 데려다준 다음 엄마와 동생 옆에 앉았다. 장 뤽이 내 두 손을 잡았다. 우리는 서로 마주 보았다. 그가 "아름다워. 너는 이 정원에서 가장 아름다운 장미야"라고 입 모양으로만 말했다. 크림색 셔츠에 검은 바지, 검은 구두를 신은 장 뤽도 그 어느 때보다 멋져 보였다.

주례가 결혼식을 시작했다.

"사만다와 장 뤽의 친구와 가족 여러분, 오늘 이 특별한 날 이 자리에 와주셔서 고맙습니다…."

장 뤽과 나는 두 손을 맞잡고 마주 보며 멍하니 바보처럼 웃고만 있었다. 보다 못한 주례가 "신랑 신부는 서로 껴안아도 됩니다"라고 말했다.

장 뤽이 한 손을 내 등에 대고 나를 살짝 눕힌 뒤 내 입술에 뜨겁게 키스했다.

사람들도 열렬한 환호를 보냈다.

그날 저녁 나머지 시간은 아름답게 흘러갔다. 스팅부터 집시 킹까지 완벽하게 연주하는 기타리스트와 칵테일 타임에 나온 애피타이저에 모두가 감동했다. 출장 뷔페 직원들은 입맛을 산뜻하게 돋우는 갖가지 메뉴를 내왔다. 메인 코스는 수영장 옆에 차려졌는데, 테이블을 장식한 꽃과 초의 조화가 무척 우아했다. 음식 맛도 더할 나위 없이 훌륭했다.

눈 깜짝할 사이, 다이앤 로트니와 그녀의 밴드가 무대에 올랐다.

"신사 숙녀 여러분, 장 뤽과 사만다를 무대로 초대하겠습니다. 박수로 맞아주세요!"

음악이 시작되었다.

장 뤽이 내 손을 잡고 밴 모리슨의 〈문댄스〉가 흘러나오는 댄스 플로어로 나를 이끌었다. 노래 내용이 우리 얘기 같은 데다 별빛 아래에서 나의 로켓 과학자와 춤추기에 안성맞춤인 곡이라 특별히 이 노래를 택했다. 하늘에는 수천 개의 별들이 무리를 지어 반짝이고 있었다. 그리고 마치 내가 오늘을 위해 주문이라도 한 것처럼, 커다란 보름달이 머리 위에서 밝게 빛났다.

장 뤽이 나를 그의 품으로 잡아끌었다. 나는 “드디어 하늘에서 가장 밝은 우주정거장을 찾았어”라고 그에게 속삭였다. 그러자 장 뤽이 세상에서 가장 달콤한 목소리로 말했다.

“늘 네 곁에 있었어. 20년 전 우리가 처음 만난 그때부터 내 마음속에 있었지.”

별빛 아래에서 장 뤽이 한 손으로 내 등을 단단히 받치고 살짝 안아 눕힌 뒤, 다시 한 번 내게 키스했다.

일곱 번째 편지

1989년 11월 23일, 파리

사만다,

네게서 아무런 소식도 듣지 못했어. 안부 편지 한 통 받지 못했지. 내가 보낸 편지들이 널 힘들게 한다는 걸 알아. 어쩌면 너는 나를 진정한 바보라 생각하고, 그런 나의 허튼수작을 멈추기 위해 답장하지 않는 걸 수도 있겠지. 그렇다 해도 네게 내 마음을 이야기하고, 편지를 쓴 것에 대해 후회하지 않아.

네 소식을 꼭 듣고 싶어. 네가 침묵하는 이유라도 알고 싶어. 우리 사이에 수천 킬로미터가 있다고 해서 헤어져야 한다는 건 너무 가혹해. 그래, 어쩌면 네가 옳을지도 몰라. 상관없어. 그게 인생이니까. 네가 원하지 않으면 다시는 편지를 보내지 않을게. 부디 잘 지내기를.

우정을 담아,

장 릭

20년 전 나는 사랑이 두렵고 사랑받는 게 두려워서, 파리 리옹역 플랫폼에 장 뤽을 홀로 남겨두고 떠났다. 그러나 그 기차는 결국 돌고 돌아 나의 역, 우리의 역으로 다시 돌아왔다.

분노와 죄책감과 두려움을 벗어던지자 드디어 사랑이 내게로 왔다. 한번 일탈했던 내 인생은 다시 제 궤도에 올랐고, 선로를 따라 전속력으로 나아가기 시작했다.

에필로그

심장을 다시 뛰게 할 이야기

오늘 밤 나는 두려움을 극복했다는 만족감에 취해 온 마음을 다해 요리를 하고 있다.

열두 살부터 요리책을 보며 다양한 실험을 해왔지만, 특별한 날에는 대개 장 뤽과 함께 식사를 준비한다. 장 뤽은 스토브를 담당하고, 나는 파슬리와 샬롯과 마늘을 열심히 썰고 다진다. 장 뤽의 다정한 가르침 덕분에 이제 불을 붙여 조리해야 하는 프랑스 요리를 만들 때 좀 더 자신감을 얻었다.

성냥을 한 번 긋자 불이 붙고 연기가 난다. 한 발짝 물러서서 팔을 쭉 뻗어 파스티스에 성냥불을 붙인다. 불길이 확 오르면서 아니스 열매 향이 주방에 퍼진다. 불길이 잦아들고 나서야 참았던 숨을 겨우 내쉰다. 아직 내공이 부족하다. 새우 하나가 바닥에 떨어진다. 벨라가 궁둥이를 들더니 냉큼 먹이를 낚아챈다. 프라이팬을 너무 젖히지 말아야 했는데 덕분에 작은 표범만 행복해졌다.

타이머를 세팅한 다음 가스레인지의 불을 낮추어, 파스티스 향이 새우에 더 스며들게 한다. 장 뤽은 벌써 바깥에 테이블을 차려놓았다. 나는 장 뤽과 함께 있고 싶어 정원으로 나간다.

"와인?"

그가 묻는다.

나는 고개를 끄덕이고는 오후 5시의 그늘 속에서 와인을 따는 남편의 잘생긴 옆모습, 깔끔하게 손질된 구레나룻, 또렷한 턱선을 바라본다.

20여 년 전 우리가 처음 만났던 그때처럼 나는 변함없이 그를 사랑한다.

서로 잔을 부딪치려는 찰나, 주방에서 타이머가 울린다. 내가 엉덩이를 떼기도 전에 장 뤽이 "내가 갔다 올게"라고 말하며 얼른 집 안으로 뛰어 들어간다. 잠시 뒤 뒷마당으로 나온 그가 내 접시 위에 반짝이는 검은색 종이백을 놓는다. 보석 가게 이름이 적혀 있다.

나는 놀라서 입을 다물지 못한다.

"이런 거 없어도 되는데…."

"주고 싶었어."

그는 어깨를 으쓱하더니 입술 사이로 공기를 내뿜는다. 그래도 전혀 바보처럼 보이지 않는다.

"어서 열어봐."

그가 종이백을 가리킨다.

꽃분홍색 포장지를 벗기자 새틴이 깔린 상자에 팔찌가 놓여 있다. 걸쇠가 조금 복잡했지만 장 뤽이 뚝딱 채워준다. 팔찌 끈이 살짝 돌아가자 맥박이 뛰는 곳 위에 놓인 하트 모양의 작은 자수정이 촛불 빛에 반짝인다. 맥박 뛰듯 반짝이는 보석 빛이 순간순간 투명해진다. 별이 빛나는 초저녁 하늘을 한 번 쳐다보고는 장 뤽과 눈을 맞춘다.

"고마워."

장 뤽이 내 손을 꼭 잡는다.

"샘, 고맙다는 말은 절대 다시는 하지 말아줘."

그래도 고마운 걸 어떡해.

3년 전, 애정 없는 결혼 생활을 정리하고 파산을 신청하고 개들을 산책시키며 남캘리포니아에 있는 부모님 집에 얹혀살 때, 그보다 더 나빠질 수는 없을 거라 생각했다. 더 좋아질 수도 없을 거라고 생각했고. 하지만 바로 그때, 장 뤽을 찾아낸 나는 20년 전 끝내지 못한 로맨스에 다시 불을 붙였다. 오늘은 우리의 두 번째 결혼기념일이다.

이 이야기는 내가 내 삶을 재부팅하고 심장을 다시 뛰게 만든 이야기다.

파리에서 온 러브레터
사랑하고 있어, 사만다

초판 1쇄 인쇄 2016년 6월 20일
초판 1쇄 발행 2016년 6월 25일

펴낸이 金湞珉
펴낸곳 북로그컴퍼니
편집 김옥자 태윤미 김현영 이예지
마케팅 김승지
디자인 김승은
경영기획 김형곤

주소 서울시 마포구 월드컵북로1길 60, 5층
전화 02-738-0214
팩스 02-738-1030
등록 제2010-000174호

ISBN 979-11-87292-13-5 03840